테이블 위의 카드

Cards on the Table

애거서 크리스티 추리 문학 28

테이블 위의 카드

김석환 옮김

■ 옮긴이 김석환

　전 한국항공대학 학장.
　《죽음의 키스》, 《구름 속의 죽음》 외 다수 번역.

테이블 위의 카드

초판 발행일	1986년 12월 30일
중판 발행일	2010년 12월 30일
지은이	애거서 크리스티
옮긴이	김 석 환
펴낸이	이 경 선
펴낸곳	해문출판사
주 소	서울시 서초구 서초동 1328-11 도씨에빛 2차 1420호
TEL/FAX	325-4721 / 325-4725
출판등록	1978년 1월 28일 (제3-82호)
가격	6,000원
ISBN	978-89-382-0228-4 04840
	978-89-382-0200-0(세트)

•등 장 인 물•

셰이터나 씨— 독특한 유머 감각을 가진 부자로 사람들에게 호기심과 두려움을 동시에 느끼게 하는 묘한 매력이 있다.

올리버 부인— 여류 추리소설 작가이자 여권주의자.

레이스 대령— 비밀첩보부 소속으로 쉰 살이며, 짙은 구릿빛 얼굴.

로버츠 박사— 능글맞은 익살꾼처럼 보이는 세련되고 깔끔한 의사.

로리머 부인— 예순 살가량의 부인. 브리지를 무척 좋아한다.

디스파드 소령— 크고 후리후리한 몸매를 가진 미남이지만, 관자놀이에 흉터가 있는 것이 흠이다.

앤 메러디스— 보통 키에 귀여운 얼굴을 한 20대 초반의 아가씨로 수줍은 성격.

로다 도스— 앤 메러디스의 친구이며 앤과 달리 적극적인 성격.

배틀 총경— 런던경시청의 총경.

포와로— 은퇴한 벨기에 경찰, 회색 뇌세포를 이용하여 범인을 잡는다.

차 례

차 례

WE	THEY

MRS. LORRIMER + MISS MEREDITH | MAJOR DESPARD + DR. ROBERTS

+14

700
300
50
50
30
HONORS

TRICKS

120
120
1370

WE	THEY

MAJOR DESPARD MRS. LORRIMER | DR. ROBERTS MISS MEREDITH

⑪

1060
480
410
440
540
440
560
500
50 HONORS

TRICKS

60 | 120
100
70 | 30
80

1ST RUBBER
SCORE KEPT BY MISS MEREDITH

2ND RUBBER
SCORE KEPT BY MAJOR DESPARD

살인사건을 해결하는 데 도움을 줄 브리지 점수 쪽지 1

WE	THEY
DR. ROBERTS MRS. LORRIMOR	MAJOR DESPARD MISS MEREDITH
500	
1500	200
100	100
100	200
300	100
500	100
200	50
200	50
30	50
HONORS	
TRICKS	
	30
	120
100	
280	
3810	1000
(28)	
3RD RUBBER	
SCORE KEPT BY MRS. LORRIMER	

WE	THEY
DR. ROBERTS MISS MEREDITH	MAJOR DESPARD MRS. LORRIMER
50	
100	
100	
50	
200	100
50	50
50	100
	50
HONORS	
TRICKS	
(UNFINISHED)	
4TH RUBBER	
SCORE KEPT BY DR. ROBERTS	

살인사건을 해결하는 데 도움을 줄 브리지 점수 쪽지 2

제1장

셰이터나 씨

"포와로 씨!"

맑고 낭랑한 목소리였다—악기에서 울려 나오는 소리처럼 어딘지 꾸민 데가 있었다. 하지만, 그 목소리에는 자극적이거나 성급한 기미라고는 전혀 없었다. 포와로가 소리 나는 쪽으로 몸을 돌렸다.

그 사람은 정중하게 악수를 청해 왔다. 그의 눈에는 어딘지 모르게 비범한 기운이 감돌고 있었다. 누구라도 우연히 그와 눈길이 마주치기만 해도 그전까지 느껴 보지 못했던 이상한 감정에 사로잡힐 것 같았다.

"안녕하시오, 셰이터나 씨." 포와로가 말을 건넸다.

그들 사이에 한동안 침묵이 흘렀다. 그들은 마치 결투라도 하려는 사람처럼 마주 보고 서 있었다.

그들 곁으로, 옷을 잘 차려 입었지만 어딘가 무신경해 보이는 런던 사람들이 지나가고 있었다. 그들의 느릿느릿 하고 낮은 음성이 들려왔다. "여보, 정말 훌륭해요." "사람의 손으로 만든 것 같지 않지?"

그곳은 웨식스 하우스에서 열린 담뱃갑 전시장이었다. 런던병원의 구호기금을 마련하기 위해 1기니의 입장료를 받고 있었다.

"만나게 돼서 정말 반갑군요." 셰이터나 씨가 먼저 입을 열었다.

"요즘은 살인범을 잡아서 교수대로 보내거나 단두대의 맛을 보여주는 일은 하지 않으시나요? 요즘은 범죄자들이 설치는 시기가 아닌가 보죠? 그게 아니라면, 오늘 오후 이곳에서 보석 강도 사건이라도 벌어지기라도 한단 말입니까? 그렇다면 정말 흥미 있겠는데요."

"유감스럽게도 그럴 것 같지는 않습니다." 포와로가 말했다.

"내가 여기 온 것은 순전히 개인적인 용무 때문이오"

옆에 서 있던 매력적인 젊은 여자가 셰이터나 씨에게 말을 걸었다. 그녀의 머리 한쪽은 고수머리를 말아 올려 단정했고, 또 다른 쪽에는 검은색 장식 머리핀이 세 개 꽂혀 있었다.

셰이터나 씨가 말했다.

"안녕하시오—그런데, 지난번 파티에는 왜 오지 않았습니까? 정말 놀랄 만한 파티였는데. 나는 여러 사람과 많은 얘기를 나눴습니다. 어떤 부인은 이 말밖에 하지 않더군요. '처음 뵙겠습니다.' '안녕히 계세요.' 그리고 '대단히 감사합니다.'—물론 그 부인은 시골에서 온 사람이었죠"

매력적인 젊은 여자가 적당한 말로 대꾸하는 동안, 포와로는 셰이터나 씨의 입술 위에 난 더부룩한 콧수염을 유심히 관찰하고 있었다.

훌륭한 수염이었다—정말 멋진 수염이었다. 런던에서 포와로의 수염과 비견할 만한 수염은 그의 것밖에는 없을 것이다.

"그렇지만, 그다지 호화로운 파티는 아니었습니다. 모든 면에서 수준이 낮았습니다. 그냥 눈에 거슬리지 않을 정도였죠"

그가 나지막한 목소리로 말했다. 셰이터나 씨의 인간성은 그의 눈에 모두 드러나 있었다. 그가 의도적으로 그렇게 행동하기 때문이었다. 그는 일부러 자신의 나쁜 면을 드러내려고 했다. 그는 키가 크고 깡마른 사람이었다. 길쭉한 그의 얼굴에는 어딘지 음침한 빛이 감돌았다. 그리고, 칠흑 같은 눈썹은 칼날같이 곤두서 있었다. 그는 수염 끝에 기름을 발라서 마치 나폴레옹 3세의 것처럼 보이게 했다. 그가 입고 있는 옷은 하나의 예술 작품이었다. 매우 진귀한 옷이었지만, 언제나 기묘한 분위기를 풍겼다.

그를 본 건장한 영국 남자들은 누구나 한 대 걷어차고 싶어했다. 그들은 이구동성으로 이렇게 얘기했다. "그 빌어먹을 놈의 셰이터나 녀석!" 그들의 부인과 딸과 누이, 그리고 아주머니와 어머니들은—심지어 할머니들까지도 세대차로 인해 어구는 다르지만, 다음과 같은 뜻의 말을 입을 모아 하곤 했다.

"나도 알고 있어요. 그 사람이 무시무시한 인물이라는 건 틀림없어요. 그렇지만 굉장한 부자잖아요! 그리고, 그가 여는 그 깜짝 놀랄 만한 파티는 또 어떻고요! 게다가 그는 사람들에 대해 알고 있는 것도 많아요. 그 덕분에 사람들을 기분 좋게 만들 수도 있고, 앙심을 품게 만들 수도 있는 인물이에요."

셰이터나 씨가 아르헨티나인인지 포르투갈인인지 그리스인인지, 아니면 그 밖의 다른 나라 사람인지는 아무도 모른다.

그렇지만 세 가지 사실만은 확실했다. 그가 런던의 파크 레인에 있는 호화 아파트에서 부유하고 호사스럽게 살고 있다는 사실. 그리고 그가 놀랄 만한 파티—규모가 큰 파티, 작은 파티, 무시무시한 파티, 점잖은 파티, 그리고 기묘한 파티까지 온갖 파티를 열고 있다는 사실. 또한 그가 거의 모든 사람들이 조금씩은 두려워하는 존재라는 사실이었다.

왜 사람들이 그를 두려워하는지는 명확하게 말로 표현할 수는 없었다. 아마 사람들은 그가 다른 사람들에 대해 너무 많은 것을 알고 있을 것이라는 느낌을 갖고 있기 때문이리라. 그리고 그의 유머 감각이 호기심을 자극한다는 느낌 또한 그 이유가 될지도 모른다. 대부분의 사람들은 셰이터나 씨의 비위를 거스르지 않는 것이 낫다고 느끼고 있었다.

그날 오후 우스꽝스러운 모습의 작은 사나이인 에르큘 포와로에게 미끼를 던진 것도 그의 유머였다.

"그렇다면 경찰에게도 기분 전환이 필요하다는 말인가요? 나이가 드시니까 이젠 예술 작품들을 감상하고 다니시는군요, 포와로 씨."

포와로도 지지 않고 미소로 답했다.

"당신이 이 전시회에 담뱃갑 세 점을 내놓았다는 건 이미 알고 있었소."

셰이터나 씨는 별것 아니라는 듯 손을 내저었다.

"사람들은 여기저기에서 잡동사니들만 모아오죠. 언제고 우리 집에 한 번 오시죠. 나는 흥미로운 작품들을 많이 가지고 있습니다. 하지만, 나는 어떤 특정한 시기의 물건이나 특정한 종류만을 수집하지는 않습니다."

"당신의 취미는 광범위하니까." 포와로가 웃으며 응수했다.

"말하자면 그렇죠."

갑자기 셰이터나 씨의 시선이 이리저리 맴돌더니 입술 한쪽 끝이 치켜 올라가면서 눈썹은 환상적인 분위기를 자아내기 시작했다.

"당신의 작업에 관계되는 물건들도 보여줄 수 있습니다, 포와로 씨!"

"그렇다면 당신 개인의 '범죄 박물관'이라도 차렸단 말인가요?"

"천만에요!"

세이터나 씨는 그런 짓은 경멸한다는 듯 손가락의 관절들을 꺾어 소리를 냈다.

"브라이튼(영국 남부의 해안 도시)의 살인자가 썼던 컵이라든지 유명한 강도가 썼던 용구 같은 것들을 수집하는 짓은 정말 유치한 일이죠. 그런 쓰레기 같은 물품을 수집하려고 애쓴 적은 한 번도 없습니다. 나는 그 계통에서 최고의 물품만을 수집하죠."

"그렇다면 예술적인 견지에서 말할 때 범죄에서 최고의 물품은 어떤 겁니까?" 포와로가 물었다.

세이터나 씨가 몸을 앞으로 숙이면서 포와로의 어깨에 손을 얹었다. 그는 드라마틱하게 얘기하려는 듯 쉰 듯한 목소리로 말했다.

"범죄를 저지른 인간들이죠, 포와로 씨."

포와로의 눈썹이 가볍게 약간 추켜세워졌다.

"아하, 당신을 놀라게 했나 보군요." 세이터나 씨가 말했다.

"내 말을 잘 들어보시죠. 당신과 나는 범죄라는 것을 서로 다른 관점에서 보고 있습니다. 당신에게 있어서는 범죄란 일상적인 것이죠. 살인이 일어나면 수사를 해서 단서를 찾아내고 종국에는—당신은 능력 있는 사람이니까, 범인이 누구라는 확신을 하게 되죠. 하지만 나는 그런 진부한 일에는 관심이 없어요. 그따위 시시한 종류에는 흥미가 없단 말입니다. 체포된 범인은 결국 실패한 사람일 뿐입니다. 그 치들은 2류예요. 그래요, 나는 모든 문제를 예술적인 관점에서 바라봅니다. 나는 최고의 것만을 수집하거든요."

"최고의 것이라면—?" 포와로가 물었다.

"말하자면 범죄 사실을 깨끗이 지워버린 사람, 즉 성공한 사람이죠! 의심이라고는 털끝만큼도 받지 않고 유유히 살아가는 범인들 말입니다. 이런 것이 정말 재미있는 취미 아닙니까?"

"재미있다는 말보다는 다른 표현이 더 어울리는 것 같군."

"좋은 생각이 떠올랐습니다!"

셰이터나 씨는 포와로의 말에는 아랑곳하지 않고 큰 소리로 외쳤다.

"조촐한 저녁식사 자리를 마련하겠습니다. 나의 수집품들을 볼 수 있는 저 녁식사, 정말 멋진 생각이에요. 왜 그 생각을 미처 못 했는지 모르겠군. 그래 요—그래, 그렇게 하죠. 그렇게 하면 되겠습니다. 시간 약속을 할까요—다음 주 는 곤란하고, 그다음 주가 좋을 것 같은데 시간이 있으신가요? 며칠쯤이 좋을 까요?"

"다다음 주라면 언제라도 좋소." 고개를 숙이며 포와로가 말했다.

"좋습니다. 그렇다면 금요일로 정하죠. 금요일이면 18일이 되겠군요. 지금 당장 수첩에 기록해 놓아야겠습니다. 정말 생각만 해도 신나는군요."

"그 파티가 과연 당신을 즐겁게 해줄지 의문이오." 포와로가 천천히 말했다.

"그렇다고 내가 당신의 초대를 즐겁게 받아들이지 않는다는 것은 아닙니다. 다만—"

셰이터나 씨가 그의 말을 가로막았다.

"또 당신의 직업적인 육감이 발동한단 말이죠? 이제 그만 그 경찰관의 때를 좀 벗어 버리시죠."

"나는 살인에는 극히 민감하다오." 포와로가 다시 천천히 말했다.

"왜 그래야 하죠? 범인을 잡는 것은 꼴사나운 도살과 다를 바가 없잖습니 까? 좋아요, 당신 말이 옳다고 칩시다. 그렇지만 살인은 예술일 수도 있지요. 살인자는 예술가가 될 수 있는 것이고요."

"그 점은 인정합니다."

"그런데도—?" 셰이터나 씨가 물었다.

"그래도 살인자는 살인자요."

"포와로 씨, 무슨 일이든 완벽하게 한다면 나쁜 짓이라도 정당화되지 않겠 습니까? 당신이 살인자라면 모조리 잡아서 수갑을 채우고 주리를 틀어 교수대 로 보내고 싶어하는 것은 좋지 못한 생각입니다. 내 생각으로는 정말 훌륭한 살인자라면 사람들이 모은 돈으로 연금을 지급받아야 하고 저녁식사에도 초대 받아야 한다고 생각합니다."

포와로가 어깨를 으쓱했다.

"나는 당신 생각처럼 범죄에 둔감할 수 없어요. 물론 완벽한 살인자에게 감탄할 수는 있죠. 마치 화려한 줄무늬가 있는 호랑이에게 감탄을 아끼지 않는 것처럼 말이오. 그렇지만 내가 호랑이를 보고 감탄하는 것은 어디까지나 우리 밖에서 볼 때만이죠. 우리 안으로 들어가지는 않습니다. 그게 내 의무가 아니라면 절대 들어가지 않아요. 당신도 알겠소, 셰이터나 씨? 호랑이가 덤벼들지도 모르거든."

셰이터나 씨가 웃음을 터뜨렸다.

"물론 알죠. 살인자도 그럴 거란 말인가요?"

"그럴지도 모르지." 포와로가 분명하게 말했다.

"정말 걱정도 태산이군요! 그렇다면 내가 불러 모은 호랑들을 만나 보지 않으시겠다는 말인가요?"

"그 반대요. 굉장히 호기심이 생기는데."

"정말 용감합니다!"

"아직도 내 말을 이해하지 못하는군요, 셰이터나 씨. 당신은 수집품들을 한군데로 모으는 생각이 재미있다고 했습니다. 하지만 나는 '재미있다'라는 말보다 더 잘 어울리는 말을 생각하고 있었습니다. 바로 '위험하다'는 것이죠. 셰이터나 씨, 당신이 재미있어하는 것이 아주 위험한 짓일지도 모른다는 겁니다."

셰이터나 씨가 웃음을 터뜨렸다. 웃음소리에는 그 특유의 사악함이 깃들어 있었다.

"그렇다면 18일에 와주시겠습니까?"

포와로가 가볍게 고개를 숙였다.

"18일에 꼭 가겠소."

"그리 성대하지는 않을 겁니다. 잊지 마십시오, 8시입니다."

셰이터나 씨가 말했다. 그러고는 몸을 돌려 그 자리를 떠났다.

포와로의 시선은 그가 사라질 때까지 계속 그의 뒷모습을 쫓고 있었다.

그는 생각에 잠긴 채 고개를 천천히 흔들었다.

제2장

셰이터나 씨 집에서의 저녁식사

셰이터나 씨의 아파트 문이 소리 없이 열렸다. 갈색 머리의 하인이 포와로가 들어갈 수 있도록 뒤로 물러났다. 그는 다시 문을 소리 없이 닫고 나서 노련한 솜씨로 포와로가 코트와 모자 벗는 것을 도와주었다.

그가 차분한 목소리로 조용히 말했다.

"누구시라고 전해 드릴까요?"

"에르큘 포와로요."

하인이 문을 열고, "포와로 씨가 오셨습니다." 하고 말하는 소리가 홀의 저편에서 낮게 울려 퍼졌다.

셰이터나 씨는 포도주 잔을 손에 든 채 마중하러 나왔다. 여느 때와 다름없는 깔끔한 옷차림이었다. 그날 밤따라 그가 풍기는 사악한 분위기는 한층 더 고조되어 있었고, 눈썹은 음산하게 찌푸려져 있었다.

"소개를 하죠. 올리버 부인을 알고 계십니까?"

포와로의 약간 놀라는 표정을 그는 재미있다는 듯이 바라보았다. 애리어든 올리버 부인은 추리소설과 선정적인 소설 작가들 가운데에서도 가장 뛰어난 작가 중의 한 사람으로 널리 알려진 인물이다. 그녀의 작품인 《범인의 행동 경향》과 《유명한 애정 살인들》, 그리고 《사랑을 위한 살인 대(對) 이득을 위한 살인》 등은 그렇게 문법에 잘 맞추어 쓰이지는 않았지만, 여성적인 수다스러운 필치가 드러나 있었다. 그녀는 또한 열렬한 여권주의자이기도 했다. 신문지상에 범죄에 대한 기사가 실리기만 하면 으레 올리버 부인과의 인터뷰가 있게 되는데, 그때마다 그녀는 이렇게 얘기하곤 했다.

'런던경시청 책임자가 여자라면!'

그녀는 여자의 직감을 철저히 믿는 사람이었다.

그녀는 그리 말끔하지 못한 옷차림을 한 쾌활한 중년 여성이었다. 매력적인 눈과 완만한 어깨, 그리고 끊임없이 스타일이 바뀌는 회색의 흐트러진 머리를 하고 있었다. 어떤 날에 그녀의 모습은 놀랄 만큼 지적(知的)이게 된다—그런 때는 머리를 한군데로 묶어서 뒤로 넘기기 때문에 단정한 이마가 돋보인다. 또 어떤 날은 머리에 흰 띠를 두르거나, 흐트러진 머리칼을 그대로 한 채로 나타나곤 했다. 그런데 오늘 밤은 머리카락이 이마 위로 약간 흘러내리는 스타일을 하고 있었다.

그녀와 포와로는 이전에도 문학인들의 저녁식사에서 한 번 만난 적이 있었다. 그녀는 듣기 좋은 굵은 음성으로 그에게 인사했다.

"그리고, 이쪽은 배틀 총경입니다. 물론 알고 있으시겠죠?"

셰이터나 씨가 말했다.

장방형의 큰 얼굴에 굳은 표정을 짓고 있는 사나이가 앞으로 몸을 움직였다. 배틀 총경은 처음 보는 사람에게는 마치 나무로 깎아놓은 사람인 듯한 느낌을 줄 뿐 아니라, 또한 그 나무가 전함의 한 부분이라도 되는 듯한 인상을 남긴다. 배틀 총경은 런던경시청의 유명 인물이었다.

"나도 포와로 씨를 알고 있죠." 배틀 총경이 말했다.

그의 깎아 만든 듯한 얼굴에 잠시 미소가 감돌더니 다시 평상시의 무뚝뚝한 표정으로 돌아갔다.

"레이스 대령입니다." 셰이터나 씨가 다른 사람을 소개했다.

포와로는 레이스 대령을 한 번도 만난 적은 없었지만, 그에 대해서 조금은 알고 있었다.

그의 나이는 쉰 살이었고, 짙은 구릿빛 얼굴은 그런대로 잘생긴 편이었다. 그는 언제나 대영제국의 한구석에 서 있었다. 특히 커다란 문제가 발생하면 어김없이 모습을 드러내었다. 비밀첩보부라고 하면 어딘지 멜로드라마적인 냄새를 풍기긴 하지만, 그 말이 레이스 대령이 하는 일의 성격과 영역을 잘 설명해 주고 있었다.

포와로는 그제야 자기를 초대한 사람의 장난기 어린 의도를 알 수 있게 되었다.

"다른 손님들은 늦는군요." 세이터나 씨가 말했다.

"내가 실수한 것 같아요. 8시 15분이라고 말했나 봅니다."

바로 그때 문이 열리더니 하인이 말했다.

"로버츠 박사님이 오셨습니다."

들어온 사나이는 아주 능글맞은 익살꾼처럼 행동했다. 그는 쾌활하고 화려한 중년 신사였다. 키는 작지만 반짝이는 눈과 약간 벗겨진 이마, 그리고 뚱뚱한 몸매를 가진 세련되고 깔끔한 의사였다. 그의 태도는 밝고 자신만만했다. 그의 정확한 진단과 재미있고 실질적인 처방은 다음과 같은 말에서 잘 드러난다. '병이 나을 만하면 샴페인을 조금 드시오.' 정말 재미있는 사람이다.

"늦지는 않았나요?" 로버츠 박사가 부드럽게 말했다.

그는 주인과 악수한 뒤 다른 손님들과 인사를 나누었다.

그는 배틀이 와 있다는 사실에 대단히 만족한 듯이 보였다.

"아니, 런던경시청에서 쟁쟁한 이름을 날리는 분 아니시오? 정말 반갑습니다. 당신의 직업에 대한 일을 얘기하게 만든다면 나무라실지 모르겠습니다만, 그래도 꼭 듣고야 말겠습니다. 범죄에 많은 관심이 있거든요. 의사가 그래서는 안 되겠지만 말입니다. 특히 정신병 환자에게 그런 말을 하면 난리가 날 겁니다, 하하."

문이 다시 열렸다.

"로리머 부인이 오셨습니다."

로리머 부인은 예순 살 된 부인치고는 화려한 옷을 입고 있었다. 얼굴은 윤곽이 뚜렷했고, 회색 머리는 깔끔하게 손질되어 있었으며, 목소리는 맑고 또렷했다.

"제가 늦은 것 같군요." 주인에게 다가가며 그녀가 말했다.

그녀는 몸을 돌려 이전부터 잘 알고 있던 로버츠 박사와 인사를 나누었다.

하인이 다시 손님이 왔음을 알렸다.

"디스파드 소령님이 오셨습니다."

디스파드 소령은 크고 후리후리한 몸매를 가진 미남형의 남자였다. 단지 관자놀이에 흉터가 있는 것이 흠이었다. 인사가 끝나자 그는 자연스럽게 레이스 대령 곁으로 다가갔다. 두 사나이는 곧 스포츠와 맹수사냥에 대해 얘기꽃을 피웠다. 다시 문이 열리더니 하인이 말했다.

"메러디스 양이 오셨습니다."

20대 초반의 아가씨가 들어왔다. 보통 키에 귀여운 얼굴을 하고 있었다. 목에는 갈색의 고수머리가 덮여 있었으며, 눈이 매우 컸지만 미간은 넓은 편이었다. 얼굴에 짙은 화장기는 없었다.

"어머나, 제가 제일 늦게 왔나요?" 그녀가 놀란 듯 말했다.

세이터나 씨는 그녀에게 백포도주를 갖다 준 뒤 유창한 말로 그녀의 마음이 상하지 않게 그녀를 위로해 주었다. 그가 사람들에게 그녀를 소개하는 태도는 정중했으며 거의 완벽에 가까웠다.

메러디스 양은 포와로의 곁에서 포도주를 마시고 있었다.

"주인의 예절이 너무 깍듯하군요." 포와로가 웃으며 말했다.

메러디스 양이 말을 받았다.

"그래요. 요즘 사람들은 소개 같은 건 생략해 버리는 경우가 많죠. 그냥 '이 사람들을 모두 알겠죠?'라는 말만 해버린답니다."

"그렇게 하는 편이 좋은가요?"

"글쎄요, 어떤 경우에는 당황하기도 하지만 호기심을 자극하기도 하죠."

그녀는 잠시 머뭇거리고 나서 그에게 물었다.

"저 사람은 바로 소설가인 올리버 부인 아닌가요?"

그때 올리버 부인의 굵은 목소리가 로버츠 박사를 향해 한껏 높이 올라가고 있었다.

"박사님, 여자의 직감을 무시하다가는 큰코다칠걸요. 여자들은 그런 일이라면 다 알고 있다고요."

자신의 머리를 뒤로 땋아 넘긴 것도 잊어버린 채, 그녀는 머리를 버릇대로 뒤로 쓸어 넘기려 했으나 잡히는 머리가 없었다.

"그래요, 저 사람이 올리버 부인이죠." 포와로가 대답했다.

"《도서관의 시체》를 쓴 사람 말이죠?"

"바로 그 사람이오."

"그리고 목석 같은 얼굴을 한 저 남자는—셰이터나 씨가 총경이라고 하던데요?"

"런던경시청에서 왔죠."

"그리고 선생님은—."

"나요?"

"저는 선생님에 대해선 모르는 것이 없어요, 포와로 씨. 'ABC 살인사건'을 해결하신 분이잖아요."

"아가씨에게는 사람을 깜짝 놀라게 하는 재주가 있군요."

메러디스 양이 이마를 찌푸렸다.

"셰이터나 씨는—." 그녀는 말을 하려다 멈추더니 다시 입을 열었다.

"셰이터나 씨는—."

포와로가 부드럽게 말했다.

"사람들은 그를 보고 범죄 성향이 있다고들 얘기하죠. 물론 내게도 그렇게 비친다오. 분명히 그 사람은 우리가 그 문제 때문에 왈가왈부하는 걸 은근히 바라고 있을 거요. 그는 벌써 올리버 부인과 로버츠 박사를 부추긴 셈이지요. 저 사람들은 벌써 흔적을 남기지 않는 독약에 대해 얘기를 하고 있잖습니까?"

메러디스 양은 가볍게 한숨을 내쉰 뒤 말했다.

"저 사람, 정말 괴짜예요."

"로버츠 박사 말인가요?"

"아뇨, 셰이터나 씨 말이에요."

그녀는 몸을 약간 떨더니 말을 계속했다.

"그 사람에게서는 어딘지 무서운 분위기가 풍겨 나와요. 그 사람이 어떤 걸 즐기는지 모르실 거예요. 아마 잔인한 것에서 쾌감을 느끼는 모양이에요."

"여우사냥 같은 것 말인가요?"

메러디스 양은 그렇지 않다는 듯한 눈길을 보냈다.

"아니요, 자—좀 특이한 것 말이에요."

"마음이 비뚤어진 데가 있나 봅니다." 포와로가 맞장구를 쳤다.

"고문자(顧問者)요?"

"아니오, 마음이 비뚤어진 것 같다고 했소"

목소리를 낮추고서 메러디스 양이 말했다.

"그 사람 정말이지 조금도 마음에 들지 않아요."

"그렇지만 그 사람이 마련한 저녁식사는 정말 마음에 들 겁니다."

포와로가 머리를 돌렸다.

"그에게는 솜씨가 좋은 요리사가 있거든요"

그녀는 이상한 듯 그를 바라보더니 갑자기 웃음을 터뜨렸다.

"선생님은 정말 인간적인 데가 있군요"

"내가 인간인 건 분명한 사실이니까요."

"오늘 여기 온 손님들에게는 어딘지 사람을 겁주는 듯한 구석이 있어요."

메러디스 양이 나지막이 말했다.

"그렇게 겁먹을 필요는 없어요, 아가씨. 영화를 볼 때처럼 그냥 전율만 느끼면 돼요. 수첩과 만년필을 준비해서 그런 일을 한번 적어 봐요."

"그런데 말이에요, 사실 저는 범죄에는 그다지 흥미가 없어요. 여자들은 대부분 그렇죠. 추리소설을 읽는 건 남자들이잖아요."

포와로가 안됐다는 듯 한숨을 내쉬었다. 그는 혼잣말로 중얼거렸다.

"단역이라도 좋으니 내가 지금 이 순간에 영화배우 역할을 할 수 있다면 좋으련만."

하인이 문을 열었다.

"저녁 준비가 끝났습니다." 그가 침착하게 말했다.

포와로의 예상은 그대로 들어맞았다. 음식 맛은 최고였고, 시중드는 솜씨도 완벽했다. 은은한 불빛과 광택이 나는 나뭇결, 그리고 아일랜드식 포도주 잔의 어스레한 푸른빛 등이 환상적으로 조화를 이루었다. 희미한 불빛 아래 맨 윗자리에 앉아 있는 셰이터나 씨의 모습은 더욱 사악해 보였다.

그는 남녀의 숫자가 맞지 않는 것에 대해 정중하게 사과했다. 그의 오른쪽에는 로리머 부인이, 그리고 왼쪽에는 올리버 부인이 자리를 잡고 있었다. 메러디스 양은 배틀 총경과 디스파드 소령 사이에, 포와로는 로리머 부인과 로버츠 박사 사이에 각각 앉아 있었다.

로버츠 박사가 장난투로 말하기 시작했다.

"당신은 오늘 밤 내내 유일무이한 그 예쁜 처녀를 독차지하려는 건 아니겠죠? 이보시오, 프랑스 친구, 괜히 시간만 허비하는 거 아니오?"

"유감스럽게도 나는 벨기에인이오." 포와로가 말을 받았다.

"여자 문제가 관련된 곳이면 어디나 마찬가지죠, 안 그렇습니까?"

의사가 쾌활하게 말했다. 그러고 나서 그는 장난기를 거두고 의사들의 직업적인 딱딱한 어투로 자기 맞은편에 앉아 있는 레이스 대령과 최근에 개발된 졸음병의 치료법에 대해 얘기하기 시작했다.

로리머 부인은 포와로를 돌아보며 최근에 본 연극에 대해서 얘기하기 시작했다. 그녀는 정확한 판단력을 가지고 신랄하게 비평을 했다. 그들은 계속해서 책 얘기와 세계정세에 대한 얘기를 나누었다. 포와로는 얘기 중에 그녀가 해박한 지식을 갖고 있으며 매우 지적인 여자라는 걸 알게 되었다.

식탁 맞은편에서는 올리버 부인이 과거의 알려지지 않은 독약에 대해 아는 바가 있는지를 디스파드 소령에게 물어보고 있었다.

"쿠라레(남미 원주민들이 독화살에 사용하는 독)라는 것이 있죠."

"그런 걸 모르는 사람이 어디 있어요? 어린애들도 다 알 거예요. 좀더 새로운 걸 물어보는 거예요."

디스파드 소령이 딱딱하게 말했다.

"미개인들은 지금도 옛 물건들을 그대로 쓰고 있어요. 그들은 자기네 할아버지, 할머니가 쓴 것들에 강한 집착을 가지고 있죠."

"정말 지겨운 일이에요." 올리버 부인이 말했다.

"나는 그들이 약초와 다른 여러 가지들을 쌓아놓고 항상 실험을 하고 있는 줄 알았어요. 그런 건 탐험가들이나 하는 짓인데 말이에요. 탐험가들은 집에 돌아와서, 그곳에서 구해 온 덕분에 아무도 모르는 독약으로 자기들의 부자 삼촌들을 모조리 죽여 버릴 수 있을 거예요."

"그런 용도라면 거기까지 갈 필요도 없죠. 문명세계에도 있으니까요. 예를 들어서, 실험실 같은 데 말입니다. 진짜 병을 유발시키는 세균처럼 보이는 배양액이 얼마든지 있습니다."

"그건 내 취미에 맞지 않아요." 올리버 부인이 말했다.

"또 이름을 혼동하기도 쉽잖아요. 포도상구균과 연쇄상구균만 봐도 그래요. 내 비서가 알기에는 너무 어려운 이름인 데다가 듣기만 해도 따분하거든요, 안 그래요? 당신은 어떻게 생각하세요, 배틀 총경님?"

"실제 일어나는 사건들을 보면, 사람들은 그렇게 세세한 점까지 신경을 쓰지 않는 경우가 많죠." 총경이 말했다.

"사람들은 대개 비소를 사용하는데, 그건 약효가 확실하고 또 구하기도 쉽기 때문이죠."

"말도 안 돼요." 올리버 부인이 응수했다.

"그렇게 말하는 건 런던경시청에서 알아내지 못한 사건이 많다는 증거가 아닌가요? 만일 거기에 여자가 있다면―."

"사실을 말하자면 우리도―."

"그래요. 우스꽝스러운 모자를 쓰고 공원에서 사람들이나 방해하는 별 볼일 없는 여자 경찰관들이야 많죠. 하지만 나는 수사를 지휘하는 여자를 말하는 거예요. 여자들은 범죄에 대해 모르는 것이 없거든요."

"여자들이 범죄를 저지르면 잡기가 극히 힘들죠. 머리가 여간 좋아야죠. 사건을 꾸미는 데에는 귀신같은 데가 있어요."

배틀 총경이 불쾌한 듯 말했다.

셰이타나 씨가 부드럽게 미소를 흘렸다.

"독약은 여자들이나 쓰는 무기죠." 그가 말했다.

"많은 사람을 독살했지만, 잡히지 않은 여자들이 많이 있을 겁니다."

"물론 그렇겠죠."

올리버 부인이 접시에서 디저트를 양껏 떠 담으며 자랑스러운 듯 말했다.

"의사에게도 그럴 수 있는 기회가 있죠."

셰이타나 씨가 의미심장하게 말했다.

"그렇지 않아요." 로버츠 박사가 반박을 하고 나섰다.

"우리가 환자에게 독을 먹인다면, 그건 우연한 실수일 뿐입니다."

그는 명랑하게 웃었다.

"그런데 내가 만일 살인을 해야 한다면—."

셰이터나 씨는 말을 하려다가 멈췄다.

그 말은 모두의 주의를 끄는 효과를 발휘했다. 모든 사람의 시선이 일제히 그를 향하고 있었다.

"나 같으면 아주 간단하게 일을 처리하겠습니다. 사고란 건 어디에나 있거든요—총기 사고만 해도 그렇죠. 또, 집 안에서 벌어지는 사고도 있고요."

그러더니 그는 어깨를 으쓱하고 나서 자기의 포도주 잔을 집어들었다.

"그렇지만, 내가 어찌 이 많은 전문가 앞에서 살인을 논하겠습니까?"

그가 술을 들이켰다. 등불이 그의 잔과 기름을 바른 수염, 나폴레옹을 연상시키는 환상적인 눈썹이 있는 얼굴을 동시에 붉게 비추었다.

잠시 침묵이 흘렀다.

올리버 부인이 말했다.

"지금 20분이 넘었나요? 천사가 지나가는군요. 내 다리가 꼬였어요. 나쁜 천사가 지나가고 있나 봐요."

제3장

브리지 게임

사람들이 거실로 돌아왔을 때에는 브리지 게임을 할 수 있는 탁자가 마련되어 있었고, 그 위에는 커피가 준비되어 있었다.

"어느 분이 게임을 잘하시죠?" 셰이터나 씨가 물었다.

"로리머 부인이 잘하신다는 건 알고 있고, 로버츠 박사도 마찬가지인데, 메러디스 양—아가씨는 할 줄 아나요?"

"할 수는 있지만 그리 잘하지는 못해요."

"좋아요. 디스파드 소령은? 좋아요. 당신들 넷이서 여기서 게임을 하면 되겠군요."

"브리지 게임을 할 수 있어서 얼마나 다행인지 모르겠어요."

로리머 부인이 옆으로 얼굴을 돌려 포와로에게 말했다.

"나는 브리지라면 정신을 못 차리는 사람이에요. 점점 더 하고 싶어지는데요. 만일 저녁식사 뒤에 브리지 판이 벌어지지 않는다면, 그런 모임엔 참석하지도 않아요. 집에서 잠이나 자죠. 이런 말을 하는 게 좀 부끄럽긴 하지만 사실은 사실이니까요."

그들은 편을 갈랐다. 로리머 부인은 앤 메러디스 양과 짝이 지어졌고, 디스파드 소령은 로버츠 박사와 한편이 되었다.

"남자 대 여자 게임이로군요."

자리에 앉아 카드를 능숙하게 섞으면서 로리머 부인이 말했다.

"푸른색 카드가 어때요? 한 가지를 골라야 하는데."

"꼭 이겨야 해요." 여성에 대한 옹호심이 발동한 듯 올리버 부인이 말했다.

"남자들에게 자기들 멋대로만 할 수 없다는 걸 보여줘야 해요."

"그게 그리 쉽지는 않을 텐데요."

다른 카드를 떼어서 섞기 시작하며 로버츠 박사가 말했다.

"당신이 돌려야겠군요, 로리머 부인."

디스파드 소령은 좀 천천히 자리에 앉았다. 그는 앤 메러디스 양이 상당히 예쁘다는 사실을 이제야 겨우 발견하기라도 한 듯 그녀를 유심히 바라보고 있었다.

"빨리 카드를 떠세요." 로리머 부인이 답답하다는 듯이 말했다.

그는 미안하다는 인사를 하면서 카드를 떴다. 로리머 부인은 능숙하게 카드를 돌리기 시작했다.

"옆방에도 브리지를 할 수 있는 탁자가 마련되어 있습니다."

셰이터나 씨가 말했다. 그가 두 번째 방의 문을 열고 들어가자 나머지 네 명도 그의 뒤를 따라 들어갔다. 그 방은 작고 아늑한 흡연실이었는데, 탁자 위에는 브리지를 할 준비가 되어 있었다.

"우리도 편을 나눠야겠군요." 레이스 대령이 말했다.

셰이터나 씨가 고개를 저으며 말했다.

"나는 하지 않겠습니다. 브리지 게임에는 별로 흥미가 없습니다."

다른 사람들도 모두 별로 하고 싶지 않다는 말을 했으나, 그가 반강제로 그들을 설득시켜 모두 자리에 앉게 했다. 포와로는 올리버 부인과 한편이, 배틀 총경은 레이스 대령과 한편이 되었다.

셰이터나 씨는 그들을 한동안 지켜보고 있다가 올리버 부인이 카드가 두 장 더 있어야 한다며 손을 들어 알리자, 사악한 표정으로 싱긋 웃으며 그녀의 손을 힐끔 쳐다본 뒤 옆방으로 사라졌다. 그 방에서도 열띤 게임이 벌어지고 있었다. 그들의 얼굴은 긴장되어 있었고 게임은 빠른 속도로 진행되고 있었다.

"하트 1." "통과." "클럽 3." "스페이드 3." "다이아몬드 4." "더블." "하트 4."

셰이터나 씨는 그 모습을 바라보며 알 수 없는 미소를 띠고 있었다. 그는 방을 가로질러 걸어가서 벽난로 옆에 있는 큰 의자에 앉았다. 방 안으로 술쟁반이 들어오더니 옆에 있는 탁자 위에 놓여졌다. 벽난로의 불빛이 수정으로 만든 담뱃갑을 희미하게 비추고 있었다.

조명에 있어서는 예술가의 수준에 도달한 셰이터나 씨였지만, 외양만으로 볼 때는 단순히 벽난로의 불빛만 비치는 방으로 보이도록 해놓았다. 그의 팔꿈치 옆에 있는 작은 램프는 책을 읽고 싶을 때를 위한 것이었다. 온 방을 대낮같이 비출 수 있는 조명기구가 있었지만, 적당히 조절했기 때문에 은은한 빛이 감돌고 있었다. 단지 간발적으로 카드의 이름이 들려오는 브리지 탁자 위에서만 조금 강한 빛이 나오고 있을 뿐이었다.

"노 트럼프 1." 또렷하고 확고한 말투의 로리머 부인이었다.

"하트 1." 목소리에 어딘가 공격적인 데가 있는 로버츠 박사였다.

"패스" 조용한 목소리, 앤 메러디스 양이었다.

디스파드 소령의 목소리가 나오는 데에는 시간이 좀 걸렸다. 생각하는 게 늦어서라기보다는 자신이 생각한 바를 확실하게 해두고자 하는 사람이었기 때문이다.

"하트 4."

"더블."

너울거리는 난로 불빛 속에 드러난 셰이터나 씨의 얼굴에는 미소가 감돌고 있었다. 그는 계속 미소를 짓고 있었다. 그의 눈썹이 오르락내리락했다.

그는 자신이 연 파티를 즐기고 있었던 것이다.

"다이아몬드 5. 게임 끝, 한 판 승리." 레이스 대령이 말했다.

"잘했어요, 역시 우리 편은 달라요." 그가 포와로에게 말했다.

"당신이 그렇게 하리라고는 생각지도 못했어요. 저편에서 스페이드로 끌고 가지 않은 것이 행운이었어요."

"그래도 결과는 마찬가지였을 겁니다."

배틀 총경이 말했다. 그는 아주 관대한 태도를 보이고 있었다.

그는 스페이드를 불렀었다. 같은 편인 올리버 부인에게 스페이드가 있었지만, 그녀는 잠시 무엇에 홀렸는지 클럽으로 이끌고 말아서, 결국 그들이 패배하게 되었던 것이다.

레이스 대령이 시계를 바라보았다.

"12시 10분이군요. 한 게임 더 할 시간이 있을까요?"

"미안합니다. 일찍 잠자리에 드는 습관이 돼서." 배틀 총경이 말했다.

"나도 마찬가지입니다." 에르큘 포와로가 말했다.

"그럼, 이제 그만 계산을 하는 것이 좋겠군요." 레이스 대령이 말했다.

그날 저녁의 다섯 판은 남성 측의 일방적인 승리로 끝났다. 올리버 부인은 나머지 세 사람에게 모두 3파운드 7실링을 잃었다. 가장 많이 딴 사람은 레이스 대령이었다. 올리버 부인은 브리지 게임을 못하는 편이었지만, 지고 나서도 기분 상해하는 일은 없었다. 그녀는 흔쾌히 돈을 지불했다.

"오늘 밤에는 정말 죽어라고 재수가 없군요." 그녀가 말했다.

"가끔 이럴 때가 있긴 해요. 어제만 해도 패가 정말 잘 풀려 나갔는데."

그녀는 몸을 일으켜 세워 수가 놓인 가방을 집어든 뒤, 잠시 머리를 다듬었다.

"주인은 옆방에 있을 거예요." 올리버 부인이 말했다.

그녀가 먼저 문을 열고 들어가자, 나머지 세 사람도 따라 들어갔다.

셰이터나 씨는 난롯가 옆에 놓여 있는 의자에 앉아 있었다. 브리지를 하는 사람들은 하나같이 모두 게임에 몰두해 있었다.

"클럽 5의 더블." 냉랭하고 단호한 목소리로 로리머 부인이 말했다.

"노 트럼프 5."

"노 트럼프 5의 더블."

올리버 부인이 탁자 곁으로 다가갔다. 아주 흥미진진한 판인 것 같았다.

배틀 총경도 그녀의 곁으로 걸음을 옮겼다. 레이스 대령은 셰이터나 씨 쪽으로 다가갔다. 포와로는 그의 뒤에 서 있었다.

"이젠 그만 가봐야겠습니다." 레이스 대령이 말했다.

셰이터나 씨는 아무 말도 하지 않았다. 그의 머리는 앞으로 약간 떨구어져 있었는데, 마치 잠들어 있는 것처럼 보였다. 레이스 대령은 포와로에게 심상찮은 눈길을 보내더니, 그의 곁으로 가까이 다가갔다. 갑자기 그가 외마디 소리를 지르더니 몸을 바짝 더 앞으로 숙였다. 포와로는 잠시 그대로 서 있다가 레이스 대령이 가리키는 곳을 보았다. 그건 마치 특별히 장식해 놓은 단추 같았는데, 사실은 그렇지가 않았다.

포와로는 몸을 굽혀 셰이터나 씨의 양손을 들었다가 다시 내려놓았다. 그는 의혹에 차 있는 레이스의 눈길과 부딪히게 되자 고개를 끄덕였다.

"배틀 총경, 이리로 와보시오." 레이스 대령이 외쳤다.

배틀 총경이 그들 곁으로 성큼성큼 다가왔다. 올리버 부인은 여전히 그 자리에서 노 트럼프 5의 더블이 되는 모습을 지켜보고 있었다.

배틀 총경은 외관상으로는 무뚝뚝하고 둔해 보였지만, 실제로는 아주 민첩한 사람이었다. 그는 다가오면서 눈썹을 추켜세우고는 나지막하게 말했다.

"왜 그러십니까?"

레이스 대령은 고갯짓으로 의자 위에서 잠든 듯이 앉아 있는 사람을 가리켰다. 배틀 총경이 몸을 굽힐 때 포와로는 셰이터나 씨의 얼굴을 주의 깊게 지켜보았다. 어딘지 멍청해 보이는 얼굴이었다. 입은 헤 하고 벌어져 있었다. 평상시의 악마 같은 인상은 조금도 찾을 수가 없었다.

포와로가 고개를 저었다.

배틀 총경이 몸을 일으켰다. 그는 손대지 않은 채 셰이터나 씨의 셔츠에 달려 있는, 이상한 단추처럼 보였지만 단추가 아닌 것을 조사했다. 그는 축 늘어진 팔을 들었다가 내려놓았다. 그는 벌떡 일어나서 냉정하고 늠름한 병사 같은 태도로 사건을 처리할 준비를 갖추었다.

"잠깐만 여기 좀 보십시오." 그가 말했다.

그의 커진 목소리는 그의 직업이 어떻다는 것을 나타낼 만했으며, 그전까지의 목소리와는 매우 달랐기 때문에 브리지 탁자에 둘러앉아 있던 모든 사람들이 모두 그에게 고개를 돌렸다. 앤 메러디스 양의 손에 있는 스페이드 에이스 카드가 똑똑히 보였다.

"이런 말을 하게 되어서 유감입니다만―." 그가 말을 시작했다.

"우리를 초대한 셰이터나 씨가 죽었습니다."

로리머 부인과 로버츠 박사가 벌떡 일어났다. 디스파드 소령은 시체를 응시하더니 이마를 찌푸렸다. 앤 메러디스 양의 입에서는 얕은 비명이 터져 나왔다.

"분명합니까?"

로버츠 박사는 자신의 직업적인 본능이 발동한 듯 죽은 사람을 부검하러 들어가는 의사의 걸음걸이로 방을 가로질러 다가왔다.

배틀 총경이 잽싸게 그의 길을 가로막았다.

"잠깐만요, 로버츠 박사. 우선 오늘 저녁, 이 방에 누가 드나들었는지부터 말해 주시겠습니까?"

로버츠 박사가 그를 바라보았다.

"누가 드나들었냐고요? 그것참 이상하군요. 그런 사람은 아무도 없었는데."

배틀 총경의 시선이 다른 사람에게로 향했다.

"그 말이 맞습니까, 로리머 부인?"

"틀림없어요."

"집사나 다른 하인들도 들어오지 않았습니까?"

"아뇨. 우리가 자리에 앉을 때 집사가 저 판을 들고 들어온 이후로는 아무도 들어오지 않았어요."

배틀 총경이 그 말을 확인하려는 듯 디스파드 소령을 쳐다보았다.

디스파드 소령이 고개를 끄덕였다.

메러디스 양은 말하기가 힘겨운 듯 더듬거렸다.

"그—그래요. 틀림없어요."

"도대체 이게 어찌된 일입니까?" 로버츠 박사가 못 참겠다는 듯 입을 열었다.

"내가 검사를 해봐야겠어요. 혹시 단순한 졸도일 수도 있으니까요."

"졸도가 아닌 게 확실합니다. 담당의사가 오기 전까지는 아무도 시체에 손을 대서는 안 됩니다. 여러분, 셰이터나 씨는 살해되었습니다."

"살해되었다고요?"

앤의 입에서 끔찍하다는 듯한 탄식이 터져 나왔다.

디스파드 소령의 눈에서는 차갑고 덤덤한 빛이 새어 나왔다.

"살인이라고요?"

로리머 부인의 날카로운 목소리가 방을 울렸다.

"세상에!" 로버츠 박사의 목소리였다.

배틀 총경이 천천히 고개를 끄덕였다. 무표정한 그의 모습은 마치 도자기로 만든 중국인형 같았다.

"칼에 찔렸습니다." 그가 말했다.

그러고 나서 그는 갑자기 내뱉듯이 말을 했다.

"당신들 중에서 오늘 저녁 브리지 탁자에서 일어났던 사람이 있습니까?"

그는 네 사람의 표정에서 일어나는 변화를 놓치지 않고 바라보았다. 그는 공포, 이해, 격분, 실망, 끔찍함 등이 교차하는 모습을 보았지만 도움이 될 만한 것은 하나도 찾아내지 못했다.

"뭐라고요?"

잠시 침묵이 흐른 뒤 디스파드 소령이 조용한 목소리로 말을 시작했다. 그는 행진 대열에 있는 병사처럼 뻣뻣이 서서 좁고 지적인 얼굴을 배틀 총경 쪽으로 돌렸다.

"이 방에 있는 사람 모두 자리에서 일어났던 것 같습니다. 마실 것을 찾거나 난로에 나무를 집어넣기 위해서였겠죠. 내가 난롯가로 갔을 때 셰이터나 씨는 잠들어 있었습니다."

"잠들어 있었다고요?"

"그랬던 것 같습니다, 맞아요."

"그랬을지도 모르죠." 배틀 총경이 말했다.

"아니면 그때 이미 죽어 있었을지도 모르고요. 그 점에 대해서는 곧 조사가 진행될 겁니다. 여러분은 옆방으로 가주시기 바랍니다."

그는 무표정한 얼굴을 팔꿈치 쪽으로 돌렸다.

"레이스 대령, 당신도 함께 가주시겠습니까?"

레이스 대령이 재빠른 눈짓으로 왜 그러는지 알겠다는 표시를 했다.

"좋습니다, 배틀 총경."

브리지를 하던 네 사람이 모두 천천히 옆방으로 갔다.

올리버 부인은 한쪽 구석에 있는 의자에 앉아 낮게 흐느끼기 시작했다.

배틀 총경은 수화기를 집어들고 경찰에 신고를 했다. 이윽고 그가 다시 말했다.

"경찰이 곧 이리로 올 겁니다. 런던경시청으로부터 나더러 이 사건을 맡으라는 지시가 떨어졌습니다. 담당의사가 곧 올 테지만, 그가 죽은 지 얼마쯤 된 것 같습니까, 포와로 씨? 내가 보기에는 한 시간은 더 된 것 같은데요."

포와로는 아무 생각 없이 고개를 끄덕였다.

"그는 불 바로 앞에 앉아 있었소. 그것 때문에 시간의 오차가 있을 수도 있지. 살해된 지 한 시간은 넘었겠지만, 두 시간 반은 넘지 않았을 거요. 아마의사도 그렇게 말할 겁니다. 확실해요. 그런데, 뭘 보거나 들은 사람이 아무도 없군요. 정말 놀라운 일입니다. 도대체 어떻게 그럴 수 있었을까? 혹시 비명을 질렀는지도 모르는데 말이오."

"그렇지만 비명은 지르지 않았습니다. 살인자가 운이 좋았는지도 모르죠. 당신 말대로 놀랄 만한 살인입니다. 뭐 좀 떠오르는 것이 없습니까, 포와로 씨? 동기라든지 뭐 그런 종류의 것 말입니다."

포와로가 천천히 말했다.

"그래, 브리지의 점수를 보니까 짚이는 데가 있기는 합니다. 혹시 셰이터나 씨가 당신에게 오늘 밤은 파티가 어떨 것이라는 얘기를 하지 않았나요?"

배틀 총경이 이상하다는 듯 그를 쳐다보았다.

"아뇨, 포와로 씨. 그런 얘기는 하지 않았는데요. 왜요?"

벨소리가 희미하게 들리더니 문이 열리는 소리가 들렸다.

"경찰이 왔군요." 배틀 총경이 말했다.

"가서 이리 들어오게 해야겠어요. 당신의 얘기도 곧 들어봐야겠습니다. 또 지겨운 일이 시작되는군요."

포와로가 고개를 끄덕였다. 배틀 총경은 방에서 나갔다.

올리버 부인은 계속 흐느끼고 있었다.

포와로는 브리지 탁자 쪽으로 다가갔다. 그러고는 아무것에도 손대지 않은 채 점수를 유심히 살폈다. 그는 가볍게 고개를 저었다.

"바보 같은 사람! 어리석은 사람 같으니라고!" 그러고는 중얼거렸다.

"악마 같은 옷을 입고 사람들에게 겁이나 주더니."

문이 열렸다. 담당의사가 가방을 들고 들어왔다. 그의 뒤로는 검시관과 배틀 총경이 얘기하며 들어오고 있었다. 카메라맨이 그 뒤에 들어왔다. 응접실에는 경관이 한 명 있었다. 범인을 잡는 작업이 다시 시작된 것이다.

제4장

첫 번째 살인자?

에르큘 포와로, 올리버 부인, 그리고 레이스 대령과 배틀 총경은 식탁에 둘러앉아 있었다. 한 시간이 지난 뒤였다. 시체는 부검과 촬영이 끝난 뒤 후송되었다. 지문 감식반도 다녀갔다.

배틀 총경이 포와로를 바라보았다.

"저 방에 있는 사람들을 부르기 전에 당신이 하려 했던 얘기가 어떤 것인지 듣고 싶군요. 당신 말에 의하면, 오늘 밤에 열린 파티의 배후에 뭔가 있는 것 같은데요?"

포와로는 아주 신중하고 조심스럽게 웨식스 하우스에서 셰이타나 씨가 한 얘기를 말해 주었다.

배틀 총경이 입술을 오므렸다. 다소 놀랐는지 거의 휘파람을 부는 듯했다.

"수집품이라고요, 예? 살인자들이 버젓이 살아 있다니, 원! 정말 그가 그렇게 얘기했단 말이죠? 혹시 당신을 놀리려고 한 말은 아닐까요?"

포와로가 고개를 저었다.

"아니, 분명히 그렇게 얘기했어요. 셰이타나 씨는 인생에 대한 자신의 사악한 태도에 상당한 자부심을 느끼는 사람이었소. 허영심으로 가득 찬 사람이었지. 결국 멍청한 인간이었다는 말이 되는데, 바로 그게 그를 죽게 한 것이오."

"알겠습니다."

배틀 총경이 마음속에 뭔가 짚이는 것이라도 있는 듯이 말했다.

"여덟 명의 손님과 자신이 참석한 파티라……. 말하자면 네 명의 탐정과 네 명의 살인자라……."

"그건 말도 안 되는 소리예요." 올리버 부인이 소리쳤다.

"정말 말도 안 돼요. 저 사람 중에는 살인을 저지를 만한 사람이 아무도 없어요!"

배틀 총경은 생각에 잠긴 채 고개를 흔들었다.

"나라면 그렇게 속단하지 못할 것 같은데요, 올리버 부인. 단지 겉모습과 행동만 보고서 살인자들을 보통 사람들과 구분하는 건 정말이지 어려운 일이죠. 인품과 덕망을 고루 갖춘 사람도 살인자인 경우가 매우 많습니다."

"그렇다면 범인은 로버츠 박사겠군요." 올리버 부인이 잘라 말했다.

"나는 그를 처음 본 순간, 직감적으로 그 사람에게는 어딘지 모르게 악의가 깃들어 있다는 느낌을 받았어요. 내 직감이 틀린 적은 한 번도 없었어요."

배틀 총경은 레이스 대령을 바라보았다.

"당신은 어떻게 생각합니까?"

레이스 대령은 어깨를 으쓱했다. 그는 배틀 총경의 물음에 대한 올리버 부인의 의심에 관해서는 한마디도 언급하지 않고, 다만 포와로의 말을 그대로 인용해서 대답했다.

"그럴 수도 있지요." 그가 말했다.

"그럴 수도 있어요. 그 사실로 미루어 볼 때 셰이터나 씨는 적어도 한 가지 경우에 있어서는 올바르게 판단했을 것 같습니다. 그는 이 사람들이 살인자일지도 모른다는 의심은 할 수 있었겠지만, 확신은 할 수 없었을 겁니다. 네 사람의 경우 모두에서 그의 추측이 맞을 수도 있고, 아니면 한 사람의 경우에만 맞을 수도 있죠. 하지만, 한 사람에 대해서만은 그가 옳은 판단을 내렸던 게 분명합니다. 그의 죽음이 바로 그것을 증명해 주고 있으니까요."

"그들 중 한 명이 일을 저질렀을까요, 포와로 씨?"

포와로가 고개를 끄덕였다.

"셰이터나 씨는 저명한 인물이오." 그가 말을 이었다.

"그에게는 위험한 기질이 있었고 무자비하다는 비난도 많이 받았지요. 따라서 범인은 셰이터나 씨가 저녁에 파티를 열어 즐긴 뒤 어느 순간에 자기를 경찰에 넘길지도 모른다고 생각했던 겁니다. '바로 너다.' 하고 폭로하면서 말이오. 그 자—아니면 그녀는 셰이터나 씨에게 확고한 증거가 있다고 추측했을 겁니다."

"그가 정말 그런 증거를 가지고 있었을까요?"

포와로가 어깨를 으쓱했다.

"그야 알 수 없는 일이지."

"로버츠 박사예요!" 올리버 부인이 다시 확신에 찬 목소리로 말했다.

"아주 활달한 사람이죠. 살인자들은 대개가 활달한 성격을 가지고 있어요. 그게 다 위장이에요. 배틀 총경님, 내가 당신이라면 지금 당장 그를 체포하겠어요."

"런던경시청의 책임자가 여자라면 그럴 수도 있겠죠."

배틀 총경이 말을 받았다. 감정을 좀처럼 드러내지 않는 그의 눈에서 잠깐 동안 빛이 번쩍였다.

"그러나 당신도 잘 알겠지만, 의심이 가는 사람이 있다 해도 우리는 아주 세심한 주의를 기울여야만 한답니다. 범인은 천천히 체포해도 늦지 않을 테니까요."

"남자들이란―!"

올리버 부인은 한숨을 내쉬고는 한 편의 신문 기사를 구상하기 시작했다.

"이제 저 사람들을 들어오게 하는 것이 좋겠군요." 배틀 총경이 말했다.

"그들을 저렇게 오랫동안 기다리게 해봤자 좋을 게 하나도 없거든요."

레이스 대령이 몸을 반쯤 일으켜 세우며 말했다.

"우리가 계속 있어도 될는지……."

배틀 총경은 시선이 올리버 부인의 우아한 눈과 마주치게 되자 잠시 머뭇거렸다. 그는 레이스 대령의 공무상 위치와, 포와로가 경찰과 협조하여 수사를 한 사건이 많다는 사실을 잘 알고 있었다. 그렇지만 올리버 부인이 계속 남아 있게 된다면 수사의 방향을 흐트러지게 할지도 모른다. 그러나 배틀 총경은 마음씨가 좋은 사람이었다. 그는 올리버 부인이 3파운드 7실링을 잃고서도 쾌활하게 돈을 내던 모습을 상기해 보았다.

"당신들 모두 여기 있어도 좋습니다." 그가 말했다.

"그렇지만 절대로 방해는 하지 마십시오(그는 올리버 부인을 흘끗 쳐다보았다). 그리고 포와로 씨가 방금 한 말에 대해서는 어떤 말도 입 밖에 내서는 안 됩니다. 그건 셰이터나 씨만 알고 있었던 비밀이었고, 범인은 그걸 그와 함께 매장시키려 했으니까요, 알겠습니까?"

"물론이에요." 올리버 부인이 말했다.

배틀 총경은 문쪽으로 걸어가서 응접실에 대기하고 있던 경관을 불렀다.

"저쪽에 있는 조그만 흡연실로 가보게. 손님 네 분과 앤더슨이 있을 거야. 그리고 로버츠 박사에게 수고스럽지만 이리로 좀 와달라고 전해 주게."

"나는 끝까지 그를 물고 늘어질 거예요." 올리버 부인이 말했다.

"내가 쓰고 있는 책 속에서 말이죠."

그녀는 미안한 듯 덧붙여 말했다.

"실제로는 좀 다를 수도 있죠." 배틀 총경이 말했다.

"나도 알아요. 실제보다 더 나쁜 경우가 많죠." 올리버 부인이 말했다.

로버츠 박사는 약간 풀이 죽은 채 방으로 들어왔다.

"이봐요, 배틀 총경." 그가 말했다.

"도대체 이게 어찌된 일입니까? 큰소리를 내서 미안합니다, 올리버 부인. 그렇지만 내가 흥분할 만도 합니다. 의사로서 얘기한다면, 나는 도저히 믿을 수 없습니다. 몇 미터도 안 떨어진 곳에 세 사람이나 있었는데 살인이 벌어지다니!" 그는 머리를 흔들었다.

"제기랄! 나라면 그렇게 죽이지 않을 거요."

가벼운 미소가 잠시 그의 입술 언저리에 번졌다.

"내가 범인이 아니라는 것을 증명하기 위해 내가 할 수 있는 것이 뭐가 있겠습니까?"

"그건 동기에 관한 겁니다, 로버츠 박사."

의사는 알겠다는 듯 고개를 끄덕였다.

"그 점이라면 어려울 게 없죠. 나는 가련한 셰이터나 씨를 죽여야 할 동기라고는 털끝만큼도 없으니까 말이오. 더구나 나는 그를 잘 알지도 못해요. 그는 나를 즐겁게 해주었죠―정말 환상적인 사람이었어요. 그에게는 어딘지 별난 구석이 있었답니다. 물론 당신들은 나와 그와의 관계를 자세히 수사하겠죠. 그야 뻔한 거니까. 나도 바보는 아니오. 그렇지만 별로 도움이 되지 않을 겁니다. 나는 셰이터나 씨를 죽일 만한 이유도 없고, 또 그를 죽이지도 않았어요."

배틀 총경이 굳은 얼굴로 고개를 끄덕였다.

"당신 말이 맞습니다, 로버츠 박사. 당신의 추측대로 우리는 조사를 할 겁니다. 당신은 역시 생각이 깊으시군요. 그럼 다른 세 사람에 대해 아는 걸 얘기해 주시겠습니까?"

"그들에 대해서는 잘 알지 못합니다. 디스파드 소령과 메러디스 양은 오늘 밤에 처음 만났으니까요. 디스파드 소령에 대해서는 약간 알고 있었지요. 그의 여행기를 읽은 적이 있거든요―순전히 허풍이겠지만."

"그와 셰이터나 씨가 서로 아는 사이라는 것을 알고 있었습니까?"

"몰랐습니다. 셰이터나 씨가 그에 대해서 얘기한 적이 없었거든요. 이미 말했다시피 그를 알고는 있었지만, 만난 적은 없었습니다. 메러디스 양도 처음 만났지요. 로리머 부인에 대해서는 조금 알고 있었고요."

"어떤 점을요?"

로버츠 박사가 어깨를 으쓱했다.

"그녀는 과부죠. 괜찮게 살고, 지적인 데다가 교양도 있는 부인입니다. 게다가 브리지 솜씨는 일급이죠. 사실은, 그녀를 처음 만난 것도 브리지 게임을 하면서였습니다."

"셰이터나 씨가 그녀에 대해서도 얘기하지 않았나요?"

"그렇습니다."

"흠, 그 정도로는 별 도움이 안 되겠군요. 그렇다면, 로버츠 박사, 기억을 가다듬어서 당신이 자리에서 일어난 것이 몇 번이었는지와, 다른 사람들의 움직임에 대해 생각나는 대로 모두 얘기해 주시겠습니까?"

로버츠 박사는 잠시 그때를 회상하는 듯했다.

"어려운 질문이군요." 그가 솔직한 태도로 말했다.

"내가 일어났던 건 기억할 수 있습니다. 세 번 일어났습니다―내가 공석(空席)일 때였거든요. 자리에서 일어나 내 일을 좀 봤죠. 첫 번째는 난로에 장작을 집어넣기 위해서였고, 두 번째는 여자들에게 마실 것을 갖다 주기 위해서였죠. 마지막은 내가 마실 위스키와 소다를 가져오려고 일어났었고요."

"그때의 시간을 기억할 수 있겠습니까?"

"정확한 시간은 얘기하기가 곤란합니다. 우리가 브리지를 시작한 때가 9시 30분쯤이었던 것 같습니다. 내가 난로에 장작을 넣으러 가기 위해 일어난 때가 그로부터 한 시간 정도 지난 뒤였죠. 그리고 얼마 있다가 마실 것을 가지고 오기 위해 일어났죠. 마지막으로 위스키와 소다를 가지고 온 것이 아마도 11시 30분경이었을 겁니다. 그렇지만 그 시각은 근사치입니다. 정확하다고 장담할 수가 없습니다."

"마실 것이 있는 탁자는 셰이터나 씨가 앉아 있던 의자의 뒤쪽에 있지 않았습니까?"

"그랬죠. 그래서 나는 그의 옆을 세 번이나 지나간 셈이 되죠."

"그리고 그때마다 그가 잠들어 있었다고 생각했습니까?"

"처음에는 그렇게 생각했었죠. 두 번째는 그를 쳐다보지도 않았고요. 세 번째는, '잠귀신이 들었나 보지'라는 생각도 들었지만 그를 쳐다보지는 않았어요."

"잘 알겠습니다. 그렇다면 다른 사람이 탁자에서 일어난 건 언제였습니까?"

로버츠 박사가 이마를 찌푸렸다.

"어렵군요—대답하기가 무척 어려운 질문이에요. 디스파드 소령이 일어나서 멋있는 재떨이를 가지고 온 것 같아요. 마실 것을 가지러 일어난 적도 있고요. 나보다 먼저 일어났지요. 그가 내게 한 잔 들겠느냐고 묻기에 괜찮다고 말했던 기억이 나거든요."

"여자들은?"

"로리머 부인은 난롯가로 한 번 갔던 것 같아요. 불을 키우기 위해서였던 것 같습니다. 그녀가 셰이터나 씨에게 뭐라고 얘기하는 것을 어렴풋이 들은 것 같은데 확실하지는 않습니다. 그때 노 트럼프로 게임을 하고 있었으니까요."

"메러디스 양은?"

"그녀가 탁자에서 일어난 건 분명히 한 번이었어요. 탁자 주위를 돌아와서 내 손에 든 카드를 봤죠—그때는 그녀가 내 파트너였거든요. 그리고 나서 다른 사람들의 손에 든 카드를 슬쩍 보더니 잠시 동안 방 안을 걸어다녔어요. 그때 그녀가 뭘 했는지는 모르겠습니다. 신경을 쓰지 않았으니까요."

배틀 총경이 잠시 생각하더니 말했다.

"당신들이 브리지 탁자에 앉아 있을 때 벽난로를 마주 보며 앉은 사람은 없었습니까?"

"없었습니다. 모두 비스듬히 앉아 있었죠. 그와 우리 사이에는 큰 옷장이 놓여 있었어요. 중국제인데 아주 멋있더군요. 물론, 나도 범인이 그 사람을 찌른다는 게 가능했으리라고 생각해요. 다른 사람들이 브리지에 정신이 팔려 있었을 테니까요. 주위를 돌아보면서 무슨 일이 일어나는지 살펴볼 여유가 없었거든요. 그렇게 할 수 있는 사람은 공석인 사람뿐일 겁니다. 그리고 이번 사건에서는—."

"이번 사건에서는 의심할 것도 없이 공석이었던 사람이 범인이죠."

배틀 총경이 말했다.

"그럴 겁니다. 그래도 상당히 조심을 했겠죠. 결정적인 순간에 누가 쳐다볼지도 모르거든요." 로버츠 박사가 말했다.

"그렇죠." 배틀 총경이 말을 받았다.

"대단한 모험이었겠죠. 강력한 동기가 없었다면 엄두도 못 냈을 겁니다. 우리는 그 동기가 어떤 것이었는지를 밝혀내고야 말겠습니다."

그는 확고한 태도로 말했다.

"그러셔야겠죠." 로버츠 박사가 말했다.

"그의 서류 같은 걸 조사해 보시죠. 혹시 단서가 될 만한 것이 있을지 모릅니다."

"그럴지도 모르죠." 배틀 총경이 풀죽은 소리로 말했다.

그는 상대방을 날카롭게 노려보았다.

"로버츠 박사, 당신의 의견을 듣고 싶소—남자 대 남자로서 말입니다."

"좋습니다."

"다른 세 사람 중 범인이 누구라고 생각합니까?"

로버츠 박사가 어깨를 으쓱했다.

"별로 어렵지 않죠. 디스파드 소령인 것 같아요. 그 사람은 배짱이 두둑한데다 당신도 쉽게 짐작할 수 있는 위험한 일을 해왔잖습니까? 그는 모험을 하는 걸 두려워하지 않습니다. 여자들이 그런 짓을 하리라고는 생각지 않습니다. 더구나 어느 정도 힘이 있어야 가능한 일이거든요."

"그렇게 생각하는 것도 무리가 아니죠. 이걸 좀 보십시오."

마치 요술사처럼 배틀 총경이 손잡이에 작고 동그란 보석이 붙은, 반짝이는 쇠로 된 가늘고 긴 물건을 꺼냈다.

로버츠 박사는 몸을 숙여 그것을 집어들고서 전문가가 감정하듯 유심히 살펴보았다. 그는 칼끝을 만져보더니 놀란 듯한 소리를 냈다.

"놀랍군요! 이 조그만 칼은 살인을 위해 특별히 만든 거군요. 버터에 들어가는 것처럼 쉽게 들어가겠는데요. 분명히 범인이 가져온 것이겠군요."

배틀 총경이 고개를 저었다.

"아닙니다. 이건 셰이터나 씨의 것입니다. 문간에 있던 탁자 위의 여러 가지 장식품들 사이에서 찾아냈죠."

"그래서 범인이 그걸 사용하게 되었군요. 그런 도구를 찾을 수 있었던 건 범인으로서는 행운이었겠습니다."

"글쎄요. 한편의 입장으로는 그랬겠죠." 배틀 총경이 천천히 말했다.

"오, 그야 셰이터나 씨에게는 행운이 아니었죠. 불쌍한 사람 같으니라고."

"그런 말이 아닙니다, 로버츠 박사. 내 말은 이 사건을 바라보는 다른 입장이 있다는 겁니다. 이 무기를 봤을 때 범인의 마음속에 살인의 충동이 일어났을 거라는 생각이 들었습니다."

"갑작스러운 충동 때문이었다는 말인가요? 살인자가 미리 계획한 것이 아니고요? 범인이 여기에 도착한 뒤에 살인을 계획했단 말이죠. 호—왜 그런 생각을 하게 되었을까요?"

그는 궁금한 듯 배틀 총경을 쳐다보았다.

"그저 내 상상일 뿐입니다." 배틀 총경이 담담하게 말했다.

"글쎄요, 물론 그럴 수도 있겠죠." 로버츠 박사가 천천히 말했다.

배틀 총경이 목소리를 가다듬었다.

"됐습니다, 로버츠 박사. 도와줘서 고맙습니다. 당신의 주소를 말해 주시겠습니까?"

"좋습니다. 런던 서2구 글로스터 테라스 200번지. 전화번호는 베이워터 23896."

"알겠습니다. 곧 연락이 갈 겁니다."

"언제라도 환영입니다. 그렇지만, 신문에서 너무 심하게 떠들지 않았으면 좋겠습니다. 내 정신병 환자들이 발작을 일으키면 곤란하니까요."

배틀 총경은 고개를 돌려 포와로를 보았다.

"실례합니다, 포와로 씨. 물어보실 것은 없겠습니까? 로버츠 박사는 괜찮으시리라 보는데……."

"괜찮습니다. 난 당신을 죽 흠모해 왔거든요, 포와로 씨. 회색 뇌세포를 가진 몸집이 작은 분, 그 정도는 나도 알고 있습니다. 당신은 분명히 나를 굉장히 당황시킬 질문을 하겠죠."

에르퀼 포와로는 자신이 외국인인 것을 나타내는 듯한 태도로 깍짓손을 풀었다.

"아닙니다. 나는 단지 몇 가지 사소한 문제에 대해 알고 싶을 뿐입니다. 우선, 당신들은 브리지를 몇 판이나 했죠?"

"세 판 했습니다." 로버츠 박사가 재빨리 대답했다.

"당신들이 들어왔을 땐 네 번째 판이 한창 무르익을 때였죠."

"누가 누구와 한편이었죠?"

"첫 번째 판은 나와 디스파드 소령이 한편이 되어 여자들과 게임을 했죠. 그들이 압도적으로 이겼어요. 완전한 패배였지요. 변변한 카드조차 잡아 보지 못했으니까요.

두 번째 판은 나와 메러디스 양이 한편이 되었고, 상대편은 디스파드 소령과 로리머 부인이었습니다. 세 번째 판은 로리머 부인과 내가 같은 편이었고, 메러디스 양과 디스파드 소령이 같은 편이었습니다. 우리는 매번 편을 갈랐는데 그때마다 사람이 달랐죠. 네 번째 판은 메러디스 양과 내가 다시 한편이 되었습니다."

"누가 이기고 누가 졌습니까?"

"로리머 부인이 매번 이겼습니다. 메러디스 양은 처음 한 판은 이기고 나머지 두 판은 모두 졌습니다. 내가 조금 올렸는데, 그 때문에 메러디스 양과 디스파드 소령이 넘어갔을 겁니다."

포와로가 웃으며 말했다.

"총경은 당신에게 용의자를 말해 보라고 했습니다. 나는 당신에게 브리지 솜씨를 두고 그들을 평가해 주길 부탁합니다."

"로리머 부인은 일류입니다." 로버츠 박사가 재빠르게 대답했다.

"그녀는 브리지로 1년에 꽤 많은 돈을 벌어들일 겁니다. 디스파드 소령도 물론 훌륭합니다─하지만 꽤나 침착한 사람이죠. 아주 똑똑한 친구입니다. 메러디스 양은 안전하게 게임을 하는 편입니다. 실수는 하지 않지만 현명하다고는 할 수 없지요."

"그리고 당신은요?"

로버츠 박사의 눈이 반짝였다.

"나는 너무 모험을 많이 하는 편이죠. 사람들이 그렇게 말합니다. 그렇지만 그만큼 버는 것도 많아요."

포와로가 미소를 지었다. 로버츠 박사가 자리에서 일어났다.

"더 물어볼 것이 있습니까?"

포와로가 고개를 흔들었다.

"좋습니다. 그럼 안녕히 계십시오. 잘 자요, 올리버 부인. 이 사건을 그대로 모방한 작품이 나오겠군요. 흔적이 남지 않는 독약보다는 나은 소재겠죠?"

로버츠 박사는 다시 그 특유의 활기찬 걸음걸이를 되찾아 그 방을 떠났다. 그가 문을 닫고 나가자마자 올리버 부인이 분통을 터뜨렸다.

"모방! 모방이라고! 사람들은 저렇게 무식하다니까. 나는 실제 사건이 없어도 아무 데서라도 이보다 나은 사건을 창조할 수 있어요. 작품 구상이 어려웠던 적은 한 번도 없었어요. 그리고 내 책을 읽는 사람들은 흔적이 남지 않는 독을 좋아한단 말이에요!"

제5장

두 번째 살인자?

로리머 부인은 귀부인 같은 모습을 하고서 식당으로 들어왔다. 다소 창백해 보이긴 했지만 침착한 표정이었다.

"귀찮게 해 드려서 미안합니다." 배틀 총경이 말을 꺼냈다.

"당신은 임무를 수행해야 하니까요." 로리머 부인이 조용히 말했다.

"당신의 임무가 썩 유쾌한 것이 못 된다 하더라도 그걸 피할 순 없는 노릇 아니겠어요. 나는 그 방에 있던 네 명 중 한 명이 범인이라는 것을 알게 되었어요. 물론, 내가 범인이 아니라고 말해도 당신이 믿지 않을 거라는 것을 잘 알고 있습니다."

그녀는 레이스 대령이 내주는 의자에 배틀 총경과 마주 보며 앉게 되었다. 그녀의 지적인 잿빛 눈동자가 그의 눈과 마주쳤다. 그녀는 그가 먼저 입을 열기만을 기다리고 있었다.

"셰이터나 씨를 잘 아십니까?" 마침내 배틀 총경이 입을 열었다.

"그리 잘 알지는 못해요. 오래전부터 그와 알고 지내오긴 했지만, 친하게 지내지는 않았어요."

"그와 처음 만난 곳이 어디였습니까?"

"이집트의 호텔에서였어요—룩소르(이집트 동부 나일 강변의 도시)에 있는 윈터 팰리스라는 데였던 것 같아요."

"그에 대해 어떻게 생각했습니까?"

"그를—물론 이렇게 말하는 것도 무리는 아니겠지만, 허풍선이라고 생각했어요."

"이런 질문을 해서 미안합니다만, 부인에게 혹시 그가 죽기를 바라는 이유 같은 것은 없는지요?"

로리머 부인은 다소 놀란 듯했다.

"당신은 내가 범인이라는 것을 내 입으로 실토하라는 말인가요?"

"그럴지도 모르죠." 배틀 총경이 말했다.

"정말로 똑똑한 사람이라면 모든 게 다 밝혀지기 마련이라는 것을 잘 알고 있을 테니까요."

로리머 부인은 생각에 잠겨 고개를 떨구었다.

"물론 그 점은 사실이에요. 그렇지만, 내게는 셰이터나 씨가 없어지길 바랄 만한 이유가 없습니다. 그가 살아 있건 말건 나와는 아무런 상관이 없습니다. 나는 그를 번지르르하게 겉치레만 하는 사람에다가 배우 기질이 다분히 있는 사람이라고 생각했어요. 가끔 그는 나를 화나게도 했죠. 그게 그를 보는 나의 관점이었습니다."

"좋습니다. 그 얘기는 이만 접어두기로 하죠. 로리머 부인, 그런데 다른 세 사람에 대해서도 알고 있는 것을 얘기해줄 수 있겠습니까?"

"글쎄요, 디스파드 소령과 메러디스 양은 오늘 여기서 처음 만났어요. 둘 다 매력이 있는 사람 같더군요. 로버츠 박사에 대해서는 조금 알고 있어요. 아주 유명한 의사니까요."

"부인의 주치의는 아닙니까?"

"오, 아니에요."

"그러면, 로리머 부인, 당신이 오늘 저녁 자리를 몇 번 비웠는지, 그리고 다른 세 사람의 거동은 어떠했는지에 대해서 얘기 좀 해주시겠습니까?"

로리머 부인은 아무런 거리낌 없이 술술 얘기하기 시작했다.

"당신이 그렇게 물어볼 줄로 짐작하고 있었어요. 그 점에 대해서 여러 번 생각해 봤죠. 나는 공석이었을 때 한 번 일어난 적이 있습니다. 난롯가로 갔었죠. 그때는 셰이터나 씨가 분명히 살아 있었습니다. 나는 그에게 장작불을 바라보는 것이 얼마나 멋지냐고 말을 걸었었거든요."

"그때 그가 대답을 하던가요?"

"그는 빛을 싫어한다고 말했어요."

"다른 사람이 그 대화를 듣지는 않았습니까?"

"그렇지는 않았을 거예요. 다른 사람들의 브리지 게임에 방해되지 않게 하기 위해 가능한 한 나지막한 목소리로 말했거든요."

그녀는 담담한 태도로 계속 말을 이었다.

"내가 말을 걸었을 때 셰이터나 씨는 분명히 살아 있었고, 내 말에 대답까지 했다는 사실을 알려 드리고 싶군요."

배틀 총경은 아무런 대꾸도 하지 않았다. 잠시 뒤 그는 차분한 목소리로 차근차근 한 가지씩 묻기 시작했다.

"그때가 몇 시였죠?"

"우리가 브리지를 시작한 지 한 시간이 조금 지난 뒤였을 거예요."

"다른 사람들은 뭘 하고 있었나요?"

"로버츠 박사가 내게 마실 것을 갖다 줬어요. 그는 또 한 번 자리를 떴는데—시간이 좀 지난 뒤였죠. 디스파드 소령도 마실 것을 가지러 가기 위해 한 번 일어났어요. 그때가 아마 11시 15분쯤이었을 겁니다."

"한 번뿐이었나요?"

"아뇨—두 번이었던 것 같아요. 그 사람들은 꽤 멀리 가는 것 같았는데 그들이 뭘 하는지는 알 수가 없었어요. 메러디스 양은 딱 한 번 자리에서 일어난 것 같아요. 자기편의 패를 보기 위해 탁자를 돌아서 왔죠."

"그러고 나서 그녀는 계속 탁자 옆에 있었습니까?"

"그것까지는 잘 모르겠어요. 어디론가 갔을 수도 있죠."

배틀 총경이 고개를 끄덕였다.

"명확한 것이라고는 하나도 없군." 그가 투덜거렸다.

"미안합니다."

다시 배틀 총경이 마술사 같은 몸짓으로 기다랗고 섬세하게 생긴 단검을 꺼냈다.

"이걸 한번 봐주시겠습니까, 로리머 부인?"

로리머 부인은 무표정하게 그것을 받아들었다.

"전에 이걸 본 적이 있나요?"

"없어요."

"거실의 탁자 위에 버젓이 놓여 있었는데도요?"

"못 봤어요."

"그걸 보면 알겠지만, 로리머 부인, 그런 무기라면 여자라도 사건을 남자가 한 범행처럼 위장할 수 있을 겁니다."

"그럴 수 있겠죠." 그녀가 조용히 말했다.

그녀는 몸을 숙여서 작고 섬세하게 생긴 그 단도를 그에게 돌려주었다.

"분명한 것은—." 배틀 총경이 말했다.

"범인에게는 피치 못할 사정이 있었을 거란 겁니다. 범행을 결심하기가 쉬운 일이 아니거든요."

그는 잠시 말을 멈추고 로리머 부인의 대답을 기다렸지만 그녀는 입을 열지 않았다.

"로리머 부인, 다른 세 사람과 셰이터나 씨와의 관계에 대해 아는 것이 있습니까?"

그녀는 고개를 저었다.

"전혀 없어요."

"누구를 가장 유력한 용의자로 보는지 부인의 생각을 말해 주시겠습니까?"

로리머 부인이 자세를 바로 했다.

"그런 질문에는 대답하고 싶지가 않습니다. 그건 말도 안 되는 소리예요."

배틀 총경은 할머니에게 꾸중을 들어서 어쩔 줄 몰라 하는 어린 소년처럼 보였다.

"주소 좀 말해 주시죠." 수첩을 자기 앞으로 끌어당기면서 그가 말했다.

"첼시시(市) 체인 레인 1-11."

"전화번호는?"

"첼시 45632." 로리머 부인이 일어섰다.

"뭐 물어보고 싶은 것은 없습니까, 포와로 씨?" 배틀 총경이 서둘러 말했다.

로리머 부인이 동작을 멈췄다. 그녀는 고개를 약간 숙이고 있었다.

"이런 것은 물어봐도 괜찮으리라 생각합니다만, 부인. 용의자로서가 아니라, 브리지를 하는 사람으로서 그들에 대한 부인의 의견을 말해 주시겠습니까?"

로리머 부인이 냉정하게 말했다.

"그 점에 대해서라면 얘기 못 할 이유가 뭐 있겠어요 뭐가 뭔지 잘 알지는 못하지만 지금 이 사건을 해결하는 데 도움이 될 수 있다면 말이죠."

"그 점에 대해서라면 조금도 염려하지 마십시오 그거야 내가 판단할 일이죠, 부인."

마치 성질 급한 어른이 바보 같은 아이의 비위를 맞춰 줄 때에 나오는 목소리인 듯한 투로 로리머 부인이 대답했다.

"디스파드 소령은 침착하고 노련하게 게임을 하죠 로버츠 박사는 지나친 모험을 할 때도 있지만, 아주 영리한 사람입니다. 그리고, 메러디스 양은 잘하긴 하지만, 너무 소심하게 게임을 하는 편이었어요. 더 있습니까?"

배틀 총경처럼 마술사 같은 몸짓으로 포와로는 브리지 점수가 적힌 구겨진 종이쪽지를 꺼냈다.

"이 점수는 당신들 중 한 사람의 것이 분명하죠, 부인?"

로리머 부인이 그것을 살펴보았다.

"이건 내 글씨체인데요. 세 번째 판의 점수예요."

"그러면 이 점수는?"

"그건 디스파드 소령의 것이 틀림없어요. 그는 진행할 때마다 지우곤 했거든요."

"그러면 이것은?"

"메러디스 양이 썼을 거예요. 첫 번째 판이에요."

"쓰다가 만 이것이 로버츠 박사의 것입니까?"

"그래요."

"고맙습니다, 부인. 이만하면 됐습니다."

로리머 부인은 올리버 부인 쪽으로 몸을 돌렸다.

"잘 있어요, 올리버 부인 안녕히 계세요, 레이스 대령님."

그러고 나서, 네 명 모두와 악수를 한 뒤 그녀는 방에서 나갔다.

제6장

세 번째 살인자?

"로리머 부인에게서는 얻어낸 것이 별로 없군요." 배틀 총경이 입을 열었다.

"면전에서 그렇게 창피를 주다니. 자기 딴에는 사람들에 대해 상당히 마음을 써준다고 생각하고 있을지 모르나, 요즈음은 그런 식으로 사람들에게 동정을 쏟는 시대가 아닙니다. 악마처럼 교활한 여자예요. 나는 저 여자가 범인이라는 것을 확신할 수는 없지만, 또 누가 압니까! 하여튼 굉장히 결단력이 있는 여자입니다. 브리지 점수에 대해서는 어떻게 생각하십니까, 포와로 씨?"

포와로는 점수가 적혀 있는 종이쪽지들을 탁자 위에 펼쳐놓았다.

"이것들이 힌트를 주고 있다고 생각진 않습니까? 우리가 이 사건에서 찾아내야 할 것이 뭘까요? 그건 성격에 대한 단서요. 그것도 한 사람에 대한 것이 아니라, 네 사람 모두에 대해서 말이오. 그리고, 우리가 그것을 가장 잘 알 수 있는 것이 바로 이 갈겨쓴 숫자란 말입니다. 이것이 첫 번째 판입니다. 별문제 없이 금방 끝났죠. 조그맣고 예쁜 숫자─덧셈과 뺄셈도 아주 조심스럽게 했군요. 메러디스 양의 기록이오. 그녀는 로리머 부인과 한편이었지. 여자들이 카드를 쥐고 이겼더군요.

이 기록만을 보고는 게임을 추적하기가 그리 쉽지 않을 것 같군요. 지워 나가는 방식으로 점수를 기록했거든요. 그렇지만, 이 점수를 보면 디스파드 소령에 대해 짐작 가는 점이 있지요. 디스파드 소령의 성격을 잘 말해 주고 있습니다. 그 사람은 자기의 상황을 한눈에 알아보는 걸 좋아하죠. 숫자가 작고 특징이 있습니다.

이것은 로리머 부인의 것이오. 그녀와 로버츠 박사가 한편이 되어서 다른 두 명과 게임을 했군. 열띤 한 판이었던 것 같은데. 양편 숫자가 모두 올라가 있어요. 의사 쪽에서 너무 많이 불러서 점수가 내려갔군. 그렇지만 둘 다 일급 솜씨라 그런지 그리 많이 내려가지는 않았소. 의사가 많이 부른 상태에서 상대편이 섣불리 불렀다가는 더블을 당할 위험이 있었을 테니까. 여기 좀 보시오. 이 숫자들은 더블 트릭으로 내려갔다는 표시요. 아주 또박또박하게 한눈에 알아볼 수 있게끔 쓰여 있는데.

이게 마지막 것이오. 다 끝나지 않은 판이지. 당신도 보다시피 여기 각자의 필체에서 한 기록만을 모아 보았소. 숫자가 뒤죽박죽으로 쓰여 있군. 바로 앞의 판처럼 그렇게 높은 득점 기록도 내지 못했어요. 아마 로버츠 박사가 메러디스 양과 같은 편이었기 때문일 거요. 그녀는 매우 소심하게 게임을 이끌어가는 편이니까. 그녀가 패를 부른 것만 봐도 알 수 있지!

당신들은 내가 그들에게 이런 질문을 하는 것이 어리석은 짓이라고 생각할지도 모릅니다. 하지만 그렇지가 않아요. 나는 이 네 사람의 성격을 자세히 알고 싶소. 브리지에 대해 물어야 그들이 아무런 거리낌 없이 얘기를 잘 해주거든."

"나는 당신의 생각이 어리석다고 생각해 본 적이 한 번도 없습니다, 포와로 씨." 배틀 총경이 말했다.

"일을 처리하는 데에는 누구나 자기만의 방법이 있습니다. 나는 그 점을 잘 알고 있지요. 그래서, 언제나 부하 형사들에게 자신의 방식대로 수사를 하라고 지시합니다. 어떤 방식이 자기에게 가장 적합한지를 알아내야 하니까요. 그 점에 대해서라면 더 이상 얘기하지 않는 것이 좋겠습니다. 아가씨를 들어오게 해야 하니까요."

앤 메러디스 양은 몹시 당황한 표정을 지으며 문간에 서 있었는데, 긴장감으로 숨소리가 고르질 못했다.

배틀 총경은 즉시 인자하고 너그러운 아버지 같은 태도를 보였다. 그리고 나서는 자리에서 일어나 자기와 정면으로 마주 보는 의자를 한쪽으로 약간 돌려주었다.

"앉아요, 메러디스 양, 앉아요. 너무 겁먹지 말아요. 이런 일들이 모두 무섭게 느껴지겠지만, 사실은 별것 아니에요."

그녀는 나지막한 목소리로 말을 했다.

"도대체 어떻게 된 일인지 영문을 모르겠어요. 너무나―너무나 끔찍해요. 우리 중 한 사람아―, 우리 중 한 사람아―."

"이제 그 생각은 그만하도록 해요." 배틀 총경이 상냥하게 말했다.

"그러면, 메러디스 양, 우선 주소를 말해 봐요."

"윌링퍼드(옥스퍼드셔 군의 도시) 웬던 커티지."

"여기 런던에는 거처하는 집이 없습니까?"

"없어요. 1주일에 하루 이틀 정도는 클럽에서 묵고 있어요."

"클럽 이름이 뭐죠?"

"'레이디스 네이벌 밀리터리'예요."

"좋습니다. 그러면 메러디스 양, 아가씨는 셰이터나 씨에 대해 얼마나 알고 있습니까?"

"그다지 잘 알지 못해요. 저는 그 사람이 세상에서 가장 무서운 사람이라고 늘 생각해 왔어요."

"왜요?"

"오, 그렇잖아요! 그 끔찍한 미신 사람들에게 말을 걸려고 몸을 숙이는 모습은 마치 굶주림에 허덕이는 늑대 같았어요."

"그와 안 지는 얼마나 되었나요?"

"9개월 정도 되었어요. 겨울에 휴양차 스위스에 갔을 때 알게 되었죠."

"그가 겨울에 운동하러 외국에까지 나갔다니, 전혀 믿기지가 않는데요."

배틀 총경이 다소 놀란 듯한 표정을 지으며 말했다.

"그 사람은 스케이트만 탔어요. 정말 잘 타더군요. 피겨를 타고 묘기도 부릴 줄 알던데요."

"그래요? 그 말을 들으니 그에게 어울리는 것 같기도 하군요. 그 이후에도 그를 자주 만났나요?"

"예, 자주 만난 편이에요. 파티 같은 데에 초대했으니까요. 정말 재미있었어요."

"그렇지만 아가씨는 그 사람 자체를 좋아한 것은 아닐 텐데요?"

"그래요. 저는 그가 아주 냉혹한 사람이라고 생각했으니까요."

배틀 총경이 부드럽게 말했다.

"그렇다면 아가씨가 그를 두려워할 어떤 특별한 이유라도 있었나요?"

앤 메러디스의 초롱초롱하게 빛나는 커다란 두 눈이 그에게로 향했다.

"특별한 이유요? 오, 그런 건 없어요."

"그렇다면 좋습니다. 오늘 밤 아가씨는 자리에서 일어난 적이 있습니까?"

"없었던 것 같아요. 아뇨, 있었어요. 딱 한 번이었죠. 다른 사람들의 패를 보려고 탁자를 한 바퀴 둘러본 적이 있었어요."

"그렇다면 탁자 곁에만 있었겠군요?"

"예."

"정말이죠, 메러디스 양?"

그녀의 볼이 갑자기 빨갛게 달아올랐다.

"아뇨—아니에요. 방 안을 이리저리 거닐기도 했던 것 같아요."

"그럴 겁니다. 너무 당황하게 만든 것 같아 미안하지만, 사실대로 말해 주기 바랍니다. 나는 아가씨의 신경이 예민하다는 것을 알고 있습니다. 신경이 예민한 사람은 사실이 아닌데도, 자기가 그랬으면 하는 것을 얘기하기 쉽습니다. 하지만 그럴 경우에는 반드시 탄로가 나게 마련이거든요. 아가씨는 방 안을 거닐었다고 했는데, 혹시 셰이터나 씨 쪽으로 걸어가지는 않았나요?"

그녀는 잠시 생각에 잠긴 뒤 입을 열었다.

"솔직히 말해서—정말, 잘 모르겠어요."

"좋습니다. 아가씨의 말을 믿겠습니다. 다른 세 사람에 대해서는 아는 것이 없습니까?"

그녀가 고개를 저었다.

"그전에 만나 본 사람은 한 명도 없어요."

"그 사람들에 대해서는 어떻게 생각하십니까? 그들 가운데 살인을 저지를 만한 사람이 있다면?"

"도저히 생각할 수가 없어요. 정말이에요. 디스파드 소령일 리는 없어요. 그렇다고, 의사가 범인일 것 같지도 않고요. 물론 의사라면 훨씬 쉬운 방법으로 살인을 할 수도 있긴 하지만요. 약물 같은 것을 사용해서 말이에요."

"그럼 살인을 저지를 만한 사람으로는 로리머 부인밖에 없다는 말이로군요"

"오, 아니에요. 전 그 부인은 그런 일을 저지를 만한 사람이 아니라는 것을 확신해요. 그 부인은 정말 매력적인 데다 브리지를 해보니 아주 친절하더군요. 성품이 매우 착한 분 같아요. 그래서 다른 사람들을 괴롭히는 일 따위는 하지 못할 거예요. 사람들의 잘못을 지적하지도 않아요."

"그렇지만, 아가씨는 그 부인의 이름을 제일 마지막에 대지 않았습니까?"

"칼로 사람을 찌르는 건 여자들에게 어울리는 짓이니까요."

배틀 총경이 다시 마술사 같은 행동을 보였다. 앤 메러디스 양은 뒤로 흠칫 물러섰다.

"어머, 끔찍해라. 꼭 만져봐야만 하나요?"

"그래 줬으면 좋겠는데요."

배틀 총경은 그녀가 조심스럽게 칼을 만지는 모습을 유심히 바라보았다. 그녀는 겁에 질린 듯한 표정을 짓고 있었다.

"이 작은 칼로ー, 이 칼로ー."

"버터를 찌를 때처럼 잘 들어가죠." 아무렇지도 않은 듯 배틀 총경이 말했다.

"어린애라도 할 수 있죠."

"그 말은ー, 그 말은ー."

겁먹은 듯한 시선으로 그의 얼굴을 똑바로 쳐다보며 그녀가 말을 더듬었다.

"제가 살인을 했을 수도 있다는 말이군요. 하지만, 전 하지 않았어요. 오, 절대로 하늘을 두고 맹세할 수 있어요. 제가 뭣 때문에 그런 일을 저지르겠어요."

"그게 바로 우리가 알고 싶어하는 문제입니다."

배틀 총경이 침착하게 말을 받았다.

"동기가 뭘까요? 범인이 왜 셰이터나 씨를 죽이려 했을까요? 그는 유별난 데가 있는 사람이긴 했지만, 내가 알기로는 그다지 위험한 인물은 아니었거든요."

그녀가 숨을 들이키는 소리가 약하게 들렸다. 갑자기 무슨 생각이 들어서일까?

"예를 들어, 공갈 협박을 하는 따위의 짓은 하지 않는 사람이었습니다."

배틀 총경이 말을 이었다.

"어쨌든, 메러디스 양, 아가씬 마음씨가 무척 고운 것 같아요. 악감정을 품고 있을 사람 같지는 않아요."

처음으로 그녀의 얼굴에 미소가 떠올랐다. 천진난만함이 깃들어 있는 미소였다.

"물론이에요. 그런 건 없어요. 제게는 그런 악감정 같은 건 없어요."

"그렇다면 아무것도 두려워할 것이 없습니다, 메러디스 양. 곧 아가씨에게 다시 연락을 해서 몇 가지 질문을 더 하겠습니다. 하지만, 의례적인 것이니 걱정하지 말아요."

그가 몸을 일으켰다.

"이젠 가봐요. 부하 경관이 택시를 잡아줄 겁니다. 그리고 아무런 걱정 말고 푹 자도록 해요. 아스피린을 먹는 게 좋겠군요."

배틀 총경이 그녀를 바래다주었다. 그가 자리로 돌아오자 레이스 대령이 조롱하는 투로 나지막하게 말했다.

"배틀 총경, 당신은 정말 능숙한 거짓말쟁이로군요. 아버지같이 인자하고 너그러운 태도가 그럴듯하던데요."

"그 아가씨를 가지고 장난치지는 마십시오. 그 불쌍한 아가씨는 정말로 무서워하고 있는지도 몰라요. 그런 아가씨에게 심하게 대한다면, 그건 잔인한 짓입니다. 나는 잔인한 사람이 아니거든요. 한 번도 그래 본 적이 없어요. 그게 아니라면, 그 아가씨는 아주 그럴듯하게 연기를 하는 겁니다. 그렇다면 우리가 여기에 그 아가씨를 잡아놓고 아무리 물어봐도 아무런 소용이 없을 겁니다."

올리버 부인은 한숨을 내쉬며 이마 위에 드리운 머리를 한 손으로 아무렇게나 쓸어 올렸는데, 그 모습은 마치 술에 취한 사람처럼 보였다.

"나는 그 아가씨가 범인이라는 확신을 하게 되었어요." 그녀가 말을 이었다.

"대개 소설에는 그런 내용이 없는 경우가 많죠. 사람들은 젊고 아름다운 아가씨가 범인이라면 별로 좋아하지 않거든요. 그렇지만 나는 그녀가 범인인 것 같아요. 당신은 어떻게 생각하세요, 포와로 씨?"

"나요? 나도 한 가지 안 게 있죠."

"또 그 브리지 점수에서인가요?"

"예. 앤 메러디스 양은 점수에 대해 상당히 주의를 기울였고, 선을 긋고 뒷면도 이용했더군요."

"그게 어떻단 말이죠?"

"그건 그 아가씨가 몹시 돈에 궁색한 사람이거나, 아니면 본래 절약하는 사람일 거라는 뜻입니다."

"하지만 비싸고 고급스러운 옷을 입고 있던데요." 올리버 부인이 말했다.

"디스파드 소령을 들여보내게."

배틀 총경이 명령했다.

제7장

네 번째 살인자?

디스파드 소령이 빠르고 활달한 걸음걸이로 성큼성큼 방 안으로 들어왔다. 그 걸음걸이를 본 포와로의 뇌리에는 어떤 사람과 물건이 스쳐 지나갔다.

"이렇게 오랫동안 기다리게 해서 미안합니다, 디스파드 소령. 여자들을 가능한 한 빨리 보내고 싶었기 때문입니다." 배틀 총경이 말했다.

"사과할 필요는 없습니다. 나도 이해하고 있으니까요."

그는 자리에 앉아 궁금해하는 듯한 시선으로 총경을 바라보았다.

"셰이터나 씨에 대해 얼마나 알고 있습니까?" 총경이 입을 열었다.

"그와는 두 번 만난 적이 있습니다." 디스파드 소령이 무뚝뚝하게 말했다.

"두 번뿐입니까?"

"그렇습니다."

"어떤 일로 만났습니까?"

"한 달쯤 전에 어떤 집에서 함께 저녁을 먹은 적이 있습니다. 그러자 1주일 뒤에 그가 자기의 칵테일파티에 나를 초대하더군요."

"여기에서 열린 칵테일파티 말입니까?"

"그렇습니다."

"어디에서 열렸죠—이 방에서였습니까, 거실에서였습니까?"

"모든 방에서 다 열렸죠."

"이 물건이 주위에 놓인 것을 본 적이 있습니까?"

배틀 총경이 다시 단검을 꺼냈다.

디스파드 소령의 입술이 약간 일그러졌다.

"아니오." 그가 말했다.

"그걸 봤더라도 그런 용도로 쓰일 것이라고는 짐작도 못 했을 겁니다."

"내가 더 이상 말을 못하게 만드시는군요, 디스파드 소령."

"미안합니다. 그 정도 추측은 누구나 할 수 있는 거 아닙니까."

잠시 침묵이 흐른 뒤 배틀 총경이 질문을 계속했다.

"당신에게는 셰이터나 씨를 싫어할 만한 동기가 있습니까?"

"동기야 많죠."

"예?" 배틀 총경은 놀란 것 같았다.

"그를 죽일 만한 동기가 아니라, 싫어할 만한 동기를 말하는 겁니다."

디스파드 소령이 변명했다.

"나는 그를 죽이겠다는 생각은 잠시도 해본 적이 없습니다. 그렇지만, 그를 한번 걷어차면 속이 시원할 것이라는 생각은 해봤죠. 애석한 일이에요. 이제 그러기에는 너무 늦었으니."

"왜 그를 걷어차 주고 싶었습니까, 디스파드 소령?"

"왜냐하면 그는 한번쯤 모질게 맞을 필요가 있는 쥐새끼 같은 인간이었으니까요. 그는 가끔 내 발끝을 근질근질하게 만들곤 했어요."

"그에 대해서 아는 바는 없습니까? 그의 결점 같은 것 말입니다."

"남자가 옷에 지나치게 신경을 쓰죠. 머리도 너무 길고요. 몸에선 언제나 향수 냄새가 나고."

"그렇지만 당신은 그의 저녁식사 초대를 받아들이지 않았습니까?"

배틀 총경이 반박했다.

"나를 초대한 사람들이 내가 전적으로 믿는 사람들뿐이라면 나는 아마 집 밖에서 식사하는 일이 별로 없었을 겁니다, 배틀 총경."

디스파드 소령이 냉담하게 말했다.

"당신은 교제를 좋아하지만, 그 사실을 인정하지 않는 것이 아닙니까?"

배틀 총경이 은근슬쩍 말을 던졌다.

"한동안은 아주 좋아했죠. 거친 들판에서만 뛰어다니다가 휘황찬란한 방, 우아하고 화려한 옷차림을 한 여자들, 무도회, 좋은 음식, 그리고 재미있는 얘기 등과 부딪히게 되니까—그래요, 정말 처음 얼마간은 즐거웠죠. 그렇지만 이제는 다시 떠나고 싶어요."

"당신은 지금까지 거친 들판에서 아주 위험하게 살아왔을 텐데요, 디스파드 소령?"

디스파드 소령은 어깨를 으쓱해 보이고는 가볍게 미소를 지었다.

"셰이터나 씨도 위험이란 걸 모르고 살아온 사람이죠. 그렇지만, 지금 그는 죽었고 나는 이렇게 살아 있습니다."

"그는 당신이 생각하는 것보다 훨씬 위험하게 살아왔는지도 모르죠."

배틀 총경이 의미심장하게 말했다.

"무슨 뜻이죠?"

"죽은 셰이터나 씨는 참견하기를 무척 좋아하는 사람이었습니다."

디스파드 소령이 앞으로 몸을 숙이며 말했다.

"그렇다면, 그가 다른 사람들의 사생활에 뛰어들어서—그래서 뭔가를 알아냈군요. 그게 뭐죠?"

"내가 한 말은 그냥 그가—특히, 여자들의 일에 관여를 많이 했다는 뜻이오."

디스파드 소령은 의자에 등을 기대고 앉으며 웃음을 터뜨렸다. 상당히 흥미를 느끼고 있는 것 같았지만, 그런 데는 아주 무관심하다는 듯이 웃고 있었다.

"여자들이라도 그런 협잡꾼에게는 조금도 호감을 느끼지 않았을 겁니다."

"당신 생각에는 누가 범인인 것 같습니까, 디스파드 소령?"

"글쎄요, 잘 모르겠군요. 그 연약한 메러디스 양은 아닐 테고 로리머 부인이 그랬을 리는 더더욱 생각할 수 없어요. 그녀를 보면 천사처럼 생긴 우리 아주머니가 생각나거든요. 그렇다면 남은 사람이라고는 그 의사뿐이로군요."

"오늘 밤 당신이 한 일과 다른 사람들의 거동에 대해 얘기해 주시겠습니까?"

"나는 두 번 자리에서 일어났습니다. 한 번은 재떨이를 가지러 가기 위해서였고, 또 한 번은 난로에 장작을 더 넣기 위해서였죠."

"그때가 몇 시였죠?"

"정확히는 알 수 없습니다. 처음에는 10시 30분이었고, 두 번째는 11시경이었던 것 같은데 장담은 할 수 없군요. 로리머 부인은 한 번 자리에서 일어났는데, 난롯가로 가더니 셰이터나 씨에게 뭔가를 얘기하는 것 같았습니다. 그가 뭐라고 대답했는지 그 소리는 듣지 못했죠. 그쪽에는 그다지 신경을 쓰지 않았거든요. 그렇다고 그가 말을 전혀 하지 않았다고는 할 수 없어요. 메러디스 양은 잠시 방 안에서 왔다 갔다 했지만 난롯가에는 가지 않았던 것 같아요. 로버츠 박사는 계속 왔다 갔다 했고 아마, 적어도 서너 번은 될 겁니다."

"포와로 씨가 다른 사람들에게도 한 질문을 하겠습니다."

배틀 총경이 미소를 지으며 말했다.

"브리지를 하는 사람들로서 그들을 어떻게 생각합니까?"

"메러디스 양은 아주 잘하는 편입니다. 로버츠 박사는 지나치게 많이 부르는 경향이 있었습니다. 자기 점수가 팍팍 깎여도 싸죠. 로리머 부인은 정말이지 얄미울 정도로 게임을 잘하더군요."

배틀 총경이 포와로 쪽으로 몸을 돌렸다.

"물어볼 다른 말은 없습니까, 포와로 씨?"

포와로는 고개를 저었다.

디스파드 소령은 올버니에 있는 자기 집 주소를 말한 뒤 인사를 하고는 방을 떠났다. 문이 닫히자 포와로가 갑자기 이상한 동작을 하기 시작했다.

"왜 그러십니까?" 배틀 총경이 물었다.

"아무것도 아니오." 포와로가 말했다.

"그는 마치 호랑이처럼—그래, 마치 호랑이가 어슬렁어슬렁 움직이는 것처럼 유연하고 자연스럽게 걷는다는 생각이 떠올랐을 뿐이오!"

"흠!" 배틀 총경이 헛기침을 했다.

"그렇다면—"

그는 말을 멈추고서 주위에 앉아 있는 세 사람을 빙 둘러보았다.

"누가 범인일까요?"

제8장

범인은 누구냐?

배틀 총경은 사람들의 얼굴을 차례로 죽 둘러보았다. 그의 말에 대꾸를 한 사람은 올리버 부인뿐이었다. 자신의 생각을 숨기기 싫어하는 올리버 부인은 단도직입적으로 얘기하는 경우가 많았다.

"그 아가씨가 아니면 의사예요." 그녀가 분명하게 말했다.

배틀 총경은 의아해하는 듯한 시선으로 포와로와 레이스 대령을 쳐다보았다. 하지만 그들은 대답하고 싶지 않다는 듯한 태도를 보이고 있었다. 레이스 대령은 고개를 저었고, 포와로는 브리지의 점수가 적힌 구겨진 종이쪽지만 조심스럽게 만지고 있었다.

"그들 중 한 사람은 범인이오." 배틀 총경이 단호하게 말했다.

"그들 중 한 사람이 범행을 저질렀습니다. 그런데 도대체 누굴까요? 힘들군요—정말 어려운 문제예요."

그는 한동안 침묵을 지키고 있다가 다시 입을 열었다.

"그들이 말한 것을 한번 종합해 봅시다. 의사는 디스파드 소령이 범인이라고 생각하는 반면에, 디스파드 소령은 의사가 범인이라고 생각하고 있어요. 그 아가씨는 로리머 부인이 범인일 것이라고 생각하고 있고, 로리머 부인은 거기에 대해선 아무 말도 하지 않았습니다. 이 점으로만 봐서는 수사에 별로 도움이 안 되겠는데요."

"그렇지 않을지도 모르죠." 포와로가 말했다.

배틀 총경이 그를 재빨리 돌아보았다.

"그렇다면 거기에 어떤 단서가 될 만한 것이라도 있다는 말인가요?"

포와로가 손을 내저었다.

"아—아니오. 그저 그럴 것 같다는 생각이 든 것뿐이오. 중요한 단서가 될 만한 것은 없습니다."

배틀 총경이 말을 이었다.

"당신들 두 분은 생각하고 있는 것을 전혀 얘기하려 하시지 않는군요."

"증거가 없으니까요." 레이스 대령이 가볍게 말을 받았다.

"하여간 남자들이란!"

과묵함을 싫어하는 올리버 부인이 답답한 듯 말했다.

"범인일 가능성이 가장 큰 인물이 누구인지에 대해 대충 한번 훑어봅시다!"

배틀 총경이 말했다. 그는 잠시 생각을 가다듬었다.

"나는 의사를 먼저 꼽겠습니다. 겉과 속이 다른 사람 같아요. 의사니까 급소가 어딘지도 잘 알 거고 그렇지만 그 이상은 없습니다. 다음으로 디스파드 소령이 있습니다. 아주 배짱이 두둑한 사람입니다. 민첩하게 판단을 해야 할 일에 익숙한 사람인 데다가 위험한 무기를 다루는 솜씨 또한 뛰어난 사람이죠. 로리머 부인? 그녀도 자기가 할 일을 과감하게 해치우는 사람입니다. 그녀가 살아온 삶을 생각해 볼 때 많은 비밀을 가지고 있는 게 틀림없습니다. 겉으로 봐서도 어딘가 문제가 있는 것이 드러납니다. 반면에 그녀는 이른바 규칙을 아주 잘 지키는 사람이라고도 할 수 있습니다. 여자 고등학교의 교장직을 맡으면 딱 어울릴 거예요. 그런 여자가 다른 사람을 칼로 찔렀다고 생각하기는 어렵습니다. 사실을 말하자면, 나는 그녀가 범인이라고는 생각지 않습니다. 마지막으로, 연약해 보이는 메러디스 양이 있습니다. 그 아가씨에 대해서는 아는 바가 전혀 없습니다. 그녀는 겉으로 보기에는 평범하고 예쁘며 조금은 수줍음을 타는 여자 같습니다. 그렇지만 겉으로 관찰한 것만으로는 그녀에 대해 이렇다저렇다 말할 수는 없죠."

"셰이타너 씨는 그녀에게 살인의 경험이 있다고 믿었으리라고 우리는 알고 있습니다만." 포와로가 말했다.

"그 천사 같은 얼굴 뒤에 악마가 도사리고 있을지도 모르죠."

올리버 부인이 말했다.

"그래서 도대체 그게 어쨌단 말이오, 배틀 총경?" 레이스 대령이 물었다.

"별로 소용이 안 된다는 말이죠? 그래도 이런 사건에서 그런 조사는 있게 마련입니다."

"그 사람들에 관해 조사를 해보는 게 낫지 않겠소?"

배틀 총경이 미소를 지었다.

"그 점에 대해서는 철저하게 조사할 예정입니다. 그때 대령님도 좀 도와주시죠."

"할 수만 있다면 기꺼이 돕겠소. 그런데 어떻게?"

"디스파드 소령에 대한 겁니다. 그는 오랫동안 외국에서 생활했습니다―남아프리카, 동아프리카, 그리고 북아프리카 등지에서요. 대령님이라면 그 지역에 대해 조사를 할 수 있을 겁니다. 그에 대한 정보를 구해 주시기 바랍니다."

레이스 대령이 고개를 끄덕였다.

"그런 일은 할 수 있을 게요. 유용한 정보를 얻을 수 있을지도 모르지."

"오!" 갑자기 올리버 부인이 소리쳤다.

"내게 좋은 생각이 있어요. 우리는 모두 네 명이에요. 그러니 네 명의 추적자라고도 말할 수 있잖겠어요? 그리고 그들도 네 명이에요. 우리가 각자 한 명씩 맡는 게 어떨까요? 각각 범인이라고 생각하는 사람들을 말이에요. 레이스 대령님은 디스파드 소령을, 배틀 총경님은 로버츠 박사를, 그리고 나는 앤 메러디스 양을 맡겠어요. 그리고 포와로 씨는 로리머 부인을 맡는 거예요. 각자 수사를 해보는 겁니다."

배틀 총경이 완강하게 고개를 저었다.

"그럴 수는 없습니다, 올리버 부인. 이건 공적인 일이고, 내가 책임을 지고 있습니다. 내가 모든 사람을 수사해야 합니다. 또 우리 중 두 사람이 한 명을 용의자로 지목할 수도 있습니다. 레이스 대령은 디스파드 소령을 의심한다는 말은 하지 않았습니다. 그리고, 포와로 씨도 로리머 부인이 범인이라고 생각하지는 않을 겁니다."

올리버 부인이 한숨을 내쉬었다. 그러고는 아쉬운 듯이 말했다.

"정말 멋진 계획이었는데. 조금도 무리가 없을 텐데―."

그녀가 다시 활기를 되찾으며 말했다.

"하지만 내 나름대로 조사해 보는 것까지 반대하지는 않겠죠?"

"그야 물론이죠." 배틀 총경이 천천히 말했다.

"그것마저 반대할 수는 없죠. 솔직히, 그것은 내 권한 밖의 문제입니다. 오늘 밤의 파티에 참석했으니까 부인의 호기심이나 흥미를 만족시키는 일은 얼마든지 해도 좋습니다. 하지만 한 가지 지적해 두고 싶은 것이 있습니다, 올리버 부인. 조심해야 할 겁니다."

"그런 것이라면 염려하지 마세요. 한마디도―아무것도 입 밖에 내지 않겠습니다." 올리버 부인이 약간 더듬거리며 말했다.

"배틀 총경은 그런 뜻으로 말한 게 아닐 겁니다." 포와로가 끼어들었다.

"그의 말은 당신이 조사하는 사람이 이미 두 번이나 살인을 저지른 사람일 수도 있기 때문에, 필요하다면 세 번째 살인도 능히 저지를 수 있다는 겁니다."

올리버 부인은 깊은 생각에 잠긴 듯한 시선으로 그를 바라보았다. 그러고 나서 빙그레 미소를 지었다. 버릇없는 어린아이의 미소를 연상시키는 명랑하고도 당돌한 미소였다.

"지나친 걱정을 하고 계시군요." 그녀가 대답을 했다.

"고마워요, 포와로 씨. 조심하겠어요. 하지만, 이 사건에서 손을 떼지는 않겠어요."

포와로가 정중하게 고개를 숙였다.

"이런 말은 해도 좋을지 모르지만―부인은 이 사건을 재미로 해결하려는 것 같군요."

"그렇지만―"

올리버 부인이 벌떡 일어나더니 무슨 위원회 같은 모임에서 연사가 말하듯이 얘기를 시작했다.

"우리가 얻은 정보는 한군데로 모아져야 합니다. 우리끼리 정보를 감추어서는 안 된다는 거예요. 물론, 각자의 사고나 추리 같은 것은 스스로만 가질 수 있겠지만 말이에요."

배틀 총경이 한숨을 내쉬며 말했다.

"이건 추리소설이 아닙니다, 올리버 부인."

"모든 정보는 경찰에게 넘겨줘야 합니다." 레이스 대령이 말했다.

그러고는 냉담하고도 딱딱한 투로 덧붙였다.

"당신이 공정하게 행동하리라 믿습니다, 올리버 부인. 흠집이 생긴 장갑, 술 잔에 남아 있는 지문, 불탄 서류 조각 같은 것이 있다면 여기 있는 배틀 총경 에게 넘겨줘야 할 겁니다."

그의 눈은 약간 반짝였다.

"당신은 비웃을지도 모르겠지만—." 올리버 부인이 반박했다.

"여자의 직감은……!"

그녀는 마치 비장한 결심이라도 한 듯이 고개를 끄덕였다.

레이스 대령이 자리에서 일어났다.

"내가 디스파드 소령에 대해 조사해 보겠소. 시간이 조금 걸릴지도 모릅니 다. 그 밖에 내가 할 수 있는 다른 일은 없을까요?"

"그만하면 됐습니다. 그런데 짚이는 점은 없습니까? 아주 조그만 것이라도 도움이 될지 모릅니다."

"흠, 글쎄. 그가 전에 했던 사냥이나 독을 다룬 전력, 아니면 다른 사고 등 을 자세히 조사해 봐야겠소. 하지만, 그 점에 대해서는 당신이 이미 알아보고 있는 중일 텐데?"

"지시를 해서 내려 보냈습니다."

"역시 훌륭합니다, 배틀. 그러나 당신의 직업적인 일에 대해 내게 지시할 필요 는 없을 거요. 안녕히 계십시오, 올리버 부인. 만나서 반가웠습니다, 포와로 씨."

마지막으로 배틀 총경에게 고개를 살짝 숙여 인사를 마친 뒤, 그는 방을 빠 져나갔다.

"저 사람 직업이 뭐죠?" 올리버 부인이 물었다.

"군사 기밀 서류를 관리하는 유능한 사람이죠." 배틀 총경이 말했다.

"여행도 많이 했습니다. 이 세계에서 그가 모르는 곳은 얼마 없을 겁니다."

"첩보국에서 일하고 있는 모양이군요." 올리버 부인이 말했다.

"당신이 내게 직접적으로 그렇게 말할 수 없다는 건 알고 있어요. 그렇지만, 당신이 그 말을 오늘 밤에 했더라면 그에게 내가 물어보지는 않았을 거예요. 네 명의 살인자와 네 명의 추적자—런던경시청, 비밀첩보국, 사립탐정, 소설가.

그거 정말 멋진 생각인데요."

포와로가 고개를 저었다.

"틀렸습니다, 부인, 그건 아주 어리석은 생각입니다. 호랑이는 위협을 느끼게 되면 펄쩍 뛰어오른답니다."

"호랑이요, 왜 호랑이죠?"

"여기서 호랑이는 살인자를 말하는 겁니다." 포와로가 말했다.

배틀 총경이 퉁명스럽게 말했다.

"수사의 진행방향에 대한 당신의 생각은 어떻습니까, 포와로 씨? 그게 첫 번째 질문입니다. 그리고 또 하나 묻고 싶은 것은 그 네 사람의 심리상태에 대해 당신이 어떻게 생각하느냐 하는 겁니다. 당신은 그 점에 대해서는 전문가가 아닙니까?"

여전히 점수가 적힌 종이쪽지를 만지작거리며 포와로가 말했다.

"당신 말이 맞소. 심리라는 것은 아주 중요합니다. 우리는 이미 그 살인사건이 어떤 종류인지, 그리고 어떤 방법으로 저질러졌는지 잘 알고 있소. 심리적인 견지에서 볼 때, 그 특이한 살인을 저지를 수 없을 사람이 있다면 그는 우리의 용의선상에서 제외되어야 합니다. 우리는 그 사람들에 관해 약간은 알고 있지요. 무엇보다도 그들 각자에 대한 인상이 남아 있고, 또한 어떻게 그들에 대해 조사를 해야 하는지도 알고 있습니다. 그리고, 그들의 카드 솜씨나 이 점수를 쓴 필체를 통해서도 그들의 마음씨나 성격에 대해서 조금은 알게 되었습니다. 그렇지만, 안타까운 것은 뭐라고 명백하게 결론을 내리기가 어렵다는 것이지요. 이런 살인사건을 저지르려면 대담성과 면밀함을 갖추어야 하거든요.

음, 우선 로버츠 박사를 살펴보기로 합시다―허풍쟁이에다 브리지에서는 늘 많이 부르는 사람, 위험한 일을 잘해 낼 수 있다고 자신의 능력을 믿는 인물이죠. 심리적인 견지에서 본다면, 그가 이 사건의 범인과 맞아떨어집니다. 그렇다면 메러디스 양은 이 사건과 무관하다는 얘기가 나올지도 모르죠. 그 아가씨는 소심한 편에다가 논을 낳이 서는 것을 두려워했습니다. 또한 조심스럽고 알뜰하고 겸손하며, 자신감은 좀 없는 편입니다. 따라서, 이 대담하고 위험한 범행을 저지를 타입의 인물은 아니라는 결론이 나오죠. 하지만, 소심한 사람은 두려움 때문에 살인을 할 수도 있다는 걸 알아야 합니다. 신경이 예민한 사람이 겁을 먹게 되면, 구석에 몰린 쥐가 고양이를 물 때와 같은 행동을 하기 쉽죠. 만일 메러디스 양이 전에도 살인을 한 적이 있다면, 그리고 셰이터나 씨가 그때의 사실을 알고서 경찰에 신고할 것이라고 그녀가 믿고 있었다면, 그 아가씨도 폭력이라는 수단을 이용했을지도 모르는 일 아니겠습니까? 그것만이 자기를 구할 수 있다고 믿었을 테니까 말이오. 그래서, 비록 다른 반작용에서 나오긴 했겠지만, 똑같이 살인이라는 행동이 유발되었을지도 모르는 일입니다. 따라서, 그녀는 침착하고 대담하지는 못하겠지만, 절망적인 공포로 인한 살인을 저지를 수도 있다는 겁니다.

다음으로 디스파드 소령을 들어봅시다. 냉정하고 경험이 풍부한 사람은 자기가 절대적으로 필요하다고 믿으면 아무리 대담한 일이라도 무작정 행동으로 옮기고 맙니다. 그는 득과 실을 철저히 계산해서 자기에게 유리한 쪽으로 과감하게 결정을 내리게 되죠. 그런 사람은 눈에 띄지 않게 행동하는 것을 좋아하는 경향이 있습니다. 성공할 가능성이 있다는 합리적인 판단이 서게 되면 아무런 거리낌 없이 뛰어들게 된다 이 말입니다. 마지막으로 로리머 부인이 있는데, 다소 나이가 들긴 했지만 대단한 지혜와 능력을 갖춘 여인이죠. 한마디로 냉정하고 수학적인 두뇌가 뛰어난 사람입니다. 아마 그들 네 명 가운데서 머리가 가장 좋을 겁니다. 만일 로리머 부인이 살인을 했다면 그건 아마 계획된 살인이었을 겁니다. 그녀라면 범행을 천천히, 그리고 세밀하게 계획을 세워서 자신의 행동에 꼬리가 잡힐 염려가 없다는 확신이 섰을 때에야 비로소 일에 착수했을 테지요. 바로 그 점 때문에 그녀가 나머지 세 사람보다는 의심을 덜 받는다고 볼 수 있죠. 하지만, 그렇게 다른 사람들보다 두드러진 성격을 가진 사람이 오히려 더 쉽게 아무런 의심도 받지 않고 일을 행동에 옮길 수도 있답니다. 철저한 여자니까요." 그가 말을 멈추었다.

"하지만 당신도 알다시피, 그 점으로도 수사에는 그다지 큰 도움을 주지는 못할 겁니다. 따라서 이 사건을 해결하는 데에는 한 가지 방법밖에 없어요. 과거의 사건을 조사해 보는 것 말이오."

배틀 총경이 한숨을 내쉬며, "그렇겠군요" 하고 나지막한 목소리로 말했다.

"셰이터나 씨는 그들 모두가 살인을 했다고 믿고 있었소. 그에게 증거가 있었을까? 아니면 단순히 추측한 것이었을까? 바로 그것을 알 수가 없군요. 그렇지만, 그가 네 사람 모두에게서 증거를 가지고 있었던 것 같지는 않습니다."

"그 점에는 나도 동감합니다." 배틀 총경이 고개를 끄덕이며 말했다.

"그렇다면 정말 우연의 일치라고밖에는 볼 수 없겠군요."

"아마 이렇게 되었을지도 모르는 일이오—살인이나 어떤 종류의 범죄에 대한 얘기가 나왔는데 셰이터나 씨가 누군가의 얼굴을 보고 깜짝 놀랐을지도 모릅니다. 그는 다른 사람들의 표정을 읽는 데는 아주 민감한 편이었죠. 그는 겉으로 듣기에는 분명히 아무런 목적도 없는 말을 해서 다른 사람들의 생각을 시험하고 캐내는 걸 즐기는 사람이었습니다. 그는 상대방이 주춤거리거나 말을 못 하는 것, 그리고 화제를 다른 것으로 바꾸려는 것을 귀신같이 알아차렸죠. 아, 그건 쉬운 일이었을 겁니다. 당신이 만일 어떤 일을 의심한다면, 그 의심을 확인하는 것보다 더 쉬운 일은 없을 겁니다. 단어마다 정곡을 찌른다는 느낌이 들 때가 있죠—당신이 그런 일을 지켜보고 있다면 말이오."

"죽은 셰이터나 씨는 그런 게임을 즐겼나 보군요."

배틀 총경이 고개를 끄덕이며 말했다.

"한 가지, 혹은 더 많은 경우에서도 그런 식이었다고 상상해 볼 수 있을 겁니다. 그는 다른 경우에서는 분명한 증거를 얻게 되어서 그것을 간직해 두었을지도 모르죠. 어떤 사건이든간에, 그에게 충분한—예를 들어 경찰에 제시할 수 있을 증거가 있었는지는 의문입니다."

"아니면 그런 종류의 사건이 아니었을지도 모르죠." 배틀 총경이 말했다.

"우리가 짐작도 못 할 이상한 사건일 수도 있습니다—비열한 짓이었으리라 짐작은 가지만 증명할 수는 없습니다. 어쨌든, 방법은 한 가지뿐입니다. 우리는 그 네 사람의 기록을 자세히 살펴봐야만 합니다. 그리고 의심스러운 살인 사건은 하나도 놓쳐서는 안 됩니다. 레이스 대령이 그랬던 것처럼 당신도 셰이터나 씨가 저녁을 먹으며 한 말에서 이상하다고 느낀 게 있을 겁니다."

"나쁜 천사라는 말 말이군요." 올리버 부인이 끼어들었다.

"독살이나 우연을 가장한 범죄, 의사만 할 수 있는 살인, 총기 사고 등을 돌려서 표현한 말이겠죠. 그가 그런 말을 했을 때 자기의 사망증명서에 서명을 한 거나 다름없었다는 생각이 드는군요."

"그 말에 분명히 불쾌감을 느낀 사람이 있었을 거예요."

올리버 부인이 말했다.

"그렇죠." 포와로가 말을 받았다.

"그 말을 듣고 가슴이 뜨끔한 사람이 있었을 겁니다. 그 사람은 자기가 짐작하고 있는 것보다 더 많은 사실을 셰이터나 씨가 알고 있을 거라고 생각했겠죠. 그 친구에게는 그 말이 종말을 위한 서곡처럼 들렸을 겁니다. 그 사람은 파티가 절정에 이르는 순간, 셰이터나 씨가 자신을 체포하기로 꾸민 극적인 유희라고 생각했을 겁니다. 그래요, 당신 말대로 셰이터나 씨가 손님들에게 미끼를 던졌을 때 그는 자기의 사망증명서에 서명을 하고만 꼴이 되었죠."

잠시 침묵이 흘렀다.

"사건을 해결하는 데 꽤 시간이 걸릴 것 같군요."

한숨을 쉬면서 배틀 총경이 말했다.

"짧은 시간에 우리가 바라는 것을 모두 알아내지는 못할 겁니다. 그래서 더욱 조심해야 하는 거죠. 그들 중 아무도 우리가 하는 일을 눈치채게 해서는 안 됩니다. 우리가 그들에게 묻는 말도 이 사건에만 관련된 것이어야 합니다. 우리가 이 사건의 동기에 대해 아는 것이 있다는 내색을 해서는 안 된다 이 말입니다. 여기서 어려운 점은, 우리는 과거에 있었으리라 생각되는, 하나가 아닌 네 개의 살인사건을 모두 조사해야 한다는 겁니다."

포와로가 헛기침을 했다.

"우리의 친구인 셰이터나 씨는 완벽한 인물은 아니었소. 그는—단지 내 추측일 뿐인데, 실수를 했던 것 같습니다."

"네 사람 모두에게요?"

"아니오. 그는 그 정도로 바보는 아니지."

"반반이란 말인가요?"

"그 정도도 아니오. 내 생각으로는 넷 중에서 하나인 것 같소."

"한 명이 무죄고 세 명이 죄인이란 말인가요? 그래도 어려운 것은 마찬가지군요. 더 고약한 것은, 그 점에 대해 사실을 알아냈다 해도 우리에게는 별로 도움이 되지 못한다는 겁니다. 만일 누군가 몇 년 전에 그와—아니면 그녀의 친척 아주머니를 계단 아래로 밀었다는 사실을 알아낸다고 해도 오늘의 이 사건에서는 큰 단서가 안 될 겁니다."

"아니, 큰 도움이 될 게요." 포와로가 그를 격려했다.

"당신은 속으로는 그렇게 생각하고 있을 텐데요. 나도 마찬가지고."

배틀 총경이 천천히 고개를 끄덕였다.

"무슨 말인지 알았습니다. 어떤 확증이 될 수는 있겠죠."

"그렇다면—." 올리버 부인이 물었다.

"과거에 살해당한 사람도 칼에 맞았을 거란 말인가요?"

"꼭 그렇다는 말은 아닙니다, 올리버 부인."

배틀 총경이 그녀에게 고개를 돌리며 말했다.

"그렇지만 범죄의 유형이 같으리라는 점은 의심하지 않습니다. 사소한 부분에서는 다를 수가 있겠죠. 하지만 그 밑바닥에 깔려 있는 본질적인 점들은 같을 겁니다. 이상한 일이지만, 범인들은 언제나 그런 경향을 갖고 있죠."

"인간은 모방하는 동물이니까 말이오." 포와로가 맞장구를 쳤다.

"여자들은—." 올리버 부인이 말했다.

"어느 정도 변화시킬 수 있는 능력이 있어요. 나라면 절대로 같은 유형의 사건을 두 번 저지르지는 않겠어요."

"부인은 소설을 쓸 때 똑같은 구성을 두 번 사용하진 않습니까?"

배틀 총경이 물었다.

"《로터스 살인사건》과 《촛농의 단서》."

포와로가 나지막한 목소리로 말했다.

올리버 부인이 그를 돌아보았다. 그녀의 눈은 그를 다시 보았다는 듯 반짝이고 있었다.

"날카로워요—정말 날카롭군요. 그 두 작품은 내용이 똑같은 구성이었는데 그걸 알아챈 사람은 아무도 없었어요. 하나는 내각의 비공식적인 주말 파티에서 잃어버린 서류를 찾는 것을 주제로 한 작품이었고, 다른 하나는 보르네오에 있는 고무나무 재배자의 집에서 일어난 살인사건 얘기였죠."

"그렇지만 그 소설들이 나타내고자 하는 본질적인 점은 똑같았죠."

포와로가 말했다.

"부인의 빼어난 기법이 돋보였죠. 고무나무 재배자는 자기가 살인사건을 만들었고, 수상도 자신의 서류가 도난당하도록 고안을 했죠. 마지막 순간에 제3자가 끼어들어서 모든 사실이 밝혀졌지만."

"부인의 소설 끝 부분이 재미있더군요." 배틀 총경이 부드럽게 말했다.

"고위 경찰들이 동시에 피격을 당하는 그 작품 말입니다. 부인이 경찰을 다루는 데 있어서 한두 가지 정도 틀린 점이 있었습니다. 나는 부인이 글을 정확하게 쓴다는 것을 알고 있었기 때문에 혹시ㅡ."

올리버 부인이 말을 가로막았다.

"사실 나는 그 정도 틀린 것은 문제 삼지 않아요. 이 세상에 모든 것을 완벽하리만큼 정확하게 아는 사람이 어디 있겠어요? 아무도 없어요. 만일 어떤 기자가, 스물두 살의 여자가 창밖의 바다를 바라본 뒤 자기가 아끼는 래브라도 사냥개인 밥에게 키스를 하면서 '안녕' 하고 말한 뒤 가스를 틀어놓고 죽었다는 기사를 썼다고 합시다. 사람들이 사실은 그녀가 스물여섯 살이었고, 개도 실리엄 테리어종 사냥개인 바니였으며, 그 방의 창문은 육지를 향하고 있었다고 해서 야단법석을 떨까요? 사실을 정확하게 보도해야 하는 기자도 그런데, 내가 경찰관들의 지위를 틀리게 쓰고 자동권총 대신 리볼버 권총이라고 적고, 전축이라고 써야 할 곳에 속기용 전화기라고 썼거나, 사람에게 마지막으로 한마디를 할 수 있도록 독을 사용했다고 한 점 등은 그리 잘못된 것이라고 생각하지 않습니다.

정말 문제가 되는 것은 시체가 너무 많다는 사실입니다. 사람들이 책을 보다 지루해질 때 등장인물이 죽게 되면 다시 흥미를 느끼거든요. 누가 무슨 얘기인가를 하려 했는데 그만 그가 죽게 된다! 그 이후로는 사건이 잘 풀리게 되죠. 내 책에는 항상 그런 일이 일어납니다ㅡ물론 다양하게 변화시키긴 하지만요. 흔적 없는 독약같이 교묘한 사람들, 멍청이 형사들, 가스나 물이 들어가서 지하실에서 죽은 여자들, 사람들을 죽이는 잔인한 방법들, 그리고 세 명에서 일곱 명 정도의 깡패들을 한 손으로 해치우는 영웅이 등장하죠. 나는 지금까지 서른두 권의 책을 썼어요. 사실, 그 책들은 거의 똑같다고 볼 수 있어요. 포와로 씨는 그 점을 알아차렸는데 다른 사람들은 아직 눈치를 못 채고 있더군요. 그리고 한 가지 후회스러운 점이 있어요. 내 탐정을 핀란드인으로 한 점이에요. 사실 나는 핀란드에 대해서는 아무것도 모르거든요. 그래서인지 언제나 주인공이 한 말이나 행동이 핀란드인 같지 않다는 지적이 담긴 편지가 핀란드에서 날아오곤 하죠. 핀란드인들도 추리소설을 꽤 즐기나 봐요. 아마 겨울에 햇볕이 들지 않아서 그런가 보죠? 불가리아나 루마니아에서는 전혀 읽히지 않는데요. 주인공을 불가리아인으로 할 걸 그랬나 봐요."

그녀가 잠시 말을 멈췄다.

"미안해요. 너무 수다를 떤 것 같군요. 그런데 이 사건은 실제 살인인데―."

갑자기 그녀의 얼굴이 밝아졌다.

"아까 그 사람들 중에서는 아무도 그를 죽이지 않았다는 생각은 어떠세요? 그가 사람들을 골탕먹이려는 속셈으로 살며시 자살을 했을 수도 있지 않겠어요?"

포와로가 그럴 수도 있다는 듯 고개를 끄덕였다.

"놀랄 만한 상상이군요. 훌륭하고 비범해요. 그렇지만 애석하게도 셰이터나 씨는 그런 인물이 못 됩니다. 그는 자기 인생을 즐겼으니까요."

"내가 보기에 그 사람, 훌륭한 인물은 아니었던 것 같아요."

올리버 부인이 천천히 말했다.

"그래요. 그는 훌륭한 사람은 아니었지요." 포와로가 말했다.

"하지만 과거에는 그가 살아 있었지만 지금은 죽었습니다. 전에도 한 번 얘기했지만, 나는 살인사건이라면 호기심이 발동하는 사람입니다. 이런 내 성격이 별로 마음에 들지 않지만요."

그가 부드럽게 말했다.

"그래서 나도 호랑이 우리 안으로 들어갈 준비가 되어 있습니다."

제9장

로버츠 박사(上)

"안녕하시오, 배틀 총경."

로버츠 박사는 의자에서 일어나 비누와 소독약 냄새를 풍기는 크고 혈색이 좋은 손을 내밀었다.

"수사는 잘되어가고 있습니까?"

배틀 총경은 대답하기 전에 안락한 진찰실 안을 둘러보았다.

"로버츠 박사, 사실대로 말하자면 전혀 진전이 없습니다. 답보 상태죠"

"신문에서는 그리 떠들어대지 않던데요. 다행입니다."

"'저명한 셰이터나 씨가 자신이 연 저녁 파티에서 갑자기 사망하다.' 신문에는 그렇게 났죠. 우리는 검시를 해봤습니다. 거기서 알아낸 내용을 보고서로 작성하여 여기 가지고 왔습니다. 관심이 있으시다면―."

"대단히 친절하시군요. 어디 한번 보죠. 흠, 세 번째 목뼈, 기타 등등……. 그래요, 상당히 흥미 있군요." 그가 그것을 돌려주었다.

"그리고 셰이터나 씨의 변호사와 얘기를 나누어 보았습니다. 그래서 그의 유서 내용도 알게 되었지요. 별로 관심을 끌 만한 것은 없더군요. 시리아에 그의 친척들이 살고 있는 것 같았습니다. 그리고 그의 서류도 모두 조사해 보았습니다."

그의 넓적하고 말끔히 면도된 얼굴이 다소 긴장해서 딱딱해진 것처럼 보인 것은 착각이었을까?

"그런데요?" 로버츠 박사가 물었다.

"별다른 게 없더군요." 그를 지켜보며 배틀 총경이 말했다.

안도의 한숨 같은 것도, 그것 보라는 듯한 으스대는 웃음도 없었다. 하지만, 의자에 몸을 깊숙이 기대고 앉는 의사의 모습에서는 다소의 안도감을 느끼고 있다는 것을 발견할 수 있었다.

"그런데, 여기에 오신 이유는?"

"그래서 이렇게 찾아왔습니다."

갑자기 로버츠 박사가 눈썹을 약간 추켜세우더니 교활해 보이는 눈빛으로 배틀 총경의 눈을 지켜보았다.

"내 서류들을 조사하고 싶다는 말인가요?"

"그렇습니다."

"수색영장은 가지고 왔나요?"

"아닙니다."

"좋습니다. 좋을 대로 하시지요. 괜히 문제를 어렵게 만들고 싶지는 않습니다. 살인혐의를 받는 것은 그리 유쾌하진 못하지만, 당신의 의무를 다하는 것을 탓할 생각은 없으니까."

배틀 총경이 정말 고마운 듯 말했다.

"대단히 고맙습니다. 당신이 이렇게 협조해 주시니 고맙군요. 다른 사람들도 이렇게 대해 주리라 믿습니다."

"치료될 수 없는 것은 참을 수밖에 없습니다." 의사가 명랑하게 말했다.

"여기 환자들을 모두 만나 봤기 때문에 이제는 다른 곳으로 가봐야 합니다. 당신에게 열쇠를 주겠소. 비서에게도 얘기해 놓을 테니 당신 마음대로 조사하시오."

"그렇게까지 할 필요는 없을 텐데요." 배틀 총경이 인사치레를 했다.

"당신이 가기 전에 몇 가지 질문을 하고 싶습니다."

"그날 밤에 대해서 말인가요? 내가 아는 것은 모두 얘기했습니다."

"아닙니다. 그날 밤에 대한 것이 아니라 당신에 대한 겁니다."

"어디, 물어보시죠. 뭐가 알고 싶습니까?"

"당신의 경력에 대해 알고 싶습니다, 로버츠 박사. 출생, 결혼 등에 대해서 말입니다."

"명사록(名士錄)을 만들 때 얘기하는 것 같군요."

로버츠 박사가 담담하게 말했다.

"내 경력은 완벽할 정도로 올바릅니다. 나는 슈롭셔군(잉글랜드 남부, 현재의 도싯군) 출신입니다. 그곳 러들로에서 태어났죠. 아버지는 그 지방의 의사셨어요. 그분은 내가 열다섯 살 때 돌아가셨습니다. 나는 슈루즈버리에서 학교를 다녔고 아버지와 마찬가지로 의사의 길을 택했습니다. 세인트 크리스토퍼 의대를 나왔습니다. 그리고 의사로서의 경력에 대해서는 이미 조사했으리라 생각합니다만."

"그렇습니다. 당신은 외아들이었습니까, 아니면 다른 형제가 많았습니까?"

"외아들입니다. 부모님은 모두 돌아가셨고 아직 미혼입니다. 그 얘기를 계속할 필요는 없겠죠? 나는 여기서 에머리 박사와 함께 일했습니다. 그는 15년 전에 은퇴했죠. 지금은 아일랜드에 살고 있습니다. 원한다면 그의 주소를 적어드리죠. 나는 여기에서 요리사, 시중드는 하녀, 그리고 가정부와 함께 살고 있습니다. 비서는 매일 옵니다. 나는 꽤 수입이 좋은 편이고, 합리적인 숫자만큼의 환자만 죽였습니다. 어떻습니까?"

배틀 총경이 싱긋 웃었다.

"그 정도라면 충분히 이해할 수 있습니다, 로버츠 박사. 역시 당신은 유머감각이 뛰어난 분이로군요. 그러면 한 가지만 더 묻겠습니다."

"나는 지나칠 정도로 도덕적인 사람입니다, 총경."

"오, 그런 뜻이 아닙니다. 내가 물으려고 한 것은 당신이 오래전부터 친근하게 지내온 친구 네 분의 이름을 말해 줄 수 있는가 하는 겁니다. 참고로 하기 위해서지요."

"좋습니다. 어디 생각 좀 해봅시다. 지금 런던에 살고 있는 사람이 좋겠죠?"

"그렇다면 우리가 일하기가 조금 수월하겠지만, 그렇지 않아도 상관없습니다."

로버츠 박사는 잠시 동안 곰곰이 생각에 잠기더니, 마침내 종이쪽지 위에 만년필로 네 명의 이름과 주소를 적어서 책상 맞은편에 앉아 있는 배틀 총경에게 내밀었다.

"이 정도면 되겠습니까? 가장 도움이 되리라 생각하는 사람들을 적어보았습니다."

배틀 총경은 그 종이쪽지에 적힌 네 사람의 이름을 유심히 들여다본 뒤, 아주 만족한 듯 고개를 끄덕이고는 그것을 윗도리 안주머니에 집어넣었다.

"이건 단지 당신을 용의자 명단에서 지우기 위한 질문입니다만―. 한 명씩 제외하고 다음 사람으로 넘어가는 때가 빠를수록 관련된 모두에게 좋을 겁니다. 나는 당신이 죽은 셰이터나 씨와 좋지 못한 사이도 아니었다는 것과, 그와 개인적으로 친밀했다거나 동업을 한 적도 없었다는 것, 그리고 그가 당신을 해친 적도 없고 그래서 당신도 그에게 원한을 품을 이유도 없다는 것을 확실하게 이해해야 합니다. 당신이 그를 조금밖에 모른다고 말한 것을 내가 믿는다고 해도 그건 어디까지나 나 혼자만의 생각일 뿐입니다. 전적으로 믿을 수는 없는 것이지요. 그래서 그 문제를 확실하게 매듭짓고 싶습니다만."

"아, 무슨 말인지 알겠습니다. 당신은 진실을 말할 때까지 거짓말을 추궁해야 하니까요. 여기에 내 열쇠가 있습니다. 이건 내 책상서랍의 열쇠입니다. 이건 큰 책상의 열쇠고, 이건 약을 보관하는 찬장의 열쇠입니다. 다 보고 난 뒤에 잠그는 것을 잊지 마십시오. 비서에게도 당부를 해두는 것이 좋겠군요."

그는 책상 위에 있는 버튼을 눌렀다. 그러자 금방 문이 열리더니 아주 유능해 보이는 젊은 여자가 들어왔다.

"부르셨습니까, 박사님?"

"이쪽은 버지스 양입니다. 여기 계신 이분은 런던경시청에서 온 배틀 총경이오."

버지스 양은 고개를 돌려 배틀 총경을 냉담한 눈초리로 뚫어지게 쳐다보았다. 그 눈빛은 이렇게 말하고 있는 것 같았다.

'세상에, 이건 또 웬 괴물이지?'

"버지스 양, 배틀 총경이 묻는 말에 아는 대로 대답해 주고 필요로 하는 것은 뭐든지 도와주도록 해요."

"알겠습니다, 박사님."

"좋아요." 로버츠 박사가 일어나면서 말을 이었다.

"나는 그만 가봐야겠어. 가방 속에 모르핀을 챙겨 넣도록 해요. 심장병 환자에게 필요한 거니까."

로버츠 박사는 계속 무엇인가를 말하면서 방을 나갔고, 버지스 양이 그 뒤를 따랐다. 그녀는 잠시 뒤 방으로 돌아와서 입을 열었다.

"제가 필요할 때에는 저기 책상 위의 버튼을 눌러주세요, 총경님."

배틀 총경은 그녀에게 고맙다는 말과 함께 그렇게 하겠다고 말한 뒤 일에 착수했다. 그는 그리 중요한 단서를 찾아낼 수 있으리라는 생각은 안 들었지만, 그래도 질서정연하고 신중하게 조사에 임했다. 로버츠 박사가 미리 손을 써둔 것이 분명했기 때문이다. 로버츠 박사는 바보가 아니다. 그는 이런 조사가 반드시 있으리라는 것을 예견하고는 그에 대비한 준비를 했을 것이다. 배틀 총경은 자신이 바라는 정보의 조그마한 꼬투리도 발견하지 못했다. 로버츠 박사는 그가 조사를 통해 찾고자 하는 것을 잘 알고 있을 테니까.

배틀 총경은 서랍을 열고 다시 닫았다. 비밀서랍도 샅샅이 뒤졌으며, 수표장도 훑어보고, 지급되지 않은 청구서도 살펴보았다—그 청구서의 내용이 어떤 것인지도 주의 깊게 살펴보았다. 예금통장도 세심하게 조사했고, 표지가 두툼한 노트도 살펴보았다. 아직 사용되지 않은 서류도 뒤졌다. 하지만 그 결과는 거의 없다고 할 정도였다. 그는 다음으로 약을 보관하는 찬장을 조사했다. 로버츠 박사가 약을 도매로 거래하는 회사의 이름을 기록한 뒤, 수량을 검사하는 방법에 대해 세심하게 살펴보고 나서 찬장을 닫았다. 마지막으로 그는 큰 책상이 있는 곳으로 갔다. 그곳에는 박사 개인의 물건이 많았다. 그러나, 배틀 총경은 자신이 찾고자 하는 것은 하나도 발견하지 못했다. 그는 고개를 저은 뒤, 박사의 의자에 앉아 책상 위의 버튼을 눌렀다.

버지스 양이 금방 나타났다. 배틀 총경은 그녀에게 정중하게 자리를 권하고서 잠시 동안 그녀를 유심히 살펴보았다. 배틀 총경은 그녀에게 접근하는 방법을 찾으려는 것 같았다. 자신에 대한 그녀의 적의(敵意)를 눈치채고는, 솔직하게 말하는 것이 그녀를 자극해서 그 적의를 더욱 심하게 만들지, 아니면 좀 더 부드럽게 말하는 것이 나을지 속으로 계산하고 있었다.

그가 마침내 입을 열었다.

"왜 이런 일이 벌어졌는지 잘 아실 줄 믿습니다, 버지스 양."

"로버츠 박사님이 말해 주셨어요." 버지스 양이 짧게 말했다.

"아주 신경을 써야 하는 일입니다." 배틀 총경이 말했다.

"그러세요?" 버지스 양이 무관심하다는 듯한 태도로 말했다.

"음, 물론 기분 나쁜 일인 것은 확실합니다. 네 사람이 살인혐의를 받고 있고, 그중 한 명은 범인이 분명합니다. 내가 알고 싶은 것은 아가씨가 셰이터나 씨를 본 적이 있느냐 하는 겁니다."

"없어요."

"로버츠 박사가 그에 대해 얘기하는 것도 들어보지 못했나요?"

"물론이에요─아니, 제가 잘못 말했군요. 1주일쯤 전에 로버츠 박사님이 일정표에 저녁식사 약속을 적어 두라고 하셨어요. '18일 8시 15분, 셰이터나 씨.'라고 말이에요."

"그렇다면 그의 이름을 들어본 것이 그때가 처음이란 말이죠?"

"예."

"신문에서도 그의 이름을 보지 못했나요? 주간지에 가끔 등장하는데."

"저는 주간지 따위나 읽는 그런 한가한 사람이 아니에요."

"그렇겠죠. 물론 그럴 겁니다." 배틀 총경이 이해한다는 듯이 말했다.

"일이 이렇게 된 겁니다." 배틀 총경이 말을 이었다.

"그 사람들 네 명이 모두 셰이터나 씨를 약간 알고 있다고만 말했죠. 하지만, 네 명 중 한 명은 그를 죽여야 했을 만큼 잘 알았던 게 분명합니다. 그 사람이 그들 중 누구인지 밝혀내는 것이 내 임무입니다."

잠시 어색한 침묵이 흘렀다. 버지스 양은 배틀 총경이 하는 일에 별 관심이 없다는 듯한 태도를 보였다. 로버츠 박사가 지시한 대로 여기에 앉아서 배틀 총경이 말하는 것을 듣고 묻는 말에 대답하는 것이 그녀의 임무였기 때문이다.

"아가씨도 잘 알겠지만, 버지스 양─."

배틀 총경은 그녀에게 별 소득을 얻을 수 없으리라는 것을 알고 있었지만 꾹 참고 말했다.

"우리가 하는 일이 얼마나 어렵고 힘든 일인지를 아가씨가 반만이라도 이해해 줬으면 좋겠소. 예를 들어 전혀 믿기지 않는, 우리 주변에 떠도는 하잖것없는 소문이라도 우리는 그 말에 주의를 기울여야 할 판입니다. 특히 이 사건에서는 더욱 그렇습니다. 여성들에 대해 이러쿵저러쿵하고 싶은 생각은 없습니다만, 여자들은 흥분을 하게 되면 입에서 나오는 대로 다 얘기해 버리는 경향이 있습니다. 근거도 없이 사람을 비난하고 이런저런 점에 대해 은근슬쩍 암시도 주고, 또한 사건과 아무런 관계가 없는 옛날의 좋지 못한 소문까지도 들먹거리곤 하죠."

"그렇다면—." 버지스 양이 물었다.

"그 사람 중 한 명이 박사님에 대해 좋지 않은 얘기를 했단 말인가요?"

"뭐라고 꼭 집어서 말한 건 아니지만—." 배틀 총경이 눈치를 보며 말했다.

"그게 그거죠. 나는 그런 점에 주의를 해야 합니다. 환자의 죽음에 대한 지나친 의심 같은 것은 정말 말도 안 되는 일이죠. 나는 그런 문제로 박사님을 괴롭힐 생각은 조금도 없습니다."

"그레이브스 부인에 대한 얘기를 어디에서 주워들었나 보죠."

버지스 양이 몹시 화를 내며 말했다.

"사람들은 자기가 욕을 하면서도 사실은 그게 그렇게 욕먹을 일이 아니라는 것쯤은 잘 알고 있죠. 늙은 부인네들이 그런 짓을 잘해요. 그런 사람들은 모든 사람들이 자기를 죽이려 한다고 생각하고 있지요—자기의 친척들과 하인들, 그리고 심지어는 의사까지도요. 그레이브스 부인도 로버츠 박사님께 오기 전까지 세 번이나 의사를 갈아 치웠어요. 그리고 로버츠 박사님에 대해서도 똑같은 생각을 품게 되자 다시 리 박사에게로 갔죠. 그리고 리 박사 다음에 스틸 박사, 그리고 파머 박사—그러다가 그레이브스 부인은 그만 죽어버렸죠. 불쌍한 부인이에요."

"그런 일이 아주 자그마한 일에서부터 시작된다는 것을 알게 되면 무척 놀랄 겁니다." 배틀 총경이 말했다.

"의사가 환자의 죽음으로 이득을 보게 되면, 누군가가 그렇게 좋지 못한 얘기를 퍼뜨리게 되죠. 친절한 환자가 자기를 돌봐준 사람에게 크건 작건 감사의 표시로 남겨주는 것이 나쁠 이유가 없는데도 말입니다."

"주로 친척들이 그러죠." 버지스 양이 말했다.

"저는 항상 죽음이라는 것만큼 인간의 비열함을 잘 드러내 주는 것도 없다고 생각해요. 시신의 체온이 채 식기도 전에 더 많은 재산을 가지려고 아옹다

옹 싸움이나 벌이니 말이에요. 다행히 로버츠 박사님은 한 번도 그런 싸움에 휘말리지 않았어요. 박사님은 언제나 환자들이 자기에게 아무것도 남기지 않았으면 좋겠다고 하셨죠. 그분은 50파운드를 유산으로 물려받은 적이 한 번 있고, 어떤 환자를 돌봐준 데 대한 보답으로 지팡이 두 개와 금시계를 받은 적이 있을 뿐이에요."

"그런 직업을 가진 사람들의 생활은 정말 어렵죠."

배틀 총경이 한숨을 내쉬며 말했다.

"공갈치는 사람에게는 늘 무방비 상태일 테니까요. 어느 누가 봐도 아무런 문제가 없음이 명백히 드러난 일인데도 추악한 소문에 휩싸이는 경우가 많거든요. 의사는 심지어 악마가 나타나는 것조차 조심해야 하고—설사, 그런 일이 있다손 치더라도 선량하고 냉철하게 극복해 나가야 한다는 뜻입니다."

"총경님의 말씀이 맞아요." 버지스 양이 말했다.

"의사들은 히스테리를 가진 여자들에게도 시달려야 해요."

"히스테리를 가진 여자라. 그래요, 그 얘기를 듣고 보니 한 가지 떠오르는 게 있군요."

"아마 그 끔찍한 크래독 부인을 말씀하시는 거겠죠?"

배틀 총경이 잠시 생각에 잠기는 체했다.

"글쎄요, 그게 3년 전이었던가? 아니, 그보다 훨씬 더 되었죠?"

"4년, 아니면 5년 전일 거예요. 그녀는 정말 종잡을 수 없는 여자였어요. 그녀가 외국으로 떠나버리자 그렇게 기쁠 수가 없었죠. 로버츠 박사님도 마찬가지였어요. 그녀는 남편에게 엄청난 거짓말을 했어요. 게다가 남편도 그 말을 죄다 믿었죠. 불쌍한 사람 같으니. 크래독 씨는 자기 자신을 지키지 못하고 결국 병이 들고 말았죠. 총경님도 아시겠지만, 크래독 씨는 비탈저(탄저병, 소·말·양 등의 초식동물에게서 발생하여 인간에게 전염되는 병)로 죽었어요. 면도솔에서 감염되었던 거예요."

"그것까지는 몰랐는데요." 배틀 총경이 짐짓 의아해하며 말했다.

"그러고 나서 그녀는 외국으로 나갔다가 얼마 뒤에 죽었어요. 그렇지만 그녀는 정말이지 너무 치사한 여자라는 생각이 들었어요—그 남자도 미쳤죠."

"그 사건은 나도 알고 있어요." 배틀 총경이 말했다.

"아주 무서운 병입니다. 의사는 사람들이 그 병에 걸리지 않도록 주의시켜야 합니다. 그녀가 죽은 곳이—, 기억이 날 듯도 한데—."

"이집트였던 것 같아요. 그녀의 몸에 독이 퍼졌던 거예요—그 지방 풍토병이었죠."

"의사에게 있어서 또다른 어려운 문제는—." 배틀 총경이 화제를 돌렸다.

"환자가 친척에게서 독을 주입받고 있다고 느낄 때입니다. 이때 의사는 어떻게 해야 할까요? 의사는 신고하든지—아니면 입을 다물고 있어야 합니다. 그런데 후자의 경우를 택했다면, 나중에 사건이 알려졌을 때 난처한 경우를 당하게 되죠. 혹시 로버츠 박사에게도 그와 비슷한 일이 있지 않았습니까?"

"그런 일은 한 번도 없었던 것 같아요."

버지스 양이 곰곰이 생각하며 말했다.

"그런 적이 있었다는 얘기는 들어보지 못했어요."

"통계학적인 관점에서 본다면 1년에 의사의 치료를 받던 사람 중 몇 명이 죽느냐 하는 것을 캐보는 것도 흥미 있는 일일 겁니다. 예를 들어, 아가씨가 로버츠 박사 밑에서 일한 지가—."

"7년째예요."

"7년. 좋습니다. 그 기간 동안 죽은 사람이 얼마나 되죠?"

"글쎄요, 대답하기가 좀 곤란한데요."

버지스 양은 속으로 계산을 하고 있었다. 냉기에 가득 차 있던 그녀의 태도는 풀린 지 이미 오래였고, 배틀 총경에 대한 의심도 이미 사라진 상태였다.

"일고여덟—글쎄요, 정확히 기억할 수 없군요. 아마 그 기간 동안 서른 명은 넘지 않았을 거예요."

"그렇다면 로버츠 박사는 다른 의사들보다 훌륭하다고 할 수 있겠군요."

배틀 총경이 부드럽게 말했다.

"아마 로버츠 박사의 환자 중 대부분이 상류층 사람들이겠죠. 그 사람들은 자신을 돌볼 여유가 있는 사람들이니까요."

"박사님은 아주 유명한 의사예요. 진찰을 아주 잘하신답니다."

배틀 총경은 한숨을 쉬면서 자리에서 일어났다.

"내가 그동안 깜빡 잊고 있은 것 같군요. 박사와 셰이터나 씨와의 관계를 알아내는 것이 내 일이었는데. 그 사람이 박사의 환자가 아니었던 것은 확실한가요?"

"확실해요."

"다른 이름을 써서 올 수도 있지 않았을까요?"

배틀 총경이 사진 한 장을 건네주었다.

"이 사람을 알아보겠습니까?"

"꼭 배우처럼 생긴 사람이군요. 아니에요, 한 번도 본 적이 없어요."

"음, 어쩔 수 없군요." 배틀 총경이 한숨을 내쉬었다.

"이렇게 재미있게 수사할 수 있도록 협조해 준 박사에게 감사해야겠군요. 로버츠 박사에게 그렇게 전해 주겠습니까? 내가 두 번째 사람에게 갔다고도 말해 주고요. 잘 있어요, 버지스 양. 도와줘서 고맙소."

배틀 총경은 악수를 나누고 그 자리를 떠났다. 길을 걸으면서 그는 주머니에서 수첩을 꺼내어 'R'이라는 철자 밑에 몇 가지를 써넣었다.

그레이브스 부인? 가능성이 희박함.
크래독 부인?
유산은 없었다.
부인이 없음(안된 일이다).
환자의 죽음에 대해 조사할 것. 어려운 일.

그는 수첩을 덮고 랭커스터 게이트 쪽으로 접어들어서 런던 웨식스 은행으로 갔다. 배틀 총경이 신분증을 보여주자 은행장과 만날 수 있었다.

"안녕하십니까? 당신 은행의 고객 중에 제프리 로버츠 박사가 있다는 것을 알고 왔습니다."

"맞습니다, 총경님."

"그 박사의 지난 몇 년 동안의 예금 기록에 대해 좀 알아볼 게 있어서 그런데요."

"좋을 대로 하십시오."

30분간 복잡한 조사가 진행되었다. 마침내 배틀 총경이 연필로 숫자를 적은 종이를 치웠다.

"원하는 정보를 얻어냈습니까?" 은행장이 궁금한 듯 물었다.

"아닙니다. 단서가 될 만한 것이 하나도 없군요. 고맙습니다."

같은 시간, 로버츠 박사는 자기 진찰실에서 손을 씻으며 어깨너머로 버지스 양에게 무엇인가를 말하고 있었다.

"그 멍청한 얼굴을 한 친구는 어땠지?"

"그 사람은 제게서 캐낸 게 별로 없을 거예요."

입술을 꼭 깨물면서 버지스 양이 말했다.

"그렇게 조개처럼 입을 다물 필요는 없어요. 그 사람이 알고 싶어하는 것은 말해 주라고 했잖아. 그런데 그 친구는 어떤 것을 알고 싶어했지?"

"박사님이 셰이터나 씨에 대해 알고 있는지를 계속 묻더군요. 심지어 사진 까지 보여주며 그가 이름을 바꾸고 여기에 환자로 오지 않았느냐고도 물어보 던데요. 그 사진은 꼭 배우 같았어요!"

"셰이터나? 아, 그래. 메피스토펠레스같이 행동하는 걸 좋아하는 친구지. 전 체적으로 보면 그 악마보다 더 나쁜 사람이야. 배틀 총경이 다른 건 묻지 않 던가?"

"별로 특별한 건 없었습니다. 별로—그래요, 누군가가 그레이브스 부인에 대 해서 말도 안 되는 얘기를 했다고 하더군요. 박사님도 일이 어떻게 된 건지 아시잖아요?"

"그레이브스? 그레이브스? 아, 그래. 옛날의 그 그레이브스 부인? 우스운 일 이군."

로버츠 박사는 재미있는 듯 호탕하게 웃었다.

"정말 재미있는 일이야." 그리고 명랑한 태도로 점심을 먹으러 갔다.

제10장

로버츠 박사(下)

배틀 총경은 에르퀼 포와로와 함께 점심을 먹고 있었다. 배틀 총경은 풀이
죽은 채 바닥을 쳐다보고 있었고, 포와로는 시종 안됐다는 표정을 짓고 있었다.
"오늘 아침에는 별 소득이 없었나 보군요?" 포와로가 생각에 잠긴 채 말했다.
배틀 총경이 고개를 저었다.
"일이 몹시 어렵겠는데요, 포와로 씨."
"그에 대해 어떻게 생각하십니까?"
"로버츠 박사 말입니까? 글쎄, 솔직히 말하자면, 셰이터나 씨의 생각이 옳았
던 것 같습니다. 로버츠 박사는 살인자예요. 웨스터웨이를 연상시키더군요. 그
리고 노먹의 변호사 친구도요. 그들과 똑같이 활발하고 자신감으로 가득 찬
친구죠. 똑같이 유명한 사람이기도 하고. 그들 둘은 영리한 살인마였습니다―
로버츠 박사도 마찬가지입니다. 하지만, 다른 점이 있다면 로버츠 박사는 셰이
터나 씨를 죽이지 않았다는 겁니다. 사실을 말하자면, 나는 그가 범인이라고
생각하지는 않습니다. 로버츠 박사는 그 범행이 얼마나 위험한지 잘 알고 있
었을 겁니다―보통 사람보다 훨씬 더 잘 알고 있었을 테죠. 셰이터나 씨가 갑
자기 깨어나서 소리를 칠 수도 있으니 말입니다. 그래요, 로버츠 박사가 그를
죽였다고는 생각할 수 없더군요."
"그렇지만, 당신은 로버츠 박사가 누군가를 죽였다고 생각하진 않습니까?"
"아마 꽤 많은 사람을 죽였을 겁니다. 웨스터웨이도 그랬죠. 하지만, 그걸
알아내기란 무척 어려운 일입니다. 로버츠 박사의 은행계좌도 조사해 보았습
니나―의심스러운 구석이라고는 한군데도 없더군요. 한 번에 많은 액수를 예
금한 적도 없었습니다. 어쨌든 지난 7년간 그가 환자에게서 유산을 받은 사실
이 없다는 것만은 확실합니다. 그걸로 봐서도 로버츠 박사는 직접적인 이득을

노린 살인은 하지 않았다는 얘기가 됩니다. 또 그는 상당히 많은 재산을 가지고 있습니다. 그렇지만, 자기보다 더 유복한 사람들 사이에서 변변찮은 일을 하고 있습니다."

"그 사람은 철저하게 지난날의 죄를 위장하며 살아온 것 같군요. 어쩌면 죄를 지은 일이 전혀 없는지도 모르는 일이지만 말이오."

"그럴지도 모릅니다. 하지만 나는 부정적인 면을 더 믿습니다."

배틀 총경이 계속해서 말을 이었다.

"어떤 여인에 대한 좋지 못한 소문이 있더군요—그의 환자였죠. 크래독 부인이라는 여자입니다. 조사해 볼 만한 가치가 있을 것 같아서 곧 사람을 시켜 알아볼까 합니다. 그 여자는 이집트에서 풍토병으로 죽었다더군요. 그래서 거기에 뭔가 있을 것 같기도 합니다. 그렇지만 기껏해야 의사의 일반적인 성격이나 도덕심이 어떤지를 알게 해주는 것 이상의 소득은 없을 것 같기도 합니다."

"남편이 있었소?"

"예. 비탈저로 죽었다고 하는군요."

"비탈저?"

"예, 그때만 해도 시장에서 싸구려 면도솔을 많이 팔았죠. 그중에는 감염된 것도 있었어요. 그것 때문에 당시에 말썽이 많았죠."

"너무나 단순한 죽음이로군." 포와로가 말했다.

"나도 그렇게 생각합니다. 크래독 씨의 죽음이 소동을 일으킬 우려가 있으니까—그렇지만 이건 어디까지나 어림짐작이죠. 그 추측을 뒷받침해 줄 만한 근거는 하나도 없습니다."

"힘을 내요. 당신이 하는 일이 얼마나 어려운 것인지는 나도 잘 알고 있소. 결국에는 당신도 지네발처럼 많은 근거를 찾아내게 될 게요."

"그리고 그 많은 근거로 인해 생각에 잠긴 채 길을 걷다가 도랑에 빠져버릴지도 모르는 일이죠."

배틀 총경이 싱긋 웃으며 말했다. 그러다가 갑자기 그가 물었다.

"당신은 어떻습니까, 포와로 씨. 어떻게 할 예정입니까?"

"나도 로버츠 박사를 한번 찾아가 볼까 하오."

"하루에 두 사람씩이나 쳐들어가게 되다니! 그 사람, 이젠 끝장나겠군요."

"아, 나는 아주 신중하게 행동할 겁니다. 그의 과거에 대해서는 묻지 않을 거요."

"당신이 어떤 방법으로 조사할 것인지 무척 궁금한데요."

호기심을 보이며 배틀 총경이 입을 열었다.

"그렇지만 내키지 않으면 말하지 않으셔도 괜찮습니다."

"아, 천만에. 기꺼이 얘기해 주겠소. 나는 브리지에 대해 잠시 얘기할 생각이오. 그게 전부요."

"또 그놈의 브리지로군요. 정말 계속해서 그 얘기만 자꾸 하시깁니까, 포와로 씨?"

"어쩌면 그게 아주 중요한 단서가 될 수도 있을 것 같아요."

"각자 취향이 있으니까요. 나는 그런 무의미한 방법은 별로 좋아하지 않습니다. 내 방식과는 맞지 않아요."

"당신 방식은 어떤 거요, 총경?"

반짝거리는 배틀 총경의 두 눈이 포와로의 눈과 마주쳤다.

"솔직하고 성실한 경찰관은 가장 열심히 자기의 일을 수행합니다―그게 내 방식입니다. 우쭐거리지도 않고 쓸데없는 짓도 안 합니다. 오직 진지하게 성의를 다할 뿐이죠. 묵묵히, 약간은 바보스럽게―그것이 내 주관입니다."

포와로가 잔을 치켜들었다.

"우리 각자의 방식을 위해. 그리고 우리들의 방식이 합쳐져서 좋은 결과가 있기를 바라며."

"레이스 대령이 디스파드 소령에 대한 유익한 정보를 가져다줄 거라고 생각합니다." 배틀 총경이 화제를 바꾸었다.

"레이스 대령에게는 정보의 출처가 많으니까요."

"그리고 올리버 부인은?"

"가능성은 반반입니다. 솔직히 난 그 부인이 마음에 듭니다. 가끔 헛소리를 잘하지만 속이 탁 트인 사람이거든요. 또 여자들은 다른 여자에 대해서 남자들이 미처 알아낼 수 없는 점을 발견할 수도 있지요. 그 부인도 유용한 정보를 제공할지 누가 압니까."

그들은 헤어졌다. 포와로는 글로스터 테라스 200번지로 갔고, 배틀 총경은 런던경시청으로 돌아가서, 수사반에 몇 가지 지시를 내렸다.

손님을 맞이하는 로버츠 박사의 눈썹은 우스꽝스럽게 추켜세워져 있었다.

"하루에 두 사람씩이나 심문하러 오다니."

로버츠 박사가 계속해서 말을 이었다.

"오늘 저녁엔 수갑이라도 채울 겁니까?"

포와로가 미소를 지었다.

"분명히 말씀드리지만, 로버츠 박사, 내가 의심하는 정도는 네 사람 모두 똑같습니다."

"그것참 고마운 말씀이군요. 담배 피우십니까?"

"피우시죠. 나는 내 걸 피우겠습니다."

포와로는 가지고 있던 조그만 러시아산 담배를 꺼내어 불을 붙였다.

"음, 뭘 도와 드릴까요?" 로버츠 박사가 물었다.

포와로는 담배 연기를 내뿜으며 잠시 침묵을 지킨 뒤 입을 열었다.

"당신은 사람들의 성격을 관찰하는 데에 일가견이 있는 사람 아닙니까?"

"글쎄요, 아마 그럴지도 모르죠. 의사란 그래야 하니까요."

"나도 그렇게 생각합니다. 나는 속으로 이렇게 생각했죠. '의사는 언제나 환자를 잘 관찰하고 연구해야 한다―표정, 혈색, 호흡수, 불안해하는 태도 등등. 의사는 자신도 모르는 사이에 이런 것들을 눈여겨보게 될 것이다. 그러니 로버츠 박사야말로 나를 도와줄 수 있는 사람이다.'"

"내가 할 수 있는 일이라면 기꺼이 도와 드리죠. 무슨 일이 있습니까?"

포와로는 조그맣고 아담한 주머니에서 브리지 게임의 점수가 적힌, 조심스럽게 접은 종이쪽지 세 장을 꺼냈다.

"그날 밤 처음 벌어진 세 판의 점수입니다." 포와로가 설명해 주었다.

"이것이 메러디스 양이 기록한 첫 번째 판입니다. 기억을 가다듬어서 그때 당신은 얼마나 불렀는지, 그리고 각자 어떻게 했는지에 대해 말해 주시겠습니까?"

로버츠 박사는 놀란 표정으로 그를 바라보았다.

"농담하는 겁니까, 포와로 씨? 내가 어떻게 그런 걸 일일이 다 기억할 수 있겠습니까?"

"어렵겠습니까? 그렇게만 해준다면 정말 고맙겠습니다만. 이 첫 번째 판을 보십시오. 이 판은 하트와 스페이드에서 부른 것으로 끝났거나, 아니면 다른 편이 50까지 내려간 것이 틀림없습니다."

"어디 봅시다—이게 첫 번째 패군요. 그래요, 스페이드에서 끝난 것 같군요."

"다음 패는?"

"한 사람 아니면 다른 사람들이 50까지 내려갔을 겁니다. 그렇지만 누가 어떻게 해서 그렇게 됐는지는 잘 기억이 나지 않습니다. 포와로 씨, 내게서 그런 것까지 기억해 내기를 바란다면 그건 좀 무리한 일일 겁니다."

"그럼 얼마를 불렀는지, 또 패가 어떠했는지 하나도 기억이 안 난다는 말입니까?"

"내가 압승을 한 적이 있죠—그건 기억이 납니다. 더블도 되었죠. 그리고 노트럼프 3으로 하다가 낭패를 당한 기억도 납니다. 그때 점수가 많이 내려갔죠. 그렇지만 그건 나중의 일이죠."

"누구와 한편이었는지는 기억할 수 있습니까?"

"로리머 부인이었죠. 약간 굳어져 있던 그 부인의 표정이 생각나는군요. 아마 그때 내가 지나치게 많이 부르는 것이 불만이었던 모양입니다."

"그리고 다른 패나, 부른 것은 전혀 기억이 안 난단 말이죠?"

로버츠 박사가 웃음을 터뜨렸다.

"포와로 씨, 정말로 내가 기억해낼 수 있으리라고 생각하십니까? 바로 그때 살인사건이 일어났습니다—그런 상황에서는 패를 곰곰이 궁리하던 기억이 모두 사라지게 마련이죠. 그리고, 그날 밤 이후에도 최소한 여섯 판은 브리지를 더 했을 겁니다."

포와로는 맥 빠진 듯한 태도로 밍하니 앉아 있었다.

"미안하군요." 로버츠 박사가 말했다.

"오, 아닙니다. 별로 상관이 없는 거니까요." 포와로가 천천히 입을 열었다.

"나는 적어도 당신이 한두 개 정도는 패를 기억하리라 생각했습니다. 왜냐하면, 그 기억이 다른 것들을 기억해 내는 데에 귀중한 지표가 되리라 생각했거든요."

"다른 것들이라뇨?"

"예를 들어서, 당신의 편이 아주 간단하게 노 트럼프로 패를 놓쳤다든가, 아니면 상대편 중 누군가가 예상치도 못한, 분명히 실패하게 되어 있는 두 배의 트릭을 쓰려 했다든가 하는 것 등 말입니다."

로버츠 박사의 표정이 갑자기 진지해졌다. 그는 앉은 상태에서 그대로 몸을 앞으로 숙이며 "아!" 하고 탄성을 냈다.

"이제야 당신이 왜 그런 말을 하는지 이해가 가는군요. 미안합니다. 처음에는 당신이 당치도 않은 소리를 한다고 생각했었죠. 그러니까 당신 말은 그 살인자가—아주 기막힌 그 살인자가 그날 밤 게임에서 분명히 다른 태도를 보였을 거란 거죠?"

포와로가 고개를 끄덕였다.

"이제야 내 말을 정확히 이해했군요. 당신이 상대방의 게임 방식을 잘 아는 사람이었다고 생각해 보면 뭔가 나올지도 모릅니다. 갑자기 태도가 변했다든가, 갑자기 바보 같아졌다든가, 기회를 놓쳤다든가—그런 점들은 반드시 주목해야만 합니다. 그렇지만 불행히도 서로서로는 잘 모르는 관계였죠. 갑자기 변해도 눈치를 못 챌 수도 있었습니다. 그렇지만 한번 생각을 해보시오, 로버츠박사. 기억을 가다듬어 봐요. 뭔가 격식에 맞지 않았다든가, 아니면 뻔한 실수를 누가 한 것이 기억나지 않습니까?"

잠시 침묵이 흐른 뒤 로버츠 박사가 고개를 저었다.

"다 소용없는 일입니다. 당신에게 아무런 도움도 줄 수가 없게 돼서 정말 유감스럽습니다." 그가 솔직하게 말했다.

"전혀 기억이 안 나는군요. 내가 할 수 있는 말은 일전에 한 것이 전부입니다. 로리머 부인의 브리지 솜씨는 일류이고—그 부인은 내가 지켜본 동안은 한 번도 실수를 하지 않았습니다. 시종 능수능란한 솜씨를 보였죠. 디스파드 소령도 로리머 부인과 마찬가지로 잘했습니다. 규칙을 잘 지키는 사람이라고 할 수 있죠—과하리만큼 많이 부르는 일은 없었습니다. 규칙에서 벗어난 적이 거의 없었죠. 한 번에 많이 따는 스타일은 아닙니다. 메러디스 양은—."

로버츠 박사가 머뭇거리기 시작했다.

"예? 메러디스 양은 어떻단 말이죠?" 포와로가 그를 재촉했다.

"그 아가씨는 한 번인가 두 번 정도 실수를 했어요. 판이 거의 끝나갈 무렵이었을 겁니다. 아마 너무 피곤해서였나, 아니면 아직 브리지에 미숙해서 그랬을 겁니다. 그 아가씨의 손이 막 떨리고 있던데요." 그가 말을 멈췄다.

"그래요, 그때가 정확히 언제쯤이었죠?"

"그게 언제였느냐고요? 기억이 안 나는군요—아마 신경이 날카로워져서 그랬을 겁니다. 포와로 씨, 당신은 내게 별의별 상상을 다 하게 만드는군요."

"미안합니다. 하지만, 당신에게 부탁드리고 싶은 게 또 하나 있습니다."

"예?"

포와로가 천천히 입을 열었다.

"말하기가 무척 난처한 것인데요. 도대체 어떻게 물어봐야 할지 모르겠습니다. 내가 만일 당신에게 이러이러한 것을 봤느냐고 묻는다면—글쎄요, 어떻게 설명해야 할까요. 당신의 대답이 그리 중요하지 않을 수도 있습니다만. 다른 식으로 얘기해 보죠. 저, 로버츠 박사, 당신이 게임을 하고 있던 방에 어떤 물건이 있었는지 얘기해 주시겠습니까?"

로버츠 박사는 놀란 듯 그를 멍하니 바라보았다.

"방 안에 있던 물건들요?"

"그렇습니다."

"글쎄요, 도대체 무엇부터 말해야 할자—."

"아무거나 좋습니다."

"음, 우선 가구가 많이 있었고—."

"아닙니다, 아니에요. 좀더 정확히 말해 주시죠."

로버츠 박사는 한숨을 내쉰 뒤, 마치 경매인처럼 익살맞게 얘기하기 시작했다.

"상아색으로 선명하게 무늬가 놓인 양탄자가 깔린 긴 의자가 하나 있었고, 여전히 초록색의 똑같은 것이 하나 더, 그리고 큰 의자가 네댓 개 있었죠. 열아홉 개의 화려한 페르시아산 융단이 깔려 있는 바닥 위에는 도금을 한 멋진 의자 두 개가 나란히 놓여 있었습니다. 윌리엄과 메리 여왕이 사용하던 책상과, 뭐라 이루 말할 수 없이 아름다운 중국제 장롱, 그리고 그랜드 피아노도 있었죠. 마치 내가 경매장이의 비서 같군요. 다른 가구도 많이 있었지만 그건 기억이 나질 않는군요. 일본의 일류 판화가의 작품이 여섯 점, 투명한 유리에 그린 두 점의 중국 그림, 대여섯 개의 아주 훌륭한 담뱃갑, 탁자 위에 쓸쓸하게 놓인 일본의 상아색 세공품 몇 개, 찰스 1세의 것으로 보이는 은으로 만든 오래된 술잔 몇 개, 배터시 에나멜로 만든 한두 점의 작품 등이 있었죠—."

"정말 놀랍군요!" 포와로가 감탄한 듯 소리쳤다.

"벽에는 영국의 슬리프웨어 새 한 쌍이 그려진 그림이 걸렸는데—그건 아마 랠프 우드의 작품인 것 같아요. 그리고 동양제 물건들이 있었죠—은으로 만든 섬세한 작품들이었어요. 몇 가지의 보석—나는 보석에 대해서는 잘 모릅니다. 첼시 새가 몇 마리 있었던 기억도 나고요. 오, 그리고 상자 속에 세밀화가 몇 점 들어 있었죠—아주 귀엽고 예뻤어요. 전부 다 기억해 낼 수는 없겠지만, 이 정도가 지금 당장 떠오르는 물건들입니다."

"대단하군요." 어느 정도 칭찬이 섞인 투로 포와로가 말했다.

"정말 관찰력이 놀랍습니다."

로버츠 박사가 궁금한 듯 물었다.

"내가 말한 것 중 당신이 생각하고 있던 물건이 나왔나요?"

"정말 흥미 있는 일입니다." 포와로가 말했다.

"당신이 내가 생각하고 있던 물건을 말했다면, 나는 무척 놀랐을 겁니다. 이미 생각대로 당신은 그걸 말하지 않았습니다."

"왜죠?"

포와로의 눈이 갑자기 반짝거리기 시작했다.

"왜냐하면 내가 알아내고자 하는 물건이 거기에 없었기 때문이죠."

로버츠 박사가 포와로를 노려보았다.

"그 말을 들으니 생각나는 것이 있군요."

"셜록 홈스가 생각난단 말인가요? 한밤중에 개 때문에 발생한 이상한 사고,

그 개는 밤에는 짖지 않죠. 정말 흥미 있는 일이에요. 아, 어쨌든 나는 다른 사람들의 흉내 따위는 내지 않습니다."

"포와로 씨, 나는 아직도 당신이 무슨 말을 하고 있는지 조금도 모른다는 사실을 알고 있습니까?"

"그렇다면 정말 잘됐군요. 사실은 그게 바로 내가 노리던 점이라고 할 수도 있거든요."

로버츠 박사가 여전히 당황한 표정을 짓고 있는 동안 포와로는 일어나서 웃으며 말했다.

"이 말만은 이해할 수 있을 겁니다. 당신이 내게 한 말은 내가 다음 사람과 얘기를 나눌 때 아주 유용하게 쓰일 겁니다."

로버츠 박사도 따라서 일어났다.

"뭐가 뭔지는 모르겠지만 그 말만은 알 것 같군요."

그들은 악수를 나누었다.

포와로는 로버츠 박사의 집 계단을 내려온 뒤 지나가던 택시를 잡았다.

"첼시 체인 레인 1-11번지." 그가 운전사에게 말했다.

제11장

로리머 부인

체인 레인 1-11번지는 한적한 거리에 위치한 깔끔하고 정돈이 잘 되어 있는 작은 집이었다. 문은 검은 페인트로 칠해져 있었고 계단은 티 없이 깨끗한 흰색이었다. 문 두드리는 쇠고리와 구리로 된 손잡이가 내리쬐는 오후의 햇살에 유난히 반짝이고 있었다.

먼지 한 점 없이 깨끗한 모자와 앞치마를 두른 꽤 나이 들어 보이는 하녀가 문을 열었다. 포와로가 부인이 집에 있느냐고 묻자, 그렇다고 대답을 한 뒤 포와로보다 앞서 좁은 계단을 올라갔다.

"성함이 어떻게 되십니까?"

"에르퀼 포와로."

그는 평범한 ㄴ자 모양의 거실로 안내되었다. 포와로는 방의 구석구석을 살피며 주위를 둘러보았다. 과거에 유행했던 훌륭한 가구가 잘 손질되어 있었다. 긴 의자 위에서는 채색된 서양목이 반짝이고 있었다. 주위에는 고풍스러운 냄새를 풍기는 은색 테두리의 사진 액자가 몇 개 있었다. 그 방의 그런 조화가 없었다면 불필요한 공간과 조명, 그리고 기다란 꽃병에 꽂힌 아름다운 국화꽃이 제대로 어울리지 않았을 것이다.

잠시 뒤 로리머 부인이 나타났다. 그녀는 포와로를 보고도 별로 놀란 기색이 없이 악수를 하고서 앉으라는 듯 의자를 가리키고는 자기도 의자에 앉아서 날씨가 좋다는 인사말을 꺼냈다.

잠시 침묵이 흘렀다. 에르퀼 포와로가 입을 열었다.

"이렇게 불쑥 찾아온 것을 양해해 주시기 바랍니다, 부인."

로리머 부인이 포와로를 똑바로 쳐다보며 물었다.

"직업적인 방문인가요?"

"그렇습니다."

"당신도 알겠지만, 포와로 씨, 비록 내가 배틀 총경이나 경찰관에게는 그들이 요구하는 정보나 도움을 줘야 하겠지만, 비공식적인 조사자에게까지 똑같은 일을 할 의무는 없지 않을까요?"

"나도 그 사실은 잘 알고 있습니다. 부인이 내게 문을 열어 보이면 언제라도 그 문을 통해 나가겠습니다."

로리머 부인이 희미한 미소를 지었다.

"그런 극단적인 짓은 하고 싶지 않습니다, 포와로 씨. 10분 정도 시간이 있으니까요. 그 뒤에는 브리지를 하러 파티에 가야 합니다."

"10분이면 충분히 얘기를 다 끝낼 수 있습니다. 부인, 그날 밤 부인이 브리지를 했던 방의 내부를 기억나는 대로 얘기해 주시겠습니까? 셰이타나 씨가 살해당한 그 방 말입니다."

로리머 부인의 눈썹을 추켜세워졌다.

"정말 이상한 질문이군요. 알고자 하는 게 구체적으로 무엇인가요?"

"부인이 브리지를 할 때, 누가 부인에게 이런 말을 했다고 합시다. '왜 저 에이스를 쓰지 않죠?', '왜 퀸에게 조커를 쓰지 않죠?', '트릭을 쓸 수 있는 킹을 써요.' 사람들이 그런 식으로 물어본다면 그 대답은 길고 지루한 것이 되지 않겠습니까?"

로리머 부인이 가볍게 미소를 지었다.

"이 게임에서는 당신이 전문가고 나는 초보자라는 말씀이군요. 좋아요."

그녀가 잠시 기억을 가다듬었다.

"아주 큰 방이었어요. 굉장히 많은 물건이 있었죠."

"그것 중 몇 개나 말할 수 있겠습니까?"

"유리병에 꽃이 꽂혀 있었어요—예쁜 편이었죠. 그리고 중국, 아니면 일본의 그림이 있었어요. 그리고 작고 빨간 튤립이 꽂힌 화병이 있었죠—그 꽃이 나오기에는 너무 이른 편인데."

"다른 것은 없었습니까?"

"다른 것은 눈여겨보지 않았던 것 같군요."

"가구는—긴 의자의 색깔이 기억납니까?"

"비단 색이었던 것 같아요. 그것밖에 기억이 안 나요."

"다른 작은 물건들은 본 기억이 없나요?"

"없었던 것 같아요. 하여튼 물건이 굉장히 많았어요. 수집한 물건들을 전시해 놓은 방 같다는 생각이 들었으니까요."

잠시 침묵이 흘렀다.

로리머 부인이 희미하게 웃으며 말했다.

"내 말이 별로 도움이 되지 못한 것 같군요."

"그리고 또다른 것이 있습니다."

포와로가 브리지 점수가 적힌 종이쪽지를 꺼냈다.

"이건 그날 밤 있었던 세 판의 점수입니다. 부탁드리고 싶은 것은, 이 점수를 보고 그날 밤의 브리지 패를 기억해 달라는 것입니다."

"어디 봐요." 로리머 부인은 아주 흥미진진한 모양이었다.

그녀는 점수를 보기 위해 몸을 굽혔다.

"이게 첫 번째 판이군요. 메러디스 양과 내가 한편이 되어 남자분들과 게임을 했죠. 첫 번째 게임은 스페이드 4로 진행되었죠. 우리가 선공(先攻)을 해서 트릭을 썼죠. 그리고 다음 패는 다이아몬드 2였는데, 로버츠 박사가 트릭을 하나 썼죠. 세 번째 패에서는 굉장히 많이 불렸던 기억이 나요. 메러디스 양은 통과했죠. 디스파드 소령은 하트 1로 갔어요. 나는 통과했죠. 로버츠 박사는 클럽 3으로 뛰어서 불렀어요. 메러디스 양은 스페이드 3으로 갔어요. 디스파드 소령은 다이아몬드 4를 불렀어요. 나는 더블이 되었죠. 로버츠 박사는 하트 4로 했어요. 그들이 하나 내려갔죠."

"놀랍군요. 부인은 굉장한 기억력을 가지고 있군요." 포와로가 말했다.

로리머 부인은 그런 칭찬에는 신경 쓰지 않는다는 듯 계속 말을 이었다.

"다음 패에서 디스파드 소령은 통과를 했고, 나는 노 트럼프를 불렀죠. 로버츠 박사는 하트 3을 불렀지요. 내 편인 메러디스 양은 아무 말도 하지 않았어요. 디스파드 소령은 자기편을 4로 놓았죠. 나는 더블이 되었고, 그들은 두 개의 트릭으로 내려갔어요. 그리고 내가 손을 써서 스페이드 4로 계속 내려갔죠."

로리머 부인은 다음 점수를 살펴보았다.

"이건 어렵겠는데요." 포와로가 말했다.

"디스파드 소령은 지워 나가면서 기록을 했군요"

"아마 양편에서 50으로 내려가서 시작을 했을 거예요. 그리고 나서 로버츠 박사가 다이아몬드 5로 내려갔고 우리는 더블이 되었죠. 그래서 그에게 세 개의 트릭을 썼어요. 그리고 나서 우리는 클럽 3을 만들었죠. 그러자마자 상대편에서 스페이드로 게임을 시작했어요. 우리는 클럽 5로 두 번째 게임을 했지요. 상대방에서는 하트 1을 만들었죠. 우리는 노 트럼프 2로 되었죠. 그리고 마침내 클럽 4를 부른 우리가 그 판을 이겼어요."

그녀는 다음 종이쪽지를 집어들었다.

"이 판은 아주 치열했어요. 출발은 순조로웠어요. 디스파드 소령과 메러디스 양이 하트 1에 걸었죠. 우리는 하트 4와 스페이드 4에 걸기 위해 50으로 내려갔어요. 그러자 상대편에서는 스페이드에서 게임을 땄죠. 하지만 그걸 멈출 수는 없었어요. 우리는 더블이 된 것만 쫓아서 세 번째 패에서도 계속 내렸어요. 그리고 우리가 노 트럼프로 두 번째 게임을 이겼어요. 그때 킹끼리 맞붙었죠. 양편에서 차례로 내려갔어요. 로버츠 박사가 지나치게 많이 불렀어요. 한두 번 크게 잃긴 했지만, 소득은 있었어요. 메러디스 양이 겁을 먹어서 자기 패에서 부르지 못하게 될 정도였죠. 그리고 나서 원래의 스페이드 2를 불렀죠. 로버츠 박사에게 나는 스페이드 5를 불렀어요. 그러자 그는 노 트럼프 4를, 내가 다시 스페이드 5를 부르자 그는 갑자기 다이아몬드 7로 뛰어올랐어요. 물론 우리는 더블이 되었죠. 그에게는 그렇게 부를 만한 이유가 없었어요. 그런데 기적적으로 우리가 살아났죠. 그의 패가 내려가는 것을 볼 때 나는 우리가 이기리라는 생각은 눈곱만큼도 하지 못했어요. 상대편이 하트로 이어가면 우리는 세 개의 트릭을 내렸죠. 그들이 클럽 킹으로 이어가서 우리가 이겼어요. 정말 흥미진진했죠."

"잘 알겠습니다—입숭을 한 게임에서시민 디블이 되었고요. 그러니까 뭔가 다르다는 생각이 드는군요. 나는 모험을 할 만한 배짱이 없습니다. 그저 게임을 즐기는 데 만족할 뿐이죠"

"오, 그래서는 안 돼요." 로리머 부인이 힘주어 말했다.

"정당하게 게임을 해야 합니다."

"모험을 하라는 말인가요?"

"거는 것이 정확하다면 모험이라고 할 수 없지요. 수학적으로 확실해야 합니다. 불행히도 제대로 부르는 사람은 거의 없죠. 처음 부르는 것은 잘 알지만 다음 패에 가서는 멋대로 해버리죠. 그 사람들은 이길 수 있는 카드를 쥔 패와 지지 않는 패를 분간하지 못해요. 그렇지만, 내가 브리지에 대해 강의할 필요는 없을 겁니다, 포와로 씨."

"그렇게 해주신다면 내 브리지 솜씨도 많이 향상될 텐데요."

로리머 부인이 다시 점수를 보았다.

"그렇게 흥미진진했던 이후로는 패가 그저 그랬죠. 네 번째 점수도 여기 있나요? 아, 있군요. 아주 격렬했죠. 양편 모두 점수를 적을 수 없을 정도였으니까요."

"브리지의 양상이 그날 밤에 있었던 일과 유사하군요."

"그렇군요. 처음에는 순탄하다가 나중에 격렬해졌거든요."

포와로는 브리지 점수가 적힌 종이쪽지를 모은 뒤 그녀에게 가볍게 고개를 숙여 인사했다.

"부인, 대단히 감사합니다. 카드를 기억하고 있는 능력이 놀랍군요—정말 놀라워요! 카드 하나하나를 모조리 기억하고 있군요."

"그 정도야 기억해야죠."

"기억력이란 정말 좋은 재능입니다. 그것 때문에 과거는 과거가 아닐 수도 있습니다. 아마 부인 같으면 과거에 있었던 모든 사건이 마치 어제 있었던 일처럼 머릿속에 떠오를 수도 있지 않겠습니까."

그녀의 눈이 빠르게 그를 지켜보았다. 그 눈은 커져 있었고 어두운 구석이 보였다. 그러나 그건 순간적이었다. 다시 그녀는 씩씩한 여성의 태도로 돌아왔다. 그렇지만 에르큘 포와로는 그 말이 그녀의 정곡이 찌른 게 틀림없다는 점을 의심하지 않았다.

로리머 부인이 일어났다.

"이제 그만 가봐야겠어요. 정말 미안해요. 늦어서는 안 되거든요."

"물론 그러셔야죠. 부인의 시간을 빼앗은 것에 대해 사과드립니다."

"더 이상 도움을 못 드려서 미안하군요."

"그렇지만 부인은 나를 도와주었습니다." 에르큘 포와로가 말했다.

"별로 그런 것 같지 않은데요." 로리머 부인이 잘라서 말했다.

"그렇지만 사실입니다. 부인은 내가 알고 싶어하던 것을 말해 주셨습니다."

로리머 부인은 그것이 어떤 것인지에 대해서는 묻지 않았다.

포와로가 손을 내밀었다.

"당신의 친절에 감사드립니다, 부인."

로리머 부인은 포와로와 악수하면서, "당신은 정말 이상한 사람이에요, 포와로 씨." 하고 말했다.

"나는 어질고 선한 하느님이 만드신 사람입니다, 부인."

"그야 사람이라면 모두 다 그렇죠."

"전부는 아닙니다, 부인. 어떤 사람들은 하느님이 자신들을 착하게 만들었다는 사실을 부정하려 하죠. 셰이터나 씨가 바로 그 예입니다."

"어떤 의미에서죠?"

"그 사람은 괴상한 물건과 골동품 같은 것을 특히 좋아했습니다. 그리고, 그런 것들을 가지고 있는 것으로만 만족했어야 했습니다. 그것 말고도 셰이터나 씨는 다른 것들을 많이 수집했죠."

"그게 어떤 종류였죠?"

"글쎄요, 뭐랄까ー. 깜짝 놀랄 만한 것이었다고나 할까요?"

"셰이터나 씨의 성격 자체에 그런 점이 있지 않았을까요?"

포와로가 침통하게 고개를 저었다.

"그 사람은 악마의 역할을 너무나 완벽하게 잘해 냈습니다. 하지만 악마는 아니었습니다. 오히려 멍청한 사람이라고 하는 편이 더 어울릴 겁니다. 그래서 ー셰이터나 씨는 죽음을 당했죠."

"멍청했기 때문에요?"

"그건 용서받을 수 없는 일이고, 언제나 응당한 처벌이 따르는 죄죠."

잠시 침묵을 지킨 뒤 포와로가 다시 입을 열었다.

"가봐야겠습니다. 부인의 친절에 뭐라고 감사해야 할지 모르겠군요. 부인이 나를 부르지 않는다면 다시는 오지 않겠습니다."

로리머 부인의 눈썹이 올라갔다.

"포와로 씨, 왜 내가 당신을 부른다는 거죠?"

"아마 그렇게 될 겁니다. 그냥 내 생각일 뿐입니다만, 그렇다면 꼭 오겠습니다. 그 점을 명심하십시오."

포와로는 다시 고개를 숙여 인사한 뒤 방을 떠났다.

거리에서 그는 혼잣말로 외쳤다.

"내가 맞았어―분명히 내 생각이 맞아. 그게 그렇게 된 게 틀림없어!"

제12장

앤 메러디스

올리버 부인은 두 개의 작은 좌석이 놓인 운전석에서 비비적거리며 어렵게 몸을 빼냈다. 요즘 자동차를 만드는 사람들은 요정들의 무릎만큼 작은 무릎만 핸들 아래로 들어가리라고 생각하는 모양이다. 낮게 앉는 것이 유행이라고 생각하는 것일까. 정말 그렇다면 보통 몸집을 가진 중년 부인은 핸들 아래에서 빠져나오기 위해선 한참 몸을 비틀어야 하는데. 그리고 그녀가 그렇게 힘들게 나오는 데에는 운전석 옆에서 거치적거리는 몇 장의 지도와 손가방, 그리고 커다란 사과 주머니 때문이기도 했다. 올리버 부인은 사과를 특히 좋아했는데, 《배수관 속의 시체》란 복잡한 소설을 구상하면서 장장 5파운드(약 2.3kg)의 사과를 한꺼번에 먹어치웠다는 소문이 나돌기도 했었다. 그녀는 자기의 소설이 출간되는 것을 기념하기 위한 중요한 점심 파티에 참석해야 한다는 것도 잊은 채, 그 시간보다 한 시간 10분이나 지난 뒤 위에 통증이 오기 시작하자, 그제야 비로소 자기가 얼마나 사과를 많이 먹었는지 깨닫게 되었다는 것이다.

마침내 무릎을 이리저리 움직여 간신히 문을 열어젖힌 그녀는 자신이 한 일이 약간 신기하다는 듯한 표정을 지으며 웬던 커티지 문밖의 인도 위에 내려서서는 버릇대로 다 먹은 사과 속을 길가에 내던졌다. 올리버 부인은 깊은 안도의 한숨을 내쉰 뒤 차양모자를 삐딱하게 고쳐 쓰고는 자기가 입고 있는 트위드 옷이 새삼스럽게 느껴지는 듯 만족스럽게 내려다보았다. 그리고 신고 나온 가죽으로 된 유명한 런던 하이힐을 무심결에 쳐다보고는 이마를 약간 찌푸린 뒤 깃발이 꽂힌 길을 따라 어떤 집 대문 앞에 도착했다. 올리버 부인은 초인종을 누른 뒤, 쇠고리로 된 문손잡이를 뚝뚝뚝 기볍게 두드렸다.

집 안에서 아무런 반응이 없자, 그 부인은 다시 한 번 더 문을 두드렸다.

그래도 아무 소리가 들리지 않자, 올리버 부인은 근처에서 누군가를 찾아볼 심산으로 집 주위를 활기차게 돌아보았다. 그 조그마한 집 뒤에는 갯개미취와 국화가 여기저기 피어 있는 아담하고 고풍스러운 정원이 있었고, 정원 뒤쪽으로는 들판이 이어져 있었다. 그리고, 들판 너머에는 강이 흐르고 있었다. 10월이라 그런지 햇볕은 따뜻한 편이었다.

멀리서 두 명의 아가씨가 들판을 가로질러 집 쪽으로 걸어오고 있었다. 그들이 문을 지나 정원에 도착했을 때, 두 명 중 앞서 오던 아가씨가 놀란 듯 우뚝 섰다. 올리버 부인이 앞으로 다가갔다.

"잘 있었어요, 메러디스 양? 나를 알아보겠어요?"

"오一오, 물론이에요."

앤 메러디스는 황급히 손을 내밀었다. 휘둥그레진 그녀의 눈에는 여전히 놀란 기색이 드러나 있었다. 그러고는 옆쪽으로 몸을 돌렸다.

"이쪽은 여기서 나와 함께 지내고 있는 친구예요. 도스 양이죠. 로다, 이분은 올리버 부인이야."

도스 양은 큰 키에 검은 피부를 지니고 있었으며 표정은 발랄했다. 그녀가 흥분한 듯 말했다.

"오, 당신이 그 유명한 올리버 부인인가요? 애리어든 올리버 부인이란 말이죠?"

"그래요." 올리버 부인이 대답했다. 그리고 다시 메러디스 양을 향해 말했다.

"어디 가서 좀 앉았으면 좋겠어요. 얘기할 게 많거든요."

"좋아요. 그러면 차를 준비해야一."

"차는 조금 있다가 마시기로 해요." 올리버 부인이 말했다.

메러디스 양은 널빤지와 바구니 모양의 의자가 있는 곳으로 올리버 부인을 데려갔는데, 그것들은 모두 낡아 있었다. 약한 여름용 의자에 앉았다가 혼이 난 적이 있는 올리버 부인은 조심스럽게 자리에 앉으며 아무렇지도 않다는 듯한 표정을 짓고 있었다.

"음, 공연히 야단법석을 떨 필요는 없겠지만一."

올리버 부인이 힘주어 말했다.

"그날 밤에 일어난 살인사건에 대한 얘긴데, 우리는 서둘러서 뭔가를 해야 해요."

"뭔가를 한다고요?" 앤 양이 물었다.

"물론이죠." 올리버 부인이 자신 있게 대답했다.

"아가씨가 무엇을 생각하고 있는지는 모르지만, 나는 다른 사람은 조금도 의심하지 않아요. 하지만 그 의사는 달라요. 의사가 범인임이 틀림없어요. 이름이 뭐였더라? 로버츠? 그래요, 로버츠였어요. 웨일스 지방에서 흔히 볼 수 있는 이름이죠. 나는 웨일스 사람들을 믿지 않아요. 내게 웨일스 출신의 간호사가 있었는데, 어느 날인가 날 해러게이트로 데리고 가더니 나에 대해서는 까맣게 잊어버리고 혼자 집으로 가버렸죠. 믿을 구석이라고는 한군데도 없는 여자였어요. 아니, 그 간호사에 대한 얘기는 신경 쓰지 마세요. 로버츠 박사가 살인을 저지른 것이 분명해요—그게 중요해요. 때문에 우리는 의견을 모아서 그가 범인이라는 것을 증명해야 해요."

로다 도스는 갑자기 웃음을 터뜨렸다. 그러더니 그녀는 무안한지 약간 얼굴을 붉혔다.

"미안해요. 그런데 부인은 내가 상상했던 것과는 전혀 딴판이군요."

"아마 실망했을 거예요." 올리버 부인이 차분하게 말했다.

"그런 말에는 익숙하거든요. 어쨌든 우리가 해야 할 일은 로버츠 박사가 범인이라는 것을 밝히는 일이에요."

"어떻게 해서요?" 앤 메러디스가 난처한 듯이 물었다.

"그렇게 풀이 죽을 필요는 없어, 앤." 로다 도스가 격려했다.

"나는 올리버 부인이 놀라운 능력을 가졌다고 생각해. 이분은 그 일에 대한 모든 것을 알고 있을 거야. 스벤 저슨이 하는 것과 똑같이 할 것 같아."

자신이 만들어 낸 유명한 핀란드인 탐정의 이름을 들은 올리버 부인은 약간 얼굴을 붉히며 말했다.

"꼭 해야 해요. 왜 그래야 하는지 말해 주죠. 사람들이 아가씨가 범인이라고 생각하길 바라지는 않잖아요?"

"사람들이 왜 그렇게 생각하죠?" 얼굴이 상기된 채 메러디스 양이 말했다.

"아가씨도 사람들이 어떻다는 것을 잘 알고 있잖아요."

올리버 부인이 말했다.

"범인이 아닌 세 사람도 범인과 똑같은 의심을 받는 것이 당연하잖아요."

앤 메러디스 양이 천천히 입을 열었다.

"나는 아직도 부인이 왜 여기 오셨는지 모르겠어요."

"내가 보기에는 적어도 다른 두 명은 별문제가 없기 때문이에요! 로리머 부인은 거의 매일 브리지 클럽에서 살다시피 하는 여자죠. 그런 여자들은 입만으로도 자기 자신을 충분히 방어할 수 있어요. 자신을 돌볼 수 있는 능력이 있단 말이에요. 그리고 그 부인은 어느 정도 나이도 먹었고요. 누가 그녀를 범인이라고 생각한다고 해도 그녀에게 문제가 될 건 없지요. 그렇지만, 아가씨는 달라요. 아가씨에게는 창창한 앞날이 걸려 있는 문제예요."

"그렇다면 디스파드 소령은요?"

"참!" 올리버 부인이 한심한 듯 말했다.

"그는 남자예요! 나는 남자들에 대해서는 눈곱만큼도 걱정하지 않아요. 남자들은 자기 한 몸쯤은 지킬 수 있어요. 그렇게 물어보니 좀더 자세히 얘기하죠. 디스파드 소령은 위험을 즐기는 사람이에요. 이라와디 강(버마 최대의 강) 같은 데를 찾아다니는 사람이에요―림포포 강이라고 했든가? 남자들이 좋아하는 아프리카에 있는 노란 강 말이에요. 그래요. 나는 그 두 사람 때문에 골치를 썩고 싶지는 않아요."

"아주 친절하신 생각이군요." 메러디스 양이 천천히 말했다.

"그렇게 잔인한 일이 일어나다니." 로다가 말했다.

"앤이 굉장히 큰 충격을 받았어요, 올리버 부인. 얘는 아주 민감하거든요. 그리고 내 생각으로는 부인 말이 전적으로 옳은 것 같아요. 여기 앉아서 생각만 하고 있는 것보다는 뭔가를 하는 편이 훨씬 나을 거예요."

"물론 그렇겠죠." 올리버 부인이 말을 받았다.

"사실대로 말하자면 내 눈앞에서 살인사건이 발생한 것은 이번이 처음이에요. 또 하나의 사실은, 실제 살인사건은 내가 쓰고 있는 소설과 맞아떨어지리라고 생각지 않는다는 겁니다. 나는 주사위를 굴리는 데에만 익숙해 있거든요―무슨 말인지 알 거예요. 그렇지만, 내가 이 사건에서 손을 떼어 그 세 명의 남자들이 즐거워하도록 하지는 않겠어요. 나는 항상 여자가 런던경시청의 책임자라면 어떻게 될 것인지 얘기하곤 했죠"

"예?" 로다는 입을 벌린 채 몸을 앞으로 숙였다.

"부인이 런던경시청의 책임자라면 어떻게 하시겠어요?"

"지금 당장 로버츠 박사를 체포하겠어요."

"예?"

"그렇지만 나는 런던경시청의 책임자가 아니에요."

상상의 날개를 접으며 올리버 부인이 말했다.

"나는 힘없는 한 시민일 뿐이에요."

"오, 그렇지 않아요." 용기를 주려는 듯 로다가 말했다.

"지금 여기에는—." 올리버 부인이 말을 이었다.

"세 명어—모두 여자이지만 세 명이 있어요. 우리, 머리를 맞대고 무엇을 할
수 있을지 얘기해 봅시다."

앤 메러디스 양이 생각에 잠긴 채 고개를 끄덕이며 말문을 열었다.

"어떻게 로버츠 박사가 범인이라고 확신할 수 있죠?"

"충분히 그러고도 남을 사람이거든요." 올리버 부인이 재빨리 대답했다.

"그렇지만, 내 생각에는—." 앤 메러디스 양이 머뭇거렸다.

"로버츠 박사는 아닐 것 같아요—그러니까 독약 같은 것을 사용하는 것이
의사로서는 훨씬 쉬운 방법이었을 거란 말이죠."

"그렇지 않아요. 독약을(아니면 다른 약이라도) 사용하게 되면 의심이 의사
에게 집중되죠. 런던 전역에서 의사들이 위험한 약을 잃어버리거나, 또 도둑맞
는다는 걸 생각해 봐요. 아니에요, 그는 바로 의사이기 때문에 오히려 의약품
을 사용하지 않으려고 특별히 주의를 기울였을 거예요."

"알겠어요." 그러나 여전히 메러디스 양은 미심쩍다는 표정을 짓고 있었다.

잠시 뒤 메러디스 양이 입을 열었다.

"그런데 로버츠 박사가 왜 셰이터나 씨를 죽였을까요? 그 점에 대해서는 어
떻게 생각하시죠?"

"어떻게 생각하느냐고요? 상당히 많은 가능성이 있을 수 있죠. 사실은 그게
어려워요. 항상 내게는 그 점이 어려웠어요. 나는 한 번에 한 가지만을 구상할

수 없어요. 언제나 적어도 다섯 가지는 구상하는데 그중 하나를 선택해야 하는 것은 정말 고통스러운 일이죠. 우선 여섯 가지의 그럴듯한 이유를 생각해 볼 수 있죠. 문제는 내가 그중에서 어떤 것이 옳은지를 판단할 근거가 없다는 겁니다. 첫째, 셰이터나 씨가 돈을 빌려줬다는 생각을 해볼 수도 있습니다. 그 사람의 얼굴만 봐도 돈이 많을 것 같으니까요. 로버츠 박사가 그 사람과 거래를 하다가 갚을 돈을 마련할 수 없어서 그를 죽였을 수도 있어요. 아니면 셰이터나 씨가 그의 딸이나 누이를 죽였을 수도 있겠죠. 아니면 로버츠 박사가 이중결혼을 한 사실을 셰이터나 씨가 알고 있었던지, 아니면 로버츠 박사가 자기의 사촌과 결혼했는데 그의 유산을 상속받기 위해 그랬을 수도 있을 테고요. 아니면—그런데 지금까지 내가 몇 가지를 말했죠?"

"네 가지예요." 로다가 말했다.

"아니면, 이게 가장 가능성이 큰데—셰이터나 씨가 로버츠 박사의 어떤 비밀을 알고 있었을 수도 있죠. 아마 아가씨는 눈치채지 못했겠지만, 셰이터나 씨가 저녁을 먹으면서 뭐라고 이상한 말을 했어요."

앤이 벌레를 잡기 위해 몸을 구부리면서 말했다.

"기억이 안 나는데요."

"뭐라고 말했죠?" 로다가 물었다.

"뭐에 대한 거였는데—그게 뭐였더라. 어떤 사고든가, 독이든가, 그래도 기억 못 하겠어요?"

앤은 왼쪽 손으로 의자를 움켜쥐고 있었다.

"그와 비슷한 얘기를 들었던 것도 같아요." 앤이 말했다.

로다가 갑자기 끼어들었다.

"얘, 코트를 입는 것이 좋겠어. 지금은 여름이 아니잖아. 가서 가지고 오자."

앤이 고개를 흔들었다.

"나는 더운걸." 그러나 그녀는 말하면서도 조금 몸을 떨고 있었다.

"내 추리를 한번 들어봐요." 올리버 부인이 다시 입을 열었다.

"로버츠 박사의 환자 중 한 명이 우연히 독살되었는지도 몰라요. 그게 또 바로 그의 짓인지도 모르고요. 로버츠 박사라면 분명히 그런 짓을 많이 했을 거예요."

앤의 얼굴이 갑자기 달아올랐다. 그녀가 반박했다.

"그렇다면 의사들이 자기 환자를 죽이고 싶어한다는 거예요. 그렇게 되면 그들이 치료하는 데에 치명적인 영향을 미치게 되지 않을까요?"

"물론 그런 생각도 해볼 수 있죠." 올리버 부인이 모호하게 말했다.

"그 생각에는 불합리한 점이 있어요. 그건 멜로드라마에서나 나올 말이에요." 앤이 딱딱하게 말했다.

"오, 앤." 로다가 민망한 듯 소리쳤다.

그녀는 올리버 부인을 힐끗 쳐다보았다. 어찌 보면 약삭빠른 개의 눈을 연상시키는 그녀의 눈은 뭔가를 얘기하고 있었다. '이해해야 해요. 그렇게 하도록 노력해요.' 그 눈빛은 이렇게 말하고 있었다.

"나는 그 생각에 일리가 있다고 생각해요." 로다가 진지하게 말했다.

"의사라면 흔적이 남지 않는 독약도 쉽게 구할 수 있지 않겠어요?"

"오!" 앤이 놀란 듯 외쳤다.

나머지 두 사람이 동시에 그녀를 바라보았다.

"이런 것이 기억나는군요." 그녀가 말했다.

"세이터나 씨가 실험실에서 의사가 가질 수 있는 기회에 대해 뭔가를 얘기했어요. 분명히 그 말에 어떤 의미가 있었을 거예요."

"그 말을 한 사람은 세이터나 씨가 아니에요." 올리버 부인이 고개를 저었다.

"그건 디스파드 소령이었어요."

정원으로 통하는 길에서 들리는 발걸음 소리에 올리버 부인이 갑자기 고개를 돌렸다.

"어머나!" 그녀가 외쳤다.

"호랑이도 제 말을 하면 온다더니!"

디스파드 소령이 막 집의 모퉁이를 돌아서 그들에게 다가오고 있었다.

제13장

두 번째 방문객

올리버 부인의 모습을 발견한 디스파드 소령은 흠칫 놀라는 기색이었다. 햇볕에 그을린 그의 피부는 반질반질하게 구워진 검붉은 벽돌처럼 빛나고 있었다. 당황했는지 그의 얼굴에는 경련이 이는 듯했다.

그는 앤을 향하여, "죄송합니다, 메러디스 양." 하고 말했다.

"계속 초인종을 눌러보았죠. 별로 특별한 일은 없습니다. 우연히 이 길을 지나가다가 갑자기 아가씨 생각이 나서 그냥 한번 들러 본 것뿐입니다."

"초인종을 누르게 해서 미안하군요." 앤이 말했다.

"우리 집에는 하녀가 없어요. 아침마다 일하는 아주머니가 오죠."

그녀는 로다에게 디스파드 소령을 소개했다.

로다가 명랑하게 말했다.

"차를 마시도록 해요. 날씨가 점점 쌀쌀해지는데요. 안으로 들어가는 것이 좋겠어요."

그들은 모두 집 안으로 들어갔다. 로다는 부엌으로 들어갔다.

올리버 부인이 말했다.

"우리가 여기에서 만난 건 우연이라고밖에 볼 수가 없군요."

"그렇군요." 디스파드 소령이 천천히 말했다.

그의 시선은 올리버 부인에게 고정되어 있었다―그녀를 관찰이라도 하려는 듯한 시선이었다.

"지금까지 메러디스 양에게 얘기하고 있었어요."

올리버 부인이 즐거운 표정으로 말했다.

"우리는 알려야 할 필요가 있다고요. 그 살인사건에 관해서 말이에요. 물론 범인은 의사예요. 그렇게 생각하지 않으시나요?"

"뭐라고 말할 수가 없군요. 그 점에 대해서는 할 말이 없습니다."

올리버 부인이 그녀 특유의 '남자들은 어쩔 수 없어.'라고 말하는 듯한 표정을 지었다.

세 사람 사이에 이상한 긴장감이 감돌았다. 올리버 부인이 재빨리 분위기를 눈치채고, 로다가 차를 가지고 들어오자 얼른 일어나서 시내로 돌아가야 한다고 말했다. 사람들이 친절하게 만류했지만, 그녀는 차를 마시지 않겠다고 했다.

"내 명함을 놓고 가겠어요." 그녀가 말했다.

"여기에 내 주소가 적혀 있어요. 시내에 오거든 나를 찾아오세요. 그래서 모든 것을 얘기해 보고 처음부터 끝까지 자세히 살펴서 잘못된 것이 있는지 알아보도록 해요."

"대문까지 바래다 드리죠." 로다가 말했다.

그들이 뜰을 지나서 문으로 접어들 때쯤 앤 메러디스가 뛰어나와 그들 곁으로 왔다.

"곰곰이 생각해 봤는데요─."

그녀의 창백한 얼굴에서 굳은 결심을 한 흔적이 보였다.

"그런데요?"

"부인이 그런 어려움을 떠맡아 주신다니 뭐라고 감사의 말을 해야 할지 모르겠어요. 그렇지만, 나는 아무것도 못할 것 같아요. 저, 사실은─그건 너무 끔찍한 일이었어요. 난 그냥 사실을 잊고만 싶을 뿐이에요."

"불쌍한 아가씨, 묻고 싶은 것이 고작 그것을 잊게 할 수 있느냐는 건가요?"

"오, 경찰이 도저히 날 그렇게 하도록 내버려 두지 않으리라는 것을 잘 알고 있어요. 아마 그들은 여기 와서 내게 많은 질문을 하겠죠─그 점에 대해서는 준비가 되어 있어요. 그렇지만 개인적으로는 그것에 대해 생각하고 싶지 않아요. 어떤 식으로든 그 일이 떠오르는 것이 싫단 말이에요. 이런 말을 하면 겁쟁이라는 말을 들을지도 모르겠지만, 솔직한 느낌이 그런 걸요."

"오, 앤!" 로다가 외쳤다.

"나는 아가씨의 기분을 이해할 수 있어요. 그렇지만 아가씨가 현명하다고는 생각할 수 없군요." 올리버 부인이 말했다.

"경찰 손에만 맡긴다면 절대로 진실은 밝혀지지 않을 거예요."

앤 메러디스가 어깨를 으쓱했다.

"그게 그렇게 중요한가요?"

"중요하냐고?" 로다가 소리쳤다.

"그걸 말이라고 하나? 굉장히 중요한 문제죠, 올리버 부인?"

"물론이죠." 올리버 부인이 담담하게 말했다.

"나는 그렇게 생각지 않아요." 앤이 고집스럽게 말했다.

"나를 잘 아는 사람은 내가 범인이 아니라는 것을 알고 있어요. 나는 간섭할 이유가 없어요. 진실을 찾아내는 것은 경찰이 할 일이니까요."

"오, 앤, 지금 제정신으로 하는 말이니?" 로다가 답답한 듯 말했다.

"지금 심정이 그런걸." 앤은 말하고 나서 손을 내밀었다.

"고마워요, 올리버 부인. 이렇게 친절하게 찾아오신 데 대해 감사드립니다."

"아가씨 심정이 그렇다면 더 이상 할 말이 없군요."

올리버 부인이 쾌활하게 말했다.

"나는 진실이 밝혀지도록 최선을 다할 겁니다. 혹시 마음이 변하면 런던으로 나를 찾아와요."

올리버 부인은 차에 오른 뒤, 손을 흔들며 차를 출발시켰다.

갑자기 로다가 천천히 움직이는 차를 향해 뛰어 올라탔다.

"부인이 말했던, 런던으로 찾아오라는 거 말이에요—."

로다가 헐떡거리며 말했다.

"그건 앤만을 말하는 거예요, 아니면 나까지 포함해서인가요?"

올리버 부인이 브레이크를 밟았다.

"물론 아가씨도 포함되죠."

"오, 고마워요. 멈추지 마세요. 내가—언젠가 찾아갈지도 몰라요. 말할 것이—. 아니에요, 멈추지 말아요. 나는 뛰어내릴 수 있어요."

그녀는 펄쩍 뛰어내린 뒤 손을 흔들어 보이고는 앤이 서 있는 문 앞으로 뛰어왔다.

"도대체—." 앤이 말을 하려 했다.

"저 여자, 참 귀여운 데가 있지 않니?" 로다가 강조하듯 말했다.

"그녀가 너무 마음에 들어. 그녀가 신고 있던 괴상한 스타킹 봤니? 그녀는 분명히 놀라울 정도로 똑똑할 거야. 그렇게 많은 책을 쓴 걸 보면 알 수 있지. 경찰이나 다른 사람들이 범인을 못 잡고 쩔쩔맬 때 그녀가 범인을 잡아내면 얼마나 멋지겠니?"

"그녀가 도대체 왜 왔을까?" 앤이 말했다.

로다의 눈이 커졌다.

"얘, 그녀가 네게 얘기했잖아―."

앤이 귀찮다는 듯 손짓을 했다.

"들어가야겠어. 그 사람이 혼자 있다는 사실을 잊고 있었어."

"디스파드 소령? 앤, 그 사람 참 멋져 보이던데?"

"그런 것 같아."

그들은 함께 뜰을 가로질렀다.

디스파드 소령은 손에 찻잔을 들고 벽난로 옆에 서 있었다. 그는 혼자 있게 해서 미안하다는 앤의 사과를 가볍게 받아넘겼다.

"메러디스 양, 왜 내가 이렇게 갑자기 찾아왔는지 얘기를 해야겠습니다."

"오, 그렇지만―."

"아까는 우연히 지나가게 되었다고 말했지만, 사실은 그렇지 않습니다. 이유가 있어서 왔어요."

"제 주소를 어떻게 아셨죠?" 앤이 천천히 물었다.

"배틀 총경을 통해 알았습니다."

그는 그녀가 그 이름을 듣고서 잠시 움찔하는 것을 볼 수 있었다. 그는 계속해서 말을 이었다.

"배틀 총경은 지금 이리로 오고 있을 겁니다. 우연히 패딩턴 역(런던 서부의 역)에서 그를 만났죠. 나는 차를 꺼내 타고서 곧장 이리로 왔습니다. 기차보다는 빠를 것 같아서요."

"왜 그랬죠?"

디스파드 소령은 그 말에 잠시 망설였다.

"내가 주제넘은지 모르겠습니다만, 아가씨가 이른바 '세상에 혈혈단신'이라는 생각이 들었습니다."

"앤 곁에는 제가 있어요." 로다가 반박했다.

디스파드 소령은 그녀를 재빨리 쳐다보았다. 그는 벽난로를 배경으로 씩씩한 소년처럼 서서 자신의 말을 열심히 듣고 있는 그녀가 좋아졌다. 그 두 아가씨는 잘 어울리는 한 쌍이었다.

"앤 양에게는 아가씨만큼 믿을 만한 친구도 없으리라는 것은 알고 있습니다, 도스 양." 그가 정중하게 말했다.

"하지만 이렇게 특별한 사건의 해결을 위해서는 세상일에 밝은 사람의 도움이 없어서는 안 되리라는 생각이 들었습니다. 솔직히 말하자면, 일이 이렇게 된 겁니다. 메러디스 양은 지금 살인혐의를 받고 있습니다. 그와 똑같은 혐의가 나와 그날 밤 그 방에 있었던 다른 두 명에게도 똑같이 향해 있습니다. 그런 건 정말 기분 나쁜 일이죠. 또 그 일에는 메러디스 양 같은 젊고 경험이 없는 사람들이 잘 모르는 특별한 어려움과 위험이 있습니다. 내 생각으로는, 그 일을 아주 훌륭한 변호사의 손에 맡기는 것이 좋을 것 같습니다. 벌써 그렇게 했나요?"

앤 메러디스는 고개를 저었다.

"그런 생각은 한 번도 해보지 않았어요."

"염려했던 그대로군요. 런던에 의지할 만한 사람—믿을 만한 사람이라도 있습니까?"

앤이 다시 고개를 저었다.

"지금까지 변호사가 필요했던 적은 한 번도 없었어요."

"베리 씨라는 사람이 있어요." 로다가 끼어들었다.

"그렇지만 너무 늙은데다 약간 멍청해요."

"이런 조언을 해도 좋다면, 메러디스 양, 아가씨에게 내 개인 변호사인 마이언 씨에게 가보라고 권하고 싶군요. 사무실 이름은 '제이콥, 필 제이콥'이죠. 그 사람들의 솜씨는 일류예요. 그런 일에 대해서는 모르는 게 없습니다."

앤의 얼굴이 더욱 창백해졌다. 그녀는 의자에 앉았다.

"정말 꼭 그렇게 해야 할까요?" 그녀는 힘없는 목소리로 물었다.

"그야 두말할 필요도 없습니다. 그런 일에는 별의별 함정이 다 있으니까요."

"비용아─너무 많이 들지 않을까요?"

"그건 조금도 문제 될 것 없어." 로다가 말했다.

"소령님 생각이 옳을 겁니다. 소령님이 말한 것이 맞아요. 앤은 보호받아야 해요."

"비용은 납득할 만한 수준일 겁니다." 디스파드 소령이 말했다.

그가 심각한 표정으로 계속해서 말을 이었다.

"그게 현명한 방법일 거요, 메러디스 양."

"알겠습니다." 앤이 천천히 말했다.

"소령님이 그렇게 생각하신다면 그렇게 하겠어요."

"좋아요."

로다가 부드럽게 말했다.

"정말 너무도 친절하시군요, 디스파드 소령님. 정말 고마워요."

"고맙습니다." 앤이 잠시 머뭇거리더니 다시 말했다.

"배틀 총경이 여기로 오고 있다고 했죠?"

"예, 그렇지만 너무 겁먹을 필요는 없어요. 어차피 한 번은 부딪쳐야 하니까요."

"저도 알고 있어요. 사실은 그분이 오길 고대하고 있었어요."

로다가 거의 충동적으로 말했다.

"불쌍한 것─그 사건 때문에 거의 죽다시피 되고 말았어요. 그런 수모를 당한다는 건 정말 있을 수도 없는 일이에요."

디스파드 소령이 말했다.

"나도 동감이오─젊은 아가씨가 이런 일에 연루되다니 정말 잔인한 일이에요. 셰이터나 씨를 칼로 찌르고 싶었다면, 다른 장소나 시간을 택할 것이지."

로다가 정색을 하고 물었다.

"누가 범인이라고 생각하세요. 로비츠 박사, 아니면 로리머 부인?"

디스파드 소령의 콧수염이 미소를 짓는 바람에 가볍게 움직였다.

"아가씨들도 알겠지만, 내가 범인일 수도 있습니다."

"오, 아니에요." 로다가 외쳤다.

"앤과 저는 소령님이 범인이 아니라는 것을 알고 있어요."

디스파드 소령은 정겨운 시선으로 그들을 바라보았다.

정말 훌륭한 짝이었다. 부러울 정도로 믿음과 신뢰로 뭉쳐진 아가씨들. 보기만 해도 가련한 아가씨, 메러디스 마이언이 그녀를 돌봐줄 것이니 안심을 해도 좋다. 다른 한 명은 호전적이다. 그녀가 만일 친구의 입장이었다면 저렇게 맥이 빠져 있지는 않을 것이다. 아무튼 둘 다 훌륭한 아가씨였다―그는 그들에 대해 더 많은 것을 알고 싶었다. 그런 생각들이 그의 머릿속에 스쳤다.

큰 소리로 그가 말했다.

"언제나 주의를 게을리해서는 안 됩니다, 도스 양. 나는 대부분의 사람처럼 인간의 목숨이 그렇게 질긴 것이라고는 생각지 않습니다. 길에서 교통사고가 일어났을 때의 소동을 한번 생각해 봐요. 인간은 언제나 위험에 처해 있습니다―질주하는 차들, 세균들 등등 수많은 위험 요인들이 있습니다. 사람은 언제 어떻게 죽을지 모릅니다. 속으로 '안전제일'이라는 경구를 되새기면서 조심하자고 마음먹은 바로 그 순간에 죽을지도 모르잖습니까?"

"오, 그 생각에는 저도 동감이에요." 로다가 말했다.

"사람들은 정말 너무 위험하게 살아가는 것 같아요. 재수가 없으면 끝장이지요. 그렇지만 전체적으로 볼 때 인생은 지극히 순조로워요."

"그래도 위험한 순간은 있겠죠."

"그래요. 소령님은 더욱 그렇겠죠. 소령님은 먼 곳에 여행을 갔다가 사자에게서 습격을 받기도 하고, 발가락 사이에 진드기가 들어가는 등 위험한 곳에서 생활해 본 적이 있으니까요. 그 밖에 많은 스릴도 맛보았으리라고 생각해요."

"글쎄요. 메러디스 양도 스릴을 느낄 겁니다. 가끔 나는 아가씨는 살인사건이 벌어지고 있는 동안 그 방에 없었던 것과 다름없다고 생각합니다."

"오, 제발 그 말은 그만 하세요." 앤이 소리쳤다.

디스파드 소령이 재빨리 사과했다.

"미안합니다."

그러나 로다는 한숨을 내쉰 뒤 천천히 말했다.

"물론 끔찍한 건 사실이지만, 때로는 사람을 자극시키기도 해요. 앤은 그런 면은 받아들이지 못하는 것 같아요. 소령님도 알겠지만, 올리버 부인은 그날 밤 그 자리에 있었다는 것만으로도 충분히 스릴을 느끼고 있을 거예요."

"그 부인—발음하기 어려운 핀란드 이름을 가진 주인공이 등장하는 소설을 쓰는 뚱뚱한 부인 말이군요. 그녀는 추리소설을 현실에서 적용시키려 하나 보죠?"

"그런 것 같아요."

"그렇다면 그녀에게 행운이 있기를 빌어줍시다. 《배틀 총경과 친구들》이란 소설을 쓴다면 참 재미있을 겁니다."

"배틀 총경은 어떤 사람이죠?" 로다가 궁금한 듯 물었다.

디스파드 소령이 가라앉은 목소리로 말했다.

"배틀 총경은 놀라울 정도로 날카로운 사람입니다. 대단한 능력을 갖추고 있죠."

"오!" 로다가 말했다.

"앤은 그 사람이 약간 멍청해 보인다고 했는데."

디스파드 소령이 자리에서 일어났다.

"자, 나는 그만 가봐야겠습니다. 그런데 꼭 한 가지 더 말하고 싶은 것이 있습니다."

앤도 일어섰다.

"예?" 앤이 손을 내밀며 물었다.

디스파드 소령은 할 말을 신중하게 선택하려는 듯 잠시 말을 멈췄다. 그는 앤의 손을 꼭 쥐었다. 그러고는 그녀의 크고 아름다운 회색빛 눈을 똑바로 쳐다보았다.

"이 말을 했다고 해서 화내지 말아요." 그가 말했다.

"이 날만은 꼭 하고 싶습니다. 아가씨는 밝히기 꺼리겠지만, 셰이터나 씨와 아가씨의 관계는 충분히 있을 수도 있는 일입니다. 만일 그렇다면……, 제발 화내지는 말아요—"

그는 앤이 본능적으로 손을 빼려는 것을 느꼈다.

"아가씨는 변호사가 입회하지 않는 한, 배틀 총경이 묻는 말에 아무런 대답을 하지 않아도 좋을 권리가 있습니다."

앤이 손을 뺐다. 더욱더 커다래진 그녀의 눈에는 화가 났는지 어두운 빛이 어려 있었다.

"그런 일은 절대로—절대로 없어요. 제가 그 짐승 같은 인간과 관계가 있을 이유가 어디 있어요?"

"미안합니다. 그 말을 꼭 해야 할 것 같기에—." 디스파드 소령이 말했다.

"그야 물론이죠." 로다가 말했다.

"앤은 그 사람을 잘 알지도 못해요. 그리고 그 사람을 별로 좋아하지도 않았고요. 하지만 멋있는 파티에 초대받은 적은 있죠."

"바로 그 점이오." 디스파드 소령이 굳은 얼굴로 말했다.

"죽은 셰이터나 씨가 살아 있어야 할 이유가 있다면 바로 그런 파티를 열기 위해서죠."

앤이 냉담하게 말했다.

"배틀 총경이 제게 어떤 것을 물어봐도 좋아요. 숨길 일이 아무것도 없으니까요."

디스파드 소령이 아주 부드럽게 말했다.

"내 말을 용서해 주십시오."

앤이 그를 바라보았다. 이제 그녀의 노여움은 가라앉아 있었다. 그녀가 입가에 희미한 미소를 지었다.

"괜찮아요." 앤이 말했다.

"당신이 친절하기 때문에 그런 말을 했다는 걸 알아요."

앤이 다시 손을 내밀었다. 디스파드 소령이 그 손을 잡으며 말했다.

"우리는 지금 같은 배를 타고 있습니다. 우리는 친구가 되어야 합니다."

앤이 디스파드 소령을 대문까지 바래다 준 뒤 다시 방으로 돌아왔을 때, 로다는 창밖을 내다보며 휘파람 소리를 내고 있었다. 그녀는 앤이 방으로 들어오자 몸을 돌렸다.

"앤, 그 사람 정말 매력적인데?"

"고마운 사람이지?"

"그 이상이야. 나라면 아마 그 사람에게 푹 빠져버릴 거야. 왜 그 망할 놈의 파티에 너 대신 내가 가지 않았을까? 그랬다면 나는 그 흥분을—시시각각 나를 죄어오는, 단두대의 그림자—."

"얘, 그런 말 하지 마. 말도 안 되는 소리야."

앤의 목소리는 날카로웠다. 얼마 뒤 그녀는 다시 부드러운 목소리로 말을 꺼냈다.

"그 사람이 이렇게 와준 건 정말 고마운 일이야. 낯선 사람인데—한 번밖에 만나지 않은 여자에게 말이야."

"오, 그 사람은 네게 반한 게 분명해. 남자들은 이유 없는 친절은 베풀지 않아. 네가 사팔뜨기에다가 여드름투성이였다면 절대로 여기까지 찾아오지 않았을 거야."

"그렇지는 않은 것 같은데?"

"그래, 이 바보야. 올리버 부인이라면 그런 친절에는 흥미 없어 했을 거야."

"그 여자는 별로 마음에 들지 않아." 앤이 반사적으로 말했다.

"어딘지 기분 나쁜 데가 있어. 정말 그녀는 왜 왔을까?"

"여자가 여자를 의심하는 것은 흔히 있는 일이야. 디스파드 소령이 그런 목적으로 찾아왔다면 어딘가 꿍꿍이속이 있었겠지만."

"그 사람은 그렇지 않아!" 앤이 큰 소리로 반박했다.

로다 도스가 그 말에 웃음을 터뜨리자 그녀는 얼굴을 붉혔다.

제14장

세 번째 방문객

배틀 총경은 6시경에 윌링퍼드에 도착했다. 그는 앤 메러디스와 대화를 나누기 전에 될 수 있으면 그 지역에 퍼져 있는 소문에서 많은 정보를 얻어낼 심산이었다.

있는 그대로의 정보를 수집하는 것은 어렵지 않았다. 특별히 자신에 대해 얘기를 하진 않았지만, 총경은 사람들에게 자신의 지위와 직업에 대한 몇 가지 다른 인상을 남겨놓았다.

그를 본 사람 중 적어도 두 명은 그가 증축할 집의 신관 날개벽에 대해 조사하러 내려온 런던의 건축가라고 단언했을 것이다. 또다른 사람은 그의 모습을 보고서 설비가 잘되어 있는 별장을 구해 주말을 보내려고 온 사람이라고 생각했을지도 모른다. 그리고 다른 두 사람은 그를 잘 알고 있다면서 그가 하드 코트 테니스 회사의 사장이라고 말했을 것이다. 그래서 그들로부터 들은 정보는 배틀 총경이 만족할 만한 것이었다.

"웬던 커티지? 그래, 맞아—말베리로(路)에 있어요. 쉽게 찾을 수 있을 겁니다. 그래요, 아가씨 둘이서 살고 있죠. 도스 양과 메러디스 양이죠. 아주 착하고 괜찮은 처녀들이에요. 조용한 사람들이죠"

"여기에서 몇 년 있었느냐고요? 별로 오래 있지는 않았죠. 2년 조금 더 되었을 거예요. 9월 초에 왔으니까요. 피커스길 씨에게서 그 집을 샀죠. 그의 부인이 죽은 뒤로는 별로 사용하지 않았던 집이에요"

배틀 총경에게 얘기를 해준 사람은 그 아가씨들이 노섬벌랜드(잉글랜드 북쪽의 군)에서 왔다는 얘기는 못 들어봤다고 했다. 아마 런던에서 왔을 거라고 했다. 어떤 사람들은 생각이 구식이고 보수적이라서 다 큰 처녀들이 그렇게 외딴곳에서 따로 떨어져 살면 안 된다고 말하기도 했지만, 대체로 그들에 대한 평판은 좋은 편이었다. 그들은 아주 조용히 살고 있었다. 주말의 칵테일파티를 열 차례가 되어도 열지 않았다. 로다 양은 저돌적인 구석이 있는 아가씨다. 메러디스 양은 아주 말수가 적었다. 돈을 지불하는 것은 도스 양이라고 했다. 돈을 버는 사람이 그녀이니까.

배틀 총경은 여러 사람과 만나서 조사를 하다가, 마침내 웬던 커티지에서 일을 하고 있는 애스트웰 부인과 만나게 되었다. 애스트웰 부인은 꽤나 수다스러운 여자였다.

"아니에요, 그 아가씨들이 집을 팔려는 것 같지는 않아요. 그렇게 빨리 이사할 리가 없죠. 겨우 2년 전에 산 걸요. 나는 이사 왔을 때부터 그 아가씨들의 일을 해줬어요. 일하는 시간은 8시부터 12시까지예요. 아주 활발하고 착한 아가씨들이에요. 곧잘 농담이나 우스운 얘기도 하죠. 건방진 구석은 하나도 없어요."

"글쎄요, 물론 그 아가씨, 당신이 알고 있는 그 도스 양이 같은 집안이라고 확신할 수는 없어요. 그녀의 집이 데번셔(잉글랜드 지방의 남서부의 군)인 것 같거든요. 왜냐하면 그녀는 가끔 데번셔에서 보내온 크림을 받아 쓰는데, 그걸 보면 집 생각이 난다고 했어요. 그래서 그렇게 생각한 거죠."

"당신 말대로, 요즘에는 많은 여자들이 자기가 번 돈으로 생활해 나가야 한다는 건 정말이지 슬픈 일이에요. 이 아가씨들은 그리 부유한 편은 아니지만, 아주 즐겁게 살고 있답니다. 물론 돈을 버는 사람은 도스 양이죠. 앤 양은 고용된 말동무(이 당시 영국에서는 미혼의 여자들이 외로움을 달래느라고 말동무를 고용하곤 했다)가 아닐까 생각해요. 집도 도스 양 앞으로 되어 있거든요."

"앤 양의 고향이 어디인지는 확실히 말할 수가 없군요. 언젠가 와이트 섬에 대해 얘기하는 것을 들은 적이 있지만 나는 앤 양이 북부지방을 좋아하지 않는다는 것을 알고 있어요. 그 아가씨들이 어떤 언덕에 대해서 농담하고 멋있는 해변이나 만(灣)의 후미에 대해 얘기하는 걸 봐서는 똑같이 데번셔 출신이 아닌가도 생각되네요."

수다는 계속되었다. 배틀 총경은 몇 가지를 주의 깊게 들었다. 나중에 그는 자신만이 알아볼 수 있는 단어로 그 내용을 수첩에 기록했다.

그날 저녁 8시 30분, 그는 웬던 커티지의 문으로 통하는 길을 걷고 있었다. 문을 열어준 사람은 오렌지색 크레톤 사라사로 만든 옷을 입은 키가 큰 검은 피부의 아가씨였다.

"여기에 메러디스 양이 살고 있습니까?"

배틀 총경이 물었다. 그의 표정은 목석처럼 굳어 있었다.

"그렇습니다."

"그녀와 얘기를 좀 나누고 싶은데요. 배틀 총경이라고 합니다."

그는 곧 상대방의 따가운 시선을 받게 되었다.

"들어오세요."

문간에서 약간 비켜서며 로다 도스가 말했다.

앤 메러디스는 난롯가에 놓인 안락의자에 앉아 커피를 마시고 있었다. 그녀는 크레프(주름진 비단의 일종) 천에 수가 놓인 통이 넓은 바지를 입고 있었다.

"배틀 총경이 오셨어." 배틀 총경을 안으로 안내하면서 로다가 말했다.

의자에서 일어난 앤은 앞으로 다가가 손을 내밀었다.

"약속 시간보다 조금 늦었습니다." 배틀 총경이 말했다.

"그렇지만 아가씨가 있을 때 오려고 해서요. 날씨가 좋아서 구경도 좀 했습니다."

앤이 미소를 지었다.

"커피 드시겠어요? 로다, 잔을 더 가지고 와."

"대단히 고맙습니다, 메러디스 양."

"우리가 끓인 커피가 맛이 있을 거예요." 앤이 말했다.

그녀가 의자를 가리키자 배틀 총경이 앉았다. 로다가 잔을 가져오자 앤이 커피를 따랐다. 난로에서 나는 장작 타는 소리와 화병에 꽂힌 꽃이 배틀 총경에게는 상당히 인상적이었다.

즐겁고 아늑한 분위기였다. 앤은 편안한 자세로 생각에 잠겨 있었고, 로다는 지극히 흥미 있다는 듯한 눈길로 배틀 총경을 계속 바라보고 있었다.

"지금껏 총경님을 기다리고 있었어요." 앤이 말문을 열었다.

그녀의 목소리에는 다분히 꾸짖는 듯한 어조가 어려 있었다. '왜 나는 빼놓았죠?'라고 말하는 것 같았다.

"미안합니다, 메러디스 양. 형식적으로 해야 할 조사가 많아서요."

"만족스러웠나요?"

"별로입니다. 그냥 해보는 일이라서요. 나는 이미 로버츠 박사와 로리머 부인을 만나 봤습니다. 그리고 아가씨에게도 이렇게 왔습니다, 메러디스 양."

앤이 미소를 지었다.

"예상하고 있었어요. 그런데, 디스파드 소령은요?"

"오, 그 사람도 빼놓을 순 없죠. 그 점은 약속할 수 있습니다."

배틀 총경이 자신 있게 말했다. 그는 커피잔을 내려놓으며 앤에게 눈길을 돌렸다.

그녀는 의자에서 몸을 꼿꼿이 일으켜 세웠다.

"준비가 되었어요. 뭘 알고 싶으신 거죠?"

"글쎄요, 우선 아가씨 자신에 대한 겁니다, 메러디스 양."

"저는 꽤 존경받을 만한 사람인데요." 미소를 지으며 앤이 말했다.

"앤은 착하고 정직하게 살아왔어요." 로다가 말했다.

"그 점은 보증할 수 있어요."

"음, 그렇게 믿을 수 있다는 건 좋은 일이죠."

배틀 총경이 활기차게 말했다.

"그렇다면 메러디스 양과 알게 된 지 꽤 오래됐겠군요?"

"같은 학교에 다녔죠." 로다가 말했다.

"그게 몇십 년 전이지, 앤?"

"너무 오래돼서 기억도 못 하나 보군요."

배틀 총경이 싱긋 웃으며 말했다.

"그러면 메러디스 양, 아가씨에게 여권을 만들 때의 형식처럼 몇 가지 물어보겠습니다."

"제가 태어난ㅡ." 앤이 입을 열었나.

"가난하지만 정직한 부모 밑에서 태어났죠." 로다가 끼어들었다.

배틀 총경이 꾸짖듯 가볍게 손을 내저으며, "자, 자, 아가씨." 하고 말했다.

"얘, 로다. 이건 심각한 일이야." 앤이 침착하게 말했다.

"미안해." 로다가 말했다.

"자, 메러디스 양. 아가씨는―어디에서 태어났죠?"

"인도의 쿠에타에서 태어났어요."

"아, 그렇군요. 가족 중에 군인이 있었습니까?"

"예, 아버지는 존 메러디스 소령이셨어요. 어머니는 제가 열한 살 때 돌아가셨죠. 아버지는 제가 열다섯 살 때 퇴역을 했고, 우리는 영국으로 돌아와 첼튼엄(잉글랜드 서부 글로스터 군의 도시)에서 살게 되었어요. 아버지는 제가 열여덟 살 때 돌아가셨는데, 거의 재산을 남기시지 않으셨어요."

배틀 총경이 안됐다는 표정으로 고개를 끄덕였다.

"아가씨에게는 충격이었겠군요."

"그랬었죠. 우리가 부자는 아니라고는 생각하고 있었지만, 남은 것이 하나도 없다고 생각하나―그건 정말 심각한 문제였죠."

"그래서 어떻게 했습니까?"

"직업을 가져야 했습니다. 저는 그리 교육을 많이 받지도 못했고 똑똑한 편도 아니었어요. 타이프도 칠 줄 몰랐고 속기도 하지 못했어요. 그런데 첼튼엄에 있는 어떤 친구가 자기가 잘 아는 사람과 함께 지내면 되는 일자리를 구해줬어요―일요일마다 어린 남자아이 둘을 돌봐주고 그 집에서 일을 돕는 거였죠."

"그 가족의 이름은?"

"엘던 부인이에요. 벤트너에 있는 '낙엽송'이라는 집이었죠. 거기에서 2년간 지냈는데 엘던 집안이 모두 외국으로 떠나게 되었어요. 그래서 디링 부인댁으로 갔죠."

"우리 아주머니예요." 로다가 끼어들었다.

"그래요. 로다가 직업을 구해줬어요. 저는 매우 행복했어요. 로다가 가끔 와서 우리는 아주 즐겁게 놀기도 했거든요."

"그때 거기서 무슨 일을 했나요, 말동무?"

"그래요. 또 그 밖의 다른 일도 했죠."

"전용 정원사나 마찬가지였어요." 로다가 설명했다.

"에밀리 엘던 아주머니는 정원에 온 정성을 다 기울이는 분이셨어요. 앤은 대부분의 시간을 꽃의 뿌리를 뽑아내거나 심으면서 보냈죠."

"그러고 나서 디링 부인 곁을 떠났군요?"

"그분의 건강이 나빠져서 간호사를 들여야 했거든요."

"암에 걸리셨죠." 로다가 말했다.

"불쌍한 분이에요. 계속 모르핀을 맞아야 했어요."

"제게 너무도 친절히 대해 주셔서 떠나기가 섭섭했어요." 앤이 말을 이었다.

"저는 작은 집을 구하고 있었어요." 로다가 말했다.

"그리고 함께 그 집에서 살 사람도요. 아버지가 재혼을 하셨는데—제가 상관할 일이 아니었죠. 그래서 앤에게 여기 와서 함께 살자고 해서 그 이후로 여기 있게 된 거예요."

"흠, 그만하면 정말 별 흠 없이 살아왔다고 할 수 있겠군요."

배틀 총경이 말했다.

"시간을 좀더 정확히 해봅시다. 아가씨는 엘던 부인과 2년 동안 함께 지냈다고 했습니다. 지금 그분의 주소는 어떻게 되죠?"

"그분은 팔레스타인에 있어요. 남편이 공무원으로 거기에서 일을 하고 있죠—무슨 일인지는 잘 모르겠어요."

"아, 좋습니다. 그 정도는 곧 알아낼 수 있으니까요. 그러고 나서 디링 부인에게 갔단 말이죠?"

"그분과는 3년 동안 같이 지냈어요." 앤이 재빨리 말했다.

"주소가 데번 군 리틀 햄베리, 마쉬 딘이에요."

"알겠습니다." 배틀 총경이 말했다.

"그렇다면 아가씨 나이가 스물다섯이군요, 메러디스 양. 이제 한 가지가 더 남았습니다. 첼튼엄에 사는 사람 중에서 아가씨와 아가씨의 아버지를 잘 아는 사람 두 분의 이름과 주소를 말해 주시겠습니까?"

앤이 그의 부탁을 들어주었다.

"스위스 여행은 어땠습니까? 셰이타나 씨를 만난 곳 말입니다. 아가씨 혼자 갔습니까, 아니면 여기 있는 도스 양도 함께 갔습니까?"

"우리는 함께 갔어요. 다른 사람도 있었어요. 일행이 모두 여덟 명이었죠."

"셰이터나 씨와 만난 것에 대해서 말해 주시죠."

앤이 눈썹을 찡그렸다.

"그 일에 대해서는 별로 할 말이 없어요. 그는 그냥 그곳에 있었어요. 같은 호텔에 들게 되어서 알게 되었을 뿐인걸요. 그는 가장무도회에서 1등을 했어요. 메피스토펠레스로 분장을 했죠."

배틀 총경이 한숨을 내쉬었다.

"그래요, 그는 항상 그런 모습으로 보이길 좋아했죠."

"그는 정말 놀라웠어요." 로다가 말했다.

"거의 분장도 하지 않았어요."

배틀 총경은 두 아가씨를 번갈아 바라보았다.

"아가씨들 중에서 누가 그를 더 잘 아나요?"

앤이 머뭇거렸다. 대답을 한 건 로다였다.

"둘 다 똑같다고 할 수 있죠. 거의 모르니까요. 그런 곳에 가면 사람들이 스키를 타면서 대부분의 시간을 빈둥거리며 보내죠. 저녁에는 함께 춤도 추고요. 그런데 그러면서 셰이터나 씨가 앤에게 흑심을 품은 것 같았어요. 괜히 다가와서 아첨이나 하고 말이에요. 우리는 그 점을 가지고 앤을 짓궂게 놀렸죠."

"사람을 당황하게 만든다는 생각밖에 들지 않았어요." 앤이 말했다.

"왜냐하면 그 사람이 별로 좋지 않았거든요. 저를 당황하게 만드는 걸 그가 즐기고 있다고 생각했어요."

로다가 웃음을 터뜨리며 말했다.

"우리가 앤에게 멋지고 화려한 결혼식을 올리게 되겠다고 놀렸더니 굉장히 화를 냈어요."

배틀 총경이 말했다.

"그 파티에 참석했던 다른 사람들의 이름을 말해 주시겠습니까?"

"총경님은 믿을 만한 사람이 못 되는 것 같군요." 로다가 말했다.

"우리가 지금까지 한 말이 모두 새빨간 거짓말이라고 생각하시는 거예요?"

배틀 총경의 눈이 반짝였다.

"내가 그런 사람이 아니라는 것을 알게 될 겁니다."

"당신은 의심이 많은 사람이군요." 로다가 말했다.

종이쪽지에 몇 개의 이름을 적어서 그에게 주었다. 배틀 총경이 일어났다.

"어쨌든 대단히 고맙습니다, 메러디스 양." 그가 말했다.

"도스 양 말대로 아가씨는 지극히 순수하게 살아온 것 같군요. 그렇다면 그리 큰 걱정을 하지 않아도 좋을 것 같습니다. 하지만, 셰이터나 씨가 아가씨에게 그런 태도를 보인 것이 이상하군요. 이런 질문을 하는 걸 용서해 주시기 바랍니다만, 그가 혹시 아가씨에게 청혼을 했다거나—어, 다른 일로 아가씨의 관심을 끌어서 짓궂게 하지는 않았나요?"

"그는 앤을 유혹하려 들지는 않았어요." 로다가 거들었다.

"혹시 그런 의미로 얘기했나 싶어서요."

앤이 얼굴을 붉혔다.

"그런 일은 없었어요." 그녀가 말했다.

"그는 항상 정중했고—그리고, 예의 바르게 행동했어요. 제가 불안해했던 것은 바로 그의 겉만 번지르르한 태도 때문이었어요."

"그가 말하면서 어떤 암시를 준 적은 없었습니까?"

"예—없었어요. 암시를 줄 만한 것도 없었는데요."

"미안합니다—바람둥이들은 가끔 그런 짓을 하거든요. 좋습니다. 잘 자요, 메러디스 양. 정말 고마웠습니다. 커피가 아주 맛있었습니다. 잘 자요, 도스 양."

"그것 봐."

배틀 총경이 나간 뒤, 앞문을 닫고서 방으로 돌아오는 앤에게 로다가 말했다.

"다 끝났어. 별로 무서워할 것도 없잖아. 그는 친절하고 아버지 같은 사람이야. 그리고 너를 털끝만큼도 의심하지 않는 것 같더라. 내가 예상했던 것보다 훨씬 더 좋은 사람이야."

앤이 한숨을 쉬며 털썩 주저앉았다.

"생각보다 어렵지 않았어." 그녀가 계속 말했다.

"혼자 그렇게 끙끙 앓다니 바보짓이었어. 그 사람이 나를 위협하리라 생각했거든—무대 감독처럼 말이야."

"그 사람, 아주 똑똑해 보이던데." 로다가 말했다.

"네가 살인을 할 여자가 아니란 걸 잘 알고 있는 것 같더라."

그녀는 잠시 머뭇거리더니 말했다.

"그런데, 앤, 너는 크로프트웨이스에 있었다는 얘기를 안 했어. 잊어버렸니?"

앤이 천천히 말했다.

"별로 중요하지 않은 것 같았거든. 거기에서는 몇 달밖에 살지 않았잖아. 그리고 거기에서는 나에 대해 물어볼 만한 사람도 없고. 만일 네가 중요하다고 생각한다면, 내가 편지로 그 사람에게 말해 줄게. 그렇지만 그건 별로 중요하지 않을 거야. 그 얘기는 그만 하자."

"그렇게 하자."

로다는 일어나서 라디오를 켰다.

쉰 목소리가 들렸다.

"여러분은 지금까지 블랙 누비안의 연주로 '왜 당신은 내게 거짓말을 하죠?'라는 노래를 들었습니다."

제15장

디스파드 소령

올버니의 집에서 나온 디스파드 소령은 런던의 리젠트가(街)로 꺾어 들어가 2층 버스에 올라탔다.

조용한 한낮이었다. 버스의 위층에는 사람이 거의 없었다. 디스파드 소령은 앞으로 가서 앞좌석에 앉았다.

그가 버스에 오른 것은 버스가 막 출발하려 할 때였다. 버스는 정류장에 서서 승객을 실은 뒤 다시 리젠트가로 가기 시작했다. 두 번째 승객이 계단을 올라오더니 앞으로 가서 앞좌석의 다른 편에 앉았다.

디스파드 소령은 새로 탄 사람을 알아보지 못했다. 잠시 뒤 많이 들어본 듯한 목소리가 들려왔다.

"버스 속에서 바라보는 런던 풍경도 괜찮지 않습니까?"

디스파드 소령이 고개를 돌렸다. 그는 잠시 당황한 모습이었으나 이내 평정을 되찾았다.

"미안합니다, 포와로 씨. 당신인 줄 몰랐습니다. 그래요, 당신 말이 맞군요. 어떤 사람은 여기에서 세상의 조감도를 본다고도 하더군요. 이런 유리로 만든 새장 같은 데서 밖을 내다보는 일이 없었던 옛날 풍경은 더욱 좋았겠죠."

포와로가 한숨을 내쉬었다.

"그랬을 겁니다. 축축한 날씨에 버스가 만원인 건 별로 기분 좋은 일이 아니죠. 이 나라는 습기가 찰 때가 많군요."

"비요? 비는 사람들에게 해는 주지 않는데요."

"그렇지도 않습니다. 홍수가 나는 경우도 있으니까요." 포와로가 말했다.

디스파드 소령이 미소를 지었다.

"그러고 보니 당신은 준비가 철저하군요, 포와로 씨."

포와로는 쌀쌀한 가을 날씨에 철저히 대비하고 있었다. 그는 두꺼운 코트 위에 목도리를 두르고 있었다.

"이런 데서 우연히 만나다니 정말 이상하군요." 디스파드 소령이 말했다.

그는 목도리에 감춰진 미소를 알아채지 못했다. 그 우연한 만남이 이상할 것은 없었다. 디스파드 소령이 집을 떠나는 시간을 알아낸 포와로가 미리 기다리고 있었던 것이다. 그는 경박스럽게 버스 위로 뛰어오르는 짓은 하지 않고 다음 정류장에 와서 올라탔던 것이다.

"그렇군요. 셰이타나 씨의 집에서 만난 이후로 처음이군요." 그가 대답했다.

"그 사건에 관계하고 있지 않습니까?" 디스파드 소령이 물었다.

포와로가 귀를 긁적였다.

"나는 추리를 합니다. 속으로 여러 가능성을 타진하죠. 여기저기 뛰어다니고 조사를 하는 짓은 하지 않습니다. 그런 짓은 내 나이나 성격, 생긴 모습에 전혀 어울리지가 않아요."

디스파드 소령이 말했다.

"추리라고요? 그렇다면 더 나쁠지도 모르죠. 요즘에는 너무 혼란스러운 일이 많아서요. 사람들이 일을 감행하기 전에 조용히 앉아 그 일을 차분히 생각해 본다면, 뒤죽박죽한 일은 눈에 띄게 줄어들 겁니다."

"당신도 그렇게 살아왔습니까, 디스파드 소령?"

"그럼요." 디스파드 소령이 간단하게 대답했다.

"할 일이 생기면 진행방향을 생각하고 요모조모 계산을 한 뒤에 결정하죠─ 그러고는 그 일에 매달립니다."

그의 입술이 한 일 자로 굳어졌다.

"그러면 생각한 대로 안 되는 일이 없겠군요?" 포와로가 물었다.

"오, 그런 말은 아닙니다. 외곬으로 자기 방식만 옳다고 하면 안 되겠죠. 실수도 할 수 있는 일 아닙니까?"

"그렇지만 당신은 실수를 별로 하지 않을 것 같군요, 디스파드 소령."

"실수는 누구나 하는 것인데요, 포와로 씨."

"우리 중 어떤 사람은─"

상대방의 말에 적당히 반박하려는 듯이 냉랭하게 포와로가 말했다.

"다른 사람들보다 실수를 훨씬 덜 합니다."

디스파드 소령이 그를 쳐다보더니 슬며시 미소를 지으며 말했다.

"지금까지 실패한 적이 없었습니까, 포와로 씨?"

"28년 전이 마지막이었죠." 위엄 있게 포와로가 말했다.

"그땐 상황이—아니, 그건 별문제가 아니죠."

"대단한 기록이군요." 디스파드 소령이 덧붙여 말했다.

"셰이터나 씨의 죽음은 어떻습니까? 공적으로는 당신 일이 아니니 별로 신경 쓰지는 않겠군요?"

"내 일이 아니라고요? 하긴 그야 그렇죠. 하지만, 그 사건이 내 자존심을 건드렸습니다. 당신도 이해하겠지만, 살인사건이 바로 내 코앞에서 벌어졌다는 건 참기 어려운 모욕입니다. 범인은 사건을 해결하지 못하는 내 능력을 조롱하고 있습니다!"

"당신 코앞에서만 일어난 게 아닙니다." 디스파드 소령이 말했다.

"경시청 수사관의 코앞에서도 일어났으니까요."

"그건 정말 좋지 않은 실수입니다." 포와로가 침울한 목소리로 말했다.

"배틀 총경은 네모난 얼굴에 약간 어수룩하고 목석처럼 보이지만, 머릿속은 전혀 딴판입니다."

"내 생각도 마찬가지입니다." 디스파드 소령이 말을 받았다.

"그 딱딱한 얼굴은 위장이죠. 그는 아주 유능하고 똑똑한 경찰관입니다."

"그리고 이 사건에도 아주 적극적입니다."

"오, 그러면 물론 그렇겠죠. 저 뒷자리에 착하고 침착한 군인처럼 보이는 그 친구가 앉아 있지는 않을까요?"

포와로가 어깨너머로 뒤를 돌아보았다.

"여기에는 우리 말고는 아무도 없습니다."

"오, 글쎄요, 그렇다면 그가 아래에 있을 거예요. 그는 절대로 나를 놓치지 않아요. 아주 능력 있는 친구예요. 때때로 모습을 바꾸기도 하죠. 못 알아볼 정도로 말입니다."

"그래도 당신을 속이지는 못할 겁니다. 당신 눈은 예리하고 정확하니까요."

"나는 얼굴은 잊지 않습니다―흑인의 얼굴도 분간해서 기억을 합니다. 대부분의 사람들이 생각하는 것보다 훨씬 많이 기억합니다."

"내가 필요한 건 바로 당신 같은 사람입니다." 포와로가 말했다.

"오늘 당신을 만난 건 정말 행운입니다. 나는 예리한 관찰력과 좋은 기억력을 가진 사람이 필요합니다. 그 두 가지를 겸비한 사람은 극히 드문 일이죠. 로버츠 박사에게 물어보았지만 별 소득이 없었고, 로리머 부인도 마찬가지였어요. 이제는 당신에게 내가 원하는 것을 알 수 있는지 시험해 봐야겠습니다. 당신이 브리지를 하던 셰이터나 씨의 방에 대한 기억을 더듬어서 거기에 대해 기억나는 점을 말해 주시겠습니까?"

디스파드 소령이 멍한 표정을 지었다.

"무슨 말인지 종잡을 수가 없군요."

"그 방에 대해서 묘사를 해달라는 겁니다. 가구를 비롯해서, 방 안에 있었던 물건들 말이오."

"내가 그런 일을 잘할 수 있을지 모르겠군요."

디스파드 소령이 천천히 말했다.

"내 기억으로는, 어딘지 썩은 듯한 방이었지요. 남자의 방이라고 볼 수는 없었죠. 능라와 비단 등이 가득 차 있었는데―셰이터나 같은 인간에게나 그런 방이 있을 겁니다."

"좀더 자세히―."

디스파드 소령이 고개를 저었다.

"글쎄요, 기억이 날지 모르겠군요. 아주 훌륭한 양탄자가 있었죠. 보카라스산(産) 두 개, 아주 귀한 페르시아산 서너 개가 있었는데, 그중에는 하마단과 타브리즈도 하나씩 있었어요. 멋있는 양 머리 상아―아니에요, 그건 그 방에 없었어요. 롤랜드 위드의 방에 있던 거로군요."

"셰이터나 씨가 외국에서 맹수를 사냥했던 것 같지는 않습니까?"

"그럴 위인이 못 돼요. 사냥 같은 건 못하고 그냥 앉아서 오락이나 즐겼을 겁니다. 그리고 또 뭐가 있었지? 당신에게 실망을 시켜서 미안하지만, 별로 도움이 안 될 것 같습니다. 여기저기 장식품이 많았지요. 탁자 위에 가득 말입니다. 하나 기억나는 건 재미있게 생긴 도깨비 인형이 있었어요. 이스터 섬에서 가져온 거겠지요. 나무가 반짝반짝 빛이 나던데요. 당신도 별로 많은 걸 보지는 못했을 겁니다. 말레이산 물건도 있었어요. 이제는 더 이상 생각나지 않는군요."

"괜찮습니다." 풀죽은 모습으로 포와로가 말했다.

그가 말을 이었다.

"그런데 로리머 부인이 카드를 놀라울 정도로 잘 기억하는 걸 알고 있습니까? 그녀는 거의 모든 패에 건 것과 카드의 이름을 알고 있었어요. 정말 놀랍더군요."

디스파드 소령이 어깨를 으쓱했다.

"그런 여자들도 있죠. 밤낮 브리지만 하니 실력이 늘 수밖에요."

"당신은 기억할 수 없나요?"

디스파드 소령이 고개를 저었다.

"두 가지 패는 기억이 납니다. 하나는 내가 다이아몬드에서 게임을 땄을 때죠—그런데 로버츠 박사가 허세를 부려 그것을 못하게 했죠. 그도 내렸지만 우리는 더블을 시킬 수 없었어요. 또 노 트럼프였을 때가 있었죠. 트릭이었던 겁니다. 카드가 잘 풀리지 않았어요. 우리 편이 두 배로 내렸지요. 더 이상 내리지 않은 게 행운이었습니다."

"브리지를 자주 하는 편입니까, 디스파드 소령?"

"아닙니다. 재미있는 게임이지만, 규칙적으로 하지는 않습니다."

"포커보다 좋아하나요?"

"그래요. 포커는 도박성이 너무 강하거든요."

포와로가 생각에 잠긴 채 고개를 끄덕였다.

"셰이터나 씨는 게임을 안 했던 것 같은데—브리지 말입니다."

"셰이터나 씨가 끈질기게 계속했던 게임이 딱 하나 있죠."

디스파드 소령이 비웃듯 말했다.

"그게 뭡니까?"

"유치하고 저질스러운 게임이죠."

포와로가 잠시 생각에 잠겨 있다가 입을 열었다.

"당신이 알고 있는 겁니까? 아니면 당신 생각이 그렇단 말입니까?"

디스파드 소령의 얼굴이 달아올랐다.

"내용과 형식을 갖추지 못하면 아무 말도 못한단 말입니까? 하긴 뭐 그렇다고 해둡시다. 어쨌든 그 말이 맞아요. 우연히 알게 된 거니까요. 그렇지만, 나는 내용이나 형식 같은 걸 갖춰서 얘기하고픈 생각은 없습니다. 그런 정보는 내가 사적으로 얻은 거니까요."

"한 여자—아니면 여러 여자가 관련되었단 말입니까?"

"그렇습니다. 그 더러운 개 같은 셰이타나는 여자와 상대하는 걸 좋아했어요."

"그를 협잡꾼이라고 생각한단 말인가요? 그것참 흥미 있군요."

디스파드 소령이 고개를 흔들었다.

"아닙니다. 내 말뜻을 오해했군요. 어떤 면에서 셰이타나는 협잡꾼이지만, 그냥 평범한 협잡꾼은 아니었습니다. 그는 돈을 좇지는 않았죠. 이런 말이 있는지는 모르겠지만, 그는 이른바 정신적인 협잡꾼이었습니다."

"그래서 그가 얻은 게 뭐죠?"

"발길질이나 얻는 거죠. 내가 그 짓에 대해 할 수 있는 단 하나의 길입니다. 그는 사람들이 자기를 겁내고 자기 앞에서 벌벌 떠는 데서 쾌감을 느꼈죠. 아마, 그 녀석은 그런 짓을 통해서 자기가 쥐새끼가 아니라 남자답다고 느꼈을 겁니다. 그런데 그게 여자들에게는 아주 효과적인 무기거든요. 그는 자기가 모르는 것은 없다고 암시를 주게 되면 여자들은 그가 모르고 있을 거라고 생각하는 일들까지 털어놓게 되죠. 그의 유머 감각은 그런 데서 충족됩니다. 그러고 나서 여기저기를 메피스토펠레스처럼 우쭐대고 다니면서, '나는 모든 것을 알고 있다! 나는 위대한 셰이타나다!' 하고 말하는 듯한 태도를 짓죠. 그 사람은 당나귀예요."

"그렇다면 메러디스 양도 그런 식으로 위협했다고 생각하나요?"

포와로가 천천히 물었다.

"메러디스 양?" 디스파드 소령이 노려보았다.

"그녀를 의식하고 한 말은 아니었습니다. 메러디스 양은 셰이터나 같은 인간을 두려워할 만한 여자가 아닙니다."

"실례했습니다. 그렇다면 로리머 부인을 말하는군요."

"아닙니다. 절대로 아니에요. 나는 일반적인 얘기를 했을 뿐입니다. 로리머 부인을 겁먹게 하는 건 쉬운 일이 아닙니다. 그리고 그녀는 죄스러운 비밀을 지니고 있을 만한 사람도 아니고요. 그래요, 나는 특정한 사람을 지칭해서 그런 말을 한 것은 아닙니다."

"당신이 말하는 방식이 그렇단 말인가요?"

"바로 그렇습니다."

"그렇다면 의심할 여지가 없군요." 포와로가 천천히 말했다.

"그런 남자는 여자들에 대해 잘 알고 있죠. 여자들에게 비밀을 캐내고서ㅡ."

그가 말을 멈췄다. 디스파드 소령이 못 참겠다는 듯 끼어들었다.

"그건 말도 안 되는 소리예요. 그 친구는 허풍선이일 뿐이지 위험스러운 인물은 아니에요. 그런데도 여자들은 그를 무서워하죠. 정말 웃기는 일입니다."

디스파드 소령이 갑자기 일어났다.

"미안합니다. 들려야 할 데를 지나쳤군요. 우리가 얘기한 것이 너무 재미있었나 봅니다. 잘 가시오, 포와로 씨. 내 모습을 내려다보면, 내가 거짓말을 하지 않았다는 걸 알게 될 겁니다."

그는 서둘러 뒤로 가 계단을 내려갔다. 차장이 벨을 땡그랑 땡그랑 울렸다. 그러나 두 번이나 계속 울리고 나서야 버스가 멈췄다.

아래의 거리를 내려다보자, 디스파드 소령이 급하게 버스 뒤쪽으로 걸어가는 모습이 보였다. 다음 상대를 고르는 건 어렵지 않았다. 다른 문제가 그의 흥미를 자극했다.

"특정한 사람을 지칭한 것이 아니라ㅡ." 그가 혼잣말로 중얼거렸다.

"정말 이상하군."

제16장

엘시 배트의 증언

오코너 경사는 경시청의 동료 사이에서 별로 명예스럽지 못하게 '하녀들의 우상'이라는 별명이 붙어 있었다.

그의 얼굴이 지나치게 잘생겼다는 것은 의심할 여지가 없다. 큰 키에 곧은 체구, 딱 벌어진 어깨를 하고 있는 그는, 어떻게 보면 여자를 꼼짝 못하게 하는 껄렁껄렁하고 음흉한 눈빛마저 가지고 있었다. 그 때문에 오코너 경사가 수사에 개가를 올리고 동료 사이에서 두드러지는 것은 뻔한 일이었다.

세이터나 씨가 살해당한 지 불과 나흘 만에 오코너 경사는 윌리 닐리 레뷰의 3파운드 6페니짜리 좌석에서 노스 오들리가(街) 117번지에 살았던 크래독 부인의 하녀였던 엘시 배트 양과 나란히 앉아 있었다.

수사를 조심스럽게 진행시키기 위해 오코너 경사는 그녀를 손아귀에 넣고 쥐려 하고 있는 것이었다.

그가 입을 열었다.

"옛날에 내가 근무했던 회사의 사장이 했던 짓이 생각나는군요. 크래독이라는 사람이었죠. 이상한 사람이었어요."

"크래독―?" 엘시가 말했다.

"나도 크래독이라는 사람의 집에 있었어요."

"어, 그거 재미있군요. 혹시 같은 사람이 아닐까요?"

"노스 오들리가에 살았죠." 엘시가 말했다.

"그 사람과 헤어졌을 때 난 런던을 떠나야 했어요."

오코너 경사가 재빨리 말을 받았다.

"맞아요. 거기가 노스 오들리가였던 것 같군요. 크래독 부인은 그래도 점잖은 여자였죠."

엘시가 머리를 뒤로 쓸어 넘겼다.

"하지만, 그 여자하고 상대하는 건 정말 힘들었어요. 언제나 트집이나 잡고 불평이나 해댔죠. 당신이 그녀를 잘못 봤어요."

"그녀의 남편도 그런 구석이 있었죠?"

"그녀는 언제나 남편이 자기에게 관심을 두지 않는다고 투덜거렸어요. 자기를 이해하지 못한다나요. 그러면서 또 자기의 건강이 굉장히 나쁘다고 말했죠. 솔직히 말하자면 아픈 데라곤 한군데도 없었어요."

오코너 경사가 무릎을 탁 쳤다.

"맞아요. 그녀와 어떤 의사 사이에 무슨 일인가가 있었어요. 뭔가 좀 이상하지 않았나요?"

"로버츠 박사 말이에요? 그분은 훌륭한 신사였어요."

"여자들은 하나같이 다 똑같군요." 오코너 경사가 말했다.

"남자가 재수가 없으려면 여자들이 죽자사자 매달리죠. 나도 그런 일은 잘 알고 있어요."

"아니에요. 당신은 제대로 알지 못하고 있고, 그 사람도 마찬가지일 거예요. 그 의사의 실수가 아니었어요. 그랬다면 크래독 부인이 그 사람만 찾을 이유가 있겠어요? 의사가 하는 일이 뭔데요? 그는 분명히 그녀를 환자 이상으로는 대하지 않았을 거예요. 모두 그 여자 짓이에요. 그 의사를 혼자 있게 내버려 두지 않았으니까요."

"그건 그렇다 치고, 엘시─이렇게 불러도 괜찮겠죠? 이상하게도 당신하고는 오래전부터 죽 알고 지내온 것 같은 느낌이 드는군요."

"글쎄요, 사실은 그렇지 않잖아요. 엘시라뇨."

그녀가 머리를 쓸어 넘겼다.

"오, 잘 알겠어요, 배트 양."

오코너 경사가 그녀의 눈치를 흘끗 보았다.

"그건 그렇다 치고, 그녀의 남편은 성격이 좀 거칠지 않았나요?"

"크래독 씨가 화를 낸 적이 있긴 있었어요." 엘시가 그 사실을 인정했다.

"그렇지만, 그건 그분이 아플 때였어요. 그 직후에 그분도 바로 죽었죠."

"기억이 나요. 이상한 병으로 죽었죠?"

"새로 산 일제(日製) 면도솔에서 감염되었어요. 까딱 실수해서 생긴 결과치고는 너무 끔찍하지 않아요? 그 이후로 난 일본 물건을 살 생각은 눈곱만큼도 하지 않았어요."

"'영국제를 사라.' 이 말이 나의 모토입니다."

오코너 경사가 주의를 주듯 말했다.

"그런데 크래독 씨와 그 의사 사이가 안 좋았다고 했죠?"

앨시가 고개를 끄덕였다. 그녀는 과거의 소문을 회상하는 일에 즐거움을 느끼고 있는 것처럼 보였다.

"물과 기름 같은 사이였죠. 크래독 씨가 늘 그렇게 생각한 게 분명해요. 로버츠 박사는 언제나 침착했어요. 이런 말을 할 뿐이었어요. '말도 안 됩니다', 아니면 '도대체 무슨 뚱딴지같은 생각을 하고 있는 겁니까?'라는 말뿐이었어요."

"그 집에서 그랬나 보죠?"

"그래요. 크래독 부인이 남편을 불렀죠. 그러고는 부부간에 말다툼이 벌어졌어요. 그런데 그런 중간에 로버츠 박사가 도착한 거예요. 그러자 크래독 씨가 그에게 대들었어요."

"그가 정확하게 뭐라고 말했죠?"

"글쎄요, 물론 엿들을 생각은 아니었어요. 여주인의 침실에서 일어난 일이었거든요. 무슨 일이 생겼다는 생각이 들어서 쓰레받기를 든 채로 계단을 올라갔어요. 나는 한마디도 놓치지 않으려고 했죠."

그녀의 흥분한 듯한 말에 박자를 맞추면서 오코너 경사는 비공식적으로 그 아가씨에게 접근한 것이 얼마나 다행인지 모르겠다고 속으로 생각해 보았다. 경찰에서 나온 오코너 경사라고 신분을 밝힌 뒤 물었다면, 아마도 그녀는 자기는 아무것도 엿듣지 않았다고 발뺌을 했을 것이다.

"말했다시피ㅡ." 앨시가 계속 말했다.

"로버츠 박사는 아주 침착했어요. 크래독 씨가 혼자 소리를 질렀죠."

"뭐라고 그랬는데요?"

오코너 경사가 두 번째로 결정적인 질문을 했다.

"그 사람 비방을 했죠, 뭐." 입맛을 다시면서 엘시가 말했다.

"그게 무슨 말이죠?"

'왜 여자들은 직접적인 말로 나타내지 않는 걸까?'

"글쎄요, 나도 이해가 안 되는 부분이 많았어요." 엘시가 말했다.

"긴 말도 많았죠. '의사가 할 일이 아니다'라는 말과 '이용했다'라는 등등— 그리고 그가 로버츠 박사를 의사협회에서 제명시켜 버리겠다고 한 얘기를 들었어요. 정말 그럴 수 있었을까요? 어쨌든 그런 얘기들이었어요."

"그야 가능하죠. 의사협회에 보고하면 되니까요." 오코너 경사가 말했다.

"그렇군요. 어쨌든 그런 식으로 말했어요. 그러니까 그 부인이 히스테리를 일으키며 말했죠. '당신은 나를 돌보지 않았어요. 당신은 나를 무시했어요. 항상 혼자 내버려 뒀잖아요.' 그리고 로버츠 박사가 그런 자기를 친절하게 안정시켜줬다고 말했어요.

그러자 로버츠 박사는 그와 함께 옷을 보관해 두는 방으로 나와서 침실문을 닫았어요—문이 닫히는 소리가 난 뒤 의사의 담담한 목소리가 들리더군요. 이봐요, 당신 부인이 히스테리 증세가 있다는 걸 아직도 알아채지 못하고 있었습니까? 당신 부인은 자기가 어떤 말을 하는지조차 모르고 있습니다. 사실대로 말하자면, 그 증세는 아주 치료하기 어렵고 위험한 것이라 이미 오래전에 포기했을 수도 있는데, 그게 만일 내—뭐라고 그랬는데—긴 단어였어요— 오, 그래, '의무라면'—바로 그런 말이었어. '그게 내 의무라면.' 바로 그렇게 말했어요. 그는 자신의 본분을 넘어선 적이 없다고 말했죠. 그러니까 결론은— 의사와 환자 그 이상의 관계는 아니었다는 거죠. 크래독 씨가 할 말을 잃고 조용히 있자, 그가 또 말했어요. '출근시간에 늦겠군요. 그만 회사에 나가는 게 좋겠습니다. 침착하게 사태를 생각해 보시오. 아마 당신은 그게 사실은 아무것도 아니라는 것을 깨닫게 될 겁니다. 나는 다음 환자를 보러 가기 전에 여기에서 손을 씻겠습니다. 그럼 잘 생각해 보시오. 이 모든 일은 당신 부인의 지나친 상상 때문이라는 점을 분명히 말씀드리죠.' 그러자 크래독 씨가 말했죠. '나도 어떻게 받아들여야 할지 모르겠소.'

그러고는 나오더군요—나는 얼른 열심히 청소를 하는 체했죠. 크래독 씨는 나를 거들떠보지도 않았어요. 그 이후로는 그의 얼굴이 병자처럼 변했어요. 의사는 유쾌한 듯 휘파람을 불면서 울긋불긋한 옷이 걸려 있는 방에서 손을 씻었죠. 그러고는 즉시 가방을 들고 나와서 언제나 그랬던 것처럼 친절하고 명랑하게 말을 건넨 뒤, 자기 성격대로 활발한 걸음걸이로 계단을 내려가더군요. 당신도 짐작하겠지만, 그분은 절대로 나쁜 짓을 할 사람이 아니에요. 전부 그녀 짓이에요."

"그 이후에 크래독 씨가 비탈저에 걸렸나요?"

"그래요. 그전에 이미 걸려 있었는지도 모르죠. 그를 간호한 여자가 성의를 다했지만, 결국 죽고 말았어요. 장례식에는 멋진 화환이 많았어요."

"그런데 그 뒤로는 어땠죠? 로버츠 박사가 집에 다시 왔나요?"

"아니에요, 별걸 다 알려고 드는군요. 그 사람한테 좋지 않은 감정이 있나 보군요. 내가 그 일에는 아무런 문제가 없었다고 말했잖아요. 만일 그랬다면 크래독 씨가 죽은 뒤에 의사가 왜 그녀와 결혼하지 않았겠어요? 그런데 그분은 그러지 않았어요. 그렇게 멍청한 남자가 아니거든요. 그분은 그녀를 정확하게 파악하고 있었어요. 그녀가 가끔 전화를 했지만, 자리에 없다고 핑계를 댔나 봐요. 그 뒤에 그녀가 집을 처분했기 때문에 나는 일을 그만두게 되었죠. 그녀는 이집트로 가버렸어요."

"그러면 당신은 그 이후로는 한 번도 로버츠 박사를 못 만났단 말인가요?"

"그래요. 하지만 그녀는 그분을 만났어요. 왜냐하면 병명이 뭔지는 확실히 모르지만, 장티푸스 같은 걸 치료하기 위해 그분을 찾아갔으니까요. 하지만 그녀는 언제나 얼굴이 부어서 돌아오곤 했어요. 의사가 그녀에게 치료할 것이 없다고 분명히 말했나 봐요. 그러자 더 이상 그녀는 전화를 하지 않았고, 새 옷을 사는 데 취미를 붙였죠. 밖은 한겨울인데도 집 안에 있는 옷은 전부 밝은 색이었어요. 그녀는 외국에는 햇빛이 비치고 더울 거라고 말했답니다."

"그 말이 맞을 겁니다." 오코너 경사가 말했다.

"겨울에도 더운 곳이 있다고 들었어요. 그러니까 그녀는 외국에 나가 죽었겠죠. 아마 당신도 그 사실을 잘 알고 있겠죠?"

"아뇨, 몰랐는데요. 세상에 그럴 수가! 내가 생각했던 것보다 훨씬 상태가 좋지 않았나 보죠. 불쌍한 사람 같으니!"

엘시가 한숨을 내쉬며 말을 덧붙였다.

"도대체 그 예쁜 옷들로 다 뭘 했는지 모르겠어요. 그곳 사람들은 흑인이라서 그 옷들을 입지도 못할 텐데."

"그 사람들이 놀라서 지켜보는 걸 즐겼겠죠." 오코너 경사가 말했다.

"정말 뻔뻔스러운 사람이군요." 엘시가 말을 받았다.

"좋아요. 이제 뻔뻔스러운 나와 얘기할 시간도 다 되었군요. 회사 일 때문에 가봐야 합니다."

오코너 경사가 말했다.

"오래 걸리나요?"

"외국으로 갈지도 모릅니다." 경사가 말했다.

엘시의 얼굴이 굳어졌다.

로드 바이런의 유명한 시인 '나는 영양을 사랑하지 않았다'에 대해서는 잘 몰랐지만, 그 시가 나타내고 있는 감정은 그 순간만은 그녀의 것이었다. 정말 매력적인 사람이 가져오는 것이 아무것도 없다는 건 얼마나 우스운가. 오, 그래도 프레드가 있잖은가?

오코너 경사가 엘시의 인생에 뛰어든다고 해서 그녀의 인생에 변화가 일어날 수 없다는 사실을 발견한 것으로 그녀는 만족해야 했다. 프레드가 더 훌륭한 상대였는지도 모르니까.

제17장

로다 도스의 증언

데븐햄의 집에서 나온 로다 도스는 생각에 잠긴 채 보도를 바라보고 있었다. 갈팡질팡하는 그녀의 속마음이 얼굴에 그대로 나타나 있었다. 감정이 드러난 그 얼굴에는 순간순간의 변화가 계속 나타났다.

그 순간 로다의 얼굴은 이렇게 말하고 있었다. '해야 할까, 아니면 말아야 할까? 하고 싶지만ㅡ. 하지 않는 편이 나을지도 몰라.'

수위가 궁금한 듯 물었다.

"택시를 잡아 드릴까요?"

로다는 고개를 저었다.

몸집이 큰 여자가 크리스마스 때 쓸 물건을 미리 샀는지 큰 꾸러미를 들고 가다가 로다와 정면으로 충돌할 뻔했다. 그러나 로다는 여전히 그 자리에서 마음을 정하지 못하고 서 있었다.

그녀의 머릿속에는 혼란스러운 생각들이 꼬리를 물고 일어났다.

'뭐, 내가 해서 안 될 이유는 없잖아? 그녀가 내게 부탁했는걸. 그렇지만, 어쩌면 모든 사람들에게 그런 얘기를 했는지도 모르지. 그래도 그리 심각한 의미로 얘기하지 않았을 거야ㅡ그래, 어쨌든 앤은 나를 필요로 하지 않았어. 그 앤 저 혼자서 디스파드 소령과 변호사에게 가겠다고 분명히 말했으니까(하기야 앤이 그렇게 나올 만도 하지. 셋은 좀 많으니까ㅡ그리고 사실 내 일도 아니고). 내가 디스파드 소령을 만나고 싶어했던 것도 아닌데. 그는 정말 멋진 사람이야ㅡ그렇지만, 앤에게 빠져 있는 게 분명해. 남자들은 다른 속셈이 없으면 절대로 고생을 사서 하려 들지 않거든ㅡ단순한 친절은 분명히 아니야.'

신문팔이 소년이 로다와 부딪친 뒤에 말했다.

"죄송해요, 누나." 무척 미안해하는 듯한 목소리였다.

'오, 그렇지만―.' 로다는 계속 생각을 굴리고 있었다.

'온종일 여기 서 있을 수는 없잖아. 나는 그 정도 결단도 못 내리는 바보는 아니니까. 그 코트와 스커트는 아주 멋있을 것 같아. 초록색보다는 갈색이 더 낫지 않았을까? 아니야, 그렇지는 않을 거야. 좋아, 그건 그렇고―해야 할까, 말아야 할까? 3시 30분이구나! 아주 적당한 시간인데―식사를 준비하지 않아도 되거든. 가서 만나기만 하면 되는 거야.'

그녀는 느닷없이 길을 건너서 할리가(街)를 향해 처음에는 오른쪽으로, 그리고 왼쪽으로 돌아갔다. 마침내 그녀는 올리버 부인이 '사립요양소들이 들어찬 곳'이라고 가볍게 표현한 아파트촌 앞에 서게 되었다.

'좋아. 설마 그녀가 나를 잡아먹지는 않겠지.'

마음을 굳힌 로다가 건물 안으로 뛰어들어갔다.

올리버 부인의 집은 맨 위층에 있었다. 제복을 입은 수위가 엘리베이터에 그녀를 태우고, 밝은 초록색 문 앞에 깔끔한 신발닦개가 놓인 집으로 안내했다.

'끔찍하군.' 로다가 속으로 되뇌었다.

'치과에 가는 것보다 더 끔찍해. 여기까지 온 이상 들어가는 수밖에 없지 뭐.'

긴장감으로 얼굴이 붉어진 채 그녀는 초인종을 눌렀다.

나이가 든 하녀가 문을 열었다.

"여기가―혹시, 올리버 부인을 만나 볼 수 있을까요?" 로다가 물었다.

하녀가 뒤로 물러서자, 로다는 안으로 들어갔다. 너저분한 거실이 한눈에 들어왔다.

"누구라고 말씀드릴까요?" 하녀가 말했다.

"오, 저―도스라고 해요. 로다 도스."

하녀가 사라졌다. 로다에게는 백 년도 더 기다린 것 같이 느껴졌지만, 정확히는 1분 45초라는 시간이 지난 뒤 하녀가 나타났다.

"이쪽으로 가시죠."

더욱더 얼굴이 빨개진 로다가 그녀를 따라갔다. 봉보를 지니고 모서리를 돈 뒤에 문이 열렸다. 긴장한 모습으로 들어간 도스는 방 안이 온통 아프리카의 밀림 같아 보이는 통에 깜짝 놀라고 말았다.

새—수많은 새들. 앵무새, 큰 앵무새 등을 비롯해서 조류학자도 알아보지 못할 희귀한 새들이 원시시대의 숲처럼 보이는 곳을 서로 엉켜서 드나들고 있었다. 이런 새들과 식물들의 혼란 속에서 로다는 타자기가 놓인 낡은 책상과 바닥 여기저기에 흩어져 있는 타자로 찍은 원고, 그리고 어딘지 불안해 보이는 듯한 의자에서 머리가 헝클어진 채 일어나는 올리버 부인의 모습을 보았다.

"다시 만나니 정말 반갑군요."

묵지(墨紙)를 만져서 새카매진 손을 내밀며 올리버 부인이 말했다. 그녀는 다른 한 손으론 머리를 가다듬었지만 머리는 그대로였다. 종이봉지가 그녀의 팔꿈치에 닿아 떨어지자, 봉지에 들어 있던 사과가 온 방을 굴러다녔다.

"신경 쓰지 말아요. 괜찮아요. 나중에 누가 줍겠죠."

품속에 다섯 개의 사과를 주워든 로다는 약간 숨이 막힌 채 엉거주춤한 자세로 일어났다.

"오, 고마워요—봉지 속에 도로 담을 필요 없어요. 아마 벌레 먹은 것일 거예요. 난로에 던져버려요. 됐어요. 그럼 이제 앉아서 얘기를 합시다."

로다는 다른 낡은 의자에 앉아 그 부인을 똑바로 쳐다보았다.

"정말 미안해요. 내가 와서 하는 일에 방해가 되지는 않았나요?"

그녀가 약간 숨이 찬 목소리로 말했다.

"글쎄요. 그렇다고 할 수도 있지만, 사실은 그렇지 않아요."

올리버 부인이 말했다.

"일하고 있었던 건 사실이에요. 이 모습을 보면 알잖아요. 그 무서운 내 핀란드 탐정이 지금 사건을 해결하고 있는 중이거든요. 그는 강낭콩 요리 한 접시를 가지고 놀랄 만한 추리를 해냈죠. 드디어 그는 샐비어와 미가엘 축제에 먹는 거위 속에 양념으로 들어간 양파에서 치명적인 독을 찾아냈어요. 그런데 방금 미가엘 축제에는 강낭콩 요리가 쓰이지 않는다는 생각이 머릿속에 스치더군요."

추리소설이라는 창작세계의 내부를 엿보는 데 전율을 느낀 로다가 숨을 몰아쉬며 말했다.

"고쳐야 할 것 같군요."

"물론 그래야겠죠." 고개를 갸웃하며 올리버 부인이 말했다.

"그런데, 그러면 초점이 흐려져요. 나는 언제나 원예에 대한 내용 때문에 어려움을 겪어요. 사람들이 내게 편지를 써서 내가 꽃이름을 잘못 썼다고들 해요. 마치 대단한 문제나 되는 것처럼 말이에요—런던의 꽃가게에서는 그게 그건데 말이죠."

"중요한 문제는 아니에요." 로다가 장단을 맞췄다.

"올리버 부인, 글을 쓴다는 건 정말 대단한 일이에요."

올리버 부인이 새카만 손가락으로 앞이마를 쓰다듬으며 물었다.

"왜 그렇게 생각하죠?"

"저—." 로다가 잠시 주춤했다.

"그건 분명히 그래요. 앉은 자리에서 책 한 권을 다 쓸 수 있다는 건 정말 놀랄 만한 일이죠."

"그게 실은 그렇지 않아요." 올리버 부인이 말했다.

"작가는 언제나 생각에 생각을 거듭해야 합니다. 그런데 생각하는 일은 굉장히 따분해요. 그리고 앞뒤도 맞춰야죠. 한 가지 주제에 매달리면 뒤죽박죽되는 일은 없을 거라고 생각하겠지만, 거기에는 또다른 문제가 생기게 돼요. 글을 쓰는 행위가 특별히 즐거운 건 아니에요. 다른 일들처럼 어려운 일이죠."

"일이라는 생각이 들지 않아요." 로다가 말했다.

"아가씨에게는 그렇죠." 올리버 부인이 말했다.

"아가씨는 꼭 글을 써야 할 필요가 없으니까요. 하지만 내게는 일이 아닐 수가 없어요. 어떤 날은 다음의 연작소설을 내놓으면 얼마의 돈을 벌 수 있을까 하는 생각만 되새기면서 하루를 보내곤 해요. 조금 놀랐을 거예요. 그렇지만, 아가씨가 예금통장을 보면서 얼마나 돈을 찾았는지 계산해 보는 것과 똑같아요."

"부인이 직접 원고를 타자친다고는 생각지 못했어요." 로다가 말했다.

"비서가 있는 줄 알았죠."

"나도 비서가 있었죠. 그녀에게 내가 부르는 내용을 받아적으라고 시켰는데, 그녀가 너무 유능하다는 점이 마음에 걸렸어요. 그녀는 나보다 영어가 유창하고 문법과 마침표, 세미콜론 등을 사용하는 솜씨도 능숙한 것 같았죠. 그런 느낌이 들자 이상하게 열등감이 생기더군요. 그 뒤에 그런 능력이 조금 부족한 비서를 구했는데 그다지 쓸모가 없었어요."

"어떤 것을 생각할 수 있다는 건 놀라운 능력이에요." 로다가 말했다.

"나는 언제나 생각하죠." 기분이 좋은 듯 올리버 부인이 말했다.

"지겨운 건 그걸 써내려가는 일이에요. 다 썼다는 생각이 들면 계산을 하는데, 내가 6천 단어가 아니라 3천 단어밖에 안 썼다는 걸 알게 되면 거기에 다른 살인사건을 집어넣어서 마약 유괴사건을 다시 다뤄야 해요. 그건 정말 지겨운 일이죠"

로다는 아무 대답도 하지 않았다. 그녀는 유명인사를 흠모하고 있는 젊은이의 눈빛으로 올리버 부인을 바라보고 있었다—그러나 그 눈빛에는 약간의 실망감도 깃들어 있었다.

"벽지가 마음에 드나요?" 손을 휘둘러 보이며 올리버 부인이 말했다.

"나는 새를 너무 좋아해요. 나뭇잎은 열대지방의 것일 거예요. 추울 때도 여긴 꼭 덥다는 생각이 들거든요. 나는 몸이 아주아주 따뜻하지 않으면 아무 일도 못해요. 그렇지만 스벤 저슨은 아침마다 자기 욕조에서 얼음을 깨죠."

"내게는 놀라울 뿐이에요." 로다가 말했다.

"어쨌든 내가 부인을 방해하지 않았다고 말해 주셔서 정말 고마워요."

"커피와 토스트를 먹도록 해요." 올리버 부인이 말했다.

"아주 진한 커피와 뜨거운 토스트예요. 나는 언제라도 그걸 먹을 수 있어요."

문으로 다가간 그녀는 문을 열고 큰소리로 하녀에게 명령한 뒤 되돌아와서 말했다.

"런던에 무슨 일로 왔죠—물건 사러?"

"예, 몇 가지 물건을 샀어요."

"메러디스 양도 왔나요?"

"예, 앤은 디스파드 소령과 함께 변호사를 만나러 갔어요."

"변호사라고요?"

올리버 부인은 궁금하다는 듯 눈썹을 추켜세웠다.

"그래요. 디스파드 소령이 앤에게 변호사를 한 명쯤은 알고 있어야 한다고 말했거든요. 그 소령은 정말 친절한 사람이에요─정말이에요."

"나도 친절했어요." 올리버 부인이 말했다.

"그런데 그렇게 보이지 않았나 보죠? 사실은 나도 아가씨의 친구가 내가 찾아간 걸 달가워하지 않는다는 느낌이 들었어요."

"오, 그렇지 않아요─정말이에요."

긴장한 로다는 발작적으로 의자 위에서 손가락을 움직거렸다.

"내가 오늘 여기 온 이유는 바로 그 때문이에요─해명을 하려고요. 나도 부인이 단단히 오해를 했으리라고 짐작했습니다. 앤이 아주 불친절한 태도를 보였지만, 사실은 그런 게 아니었어요. 부인이 왔다는 사실 때문이 아니라, 부인이 말한 것 때문에 그랬거든요."

"내가 말한 것?"

"그래요. 부인이 모르는 것도 당연하죠. 재수가 없었을 뿐이에요."

"내가 뭐라고 말했는데요?"

"부인은 아마 기억을 못하실 거라고 예상했죠. 말하는 방법 때문이었어요. 부인은 사고와 독에 대해서 얘기했어요."

"그랬나요?"

"역시 기억을 못 하시는군요. 앤은 과거에 끔찍한 경험을 한 적이 있어요. 그 애가 있던 집의 여자가 어떤 독을 먹었어요─아마 강력 페인트였을 거예요. 다른 약으로 잘못 알았죠. 결국 그 여자는 죽고 말았어요. 그게 앤에게는 굉장한 충격이었어요. 그 애는 그 사실을 생각하는 것도, 말하는 것도 참을 수 없어 하죠. 그런데 부인의 말 때문에 그 기억이 되살아나게 되자, 평소와는 달리 긴장을 하고 좋지 않은 표정을 짓게 되었던 거예요. 부인도 그 점은 눈치챘을 거예요. 그렇지만 나도 그 애 앞에서는 아무 말도 할 수 없었어요. 하지만 부인의 생각대로 앤이 그렇게 거만하지 않다는 사실을 알려 드리고 싶었어요."

올리버 부인은 불그레해진 얼굴로 진지하게 얘기하는 로다의 얼굴을 시켜보다가 천천히 말했다.

"알겠어요."

"앤은 지나치게 감수성이 예민해요." 로다가 말을 이었다.

"그리고 어떤 일과 맞서는 일에 극히 서툴죠. 무슨 일 때문에 고민하게 되면 그 앤 그 일에 대해서 한마디도 안 해요—그건 별로 좋은 점이 아니에요. 내 생각으로는 그렇단 말이죠. 누가 옆에서 얘기해줘도 그 앤 조금도 생각을 바꾸지 않아요. 마치 그런 고민은 없다는 듯 천연덕스럽게 행동하죠. 나는 아무리 고통스러워도 전부 밖으로 털어내 버리는 편인데."

"맞았어요." 올리버 부인이 조용히 말했다.

"아가씨는 전사(戰士)라고 할 수 있지만, 앤 양은 그렇지 않아요."

로다가 얼굴을 붉혔다.

"그렇지만 앤은 사랑스러워요."

올리버 부인이 미소를 지으며 말했다.

"사랑스럽지 않다는 말이 아니에요. 단지 아가씨가 가진 그 특별한 용기가 메러디스 양에게는 없다는 말이죠."

올리버 부인은 한숨을 내쉬더니 갑자기 화제를 돌렸다.

"진실이 가치 있다는 걸 믿습니까, 믿지 않습니까?"

"그야 믿죠." 그녀를 똑바로 쳐다보며 로다가 말했다.

"그래요. 그렇게 말할 줄 알았어요. 그렇지만, 아가씨는 진실이라는 것에 대해 깊이 생각해 보지는 않았을 거예요. 진실은 때로는 사람들에게 상처를 주고 환상을 파괴하기도 하죠."

"그래도 진실은 소중한 거예요." 로다가 말했다.

"나도 그렇게 생각해요. 그렇지만 우리가 정말로 현명한지는 잘 모르겠군요."

로다가 진지하게 말했다.

"앤에게는 내가 부인에게 이런 말을 했다는 얘기를 하지 않았으면 좋겠어요. 앤이 좋아할 리가 없거든요."

"털끝만큼도 하지 않겠어요. 그런데 그게 오래전 일인가요?"

"4, 5년 전의 일이죠. 사람들에게 그와 같은 사건이 계속 일어난다는 건 정말 이상한 일 아니에요? 우리 아주머니 중 한 분은 언제나 자기가 난파선에 타고 있다고 느끼셨어요. 그런데 앤마저 두 가지의 갑작스런 죽음과 부딪치게 되다나—물론 이번 사건이 훨씬 지독하지만요. 살인이라는 건 정말 끔찍하잖아요?"

"그럼요."

그때 진한 커피와 버터가 발린 뜨거운 토스트가 나왔다. 로다는 어린애처럼 즐겁게 먹고 마셨다. 유명인사와 가까이에서 함께 음식을 먹는다는 건 그녀에게는 아주 흥분되는 일이었다.

그들이 음식을 모두 먹은 뒤 로다가 일어나며 말했다.

"그동안 부인에게 너무 방해가 되지 않았는지 모르겠군요. 혹시—부인이 쓴 책 중 한 권을 보내 드리면 거기에 사인해 주시겠어요?"

올리버 부인이 웃음을 터뜨렸다.

"오, 그 이상도 해줄 수 있어요."

그녀는 한쪽 구석에 있는 책장을 열었다.

"어떤 책이 좋을까요? 《두 번째 황금 연못 사건》이 좋겠군. 다른 책처럼 아주 못 쓴 작품은 아니니까요."

여류작가가 자진해서 자신의 작품을 선사하는 데 대해 조금은 놀란 로다가 고개를 끄덕였다. 올리버 부인은 책을 꺼내어 겉장을 열고는 멋지게 자신의 이름을 사인한 뒤 로다에게 건네주었다.

"여기 있어요."

"정말 고마워요. 즐겁게 읽겠습니다. 내가 온 것이 싫지는 않았나요?"

"앞으로도 자주 와줬으면 좋겠어요." 올리버 부인이 말했다.

그러고는 잠시 말을 멈춘 뒤 덧붙여 말했다.

"아가씨는 정말 훌륭해요. 잘 가요. 언제나 몸조심하는 걸 잊지 말아요."

"그런데 그 말을 왜 했을까?"

손님을 보내고 문을 닫으며 올리버 부인이 중얼거렸다.

그리고 고개를 내젓고는 머리를 쓰다듬은 뒤 스벤 저슨이 샐비어 양과 양파 때문에 겪는 갈등의 세계로 다시 뛰어들었다.

제18장

우연한 만남

로리머 부인은 할리가에 있는 어느 병원 문에서 나왔다. 그녀는 계단 위에 잠시 서 있다가 천천히 내려왔다. 그녀의 얼굴에는 이상한 표정이 나타나 있었다—단호한 결심과 어딘지 마음을 못 잡는 듯한 당황함의 표정이 엇갈리고 있었다. 그녀는 어떤 한 문제에 마음을 집중시키려는 듯 눈썹을 약간 찌푸렸다.

바로 그때 맞은편 길가에 앤 메러디스의 모습이 나타났다. 앤은 구석진 곳에서 큰 아파트 건물을 응시하고 있었다.

로리머 부인은 잠시 머뭇거리다가 길을 건너갔다.

"안녕하세요, 메러디스 양?"

앤이 그 소리를 듣고 고개를 돌렸다.

"오, 안녕하세요?"

"아직도 런던에 있나요?" 로리머 부인이 물었다.

"아니에요. 오늘 올라왔어요. 법적인 문제를 처리하려고요."

그녀의 시선은 여전히 큰 아파트 건물에 고정되어 있었다.

"중대한 문제라도 있나 보죠?" 로리머 부인이 물었다.

앤이 흠칫 돌아보았다.

"중대한 문제요? 오, 아니에요. 중대할 게 뭐 있겠어요?"

"마음속에 뭔가 숨기고 있는 사람처럼 보여요."

"아니에요—아니, 그럴지도 모르죠. 하지만, 별로 중요한 건 아니에요. 하찮은 문제니까요." 앤이 생긋 웃어 보인 뒤, 계속해서 말을 이었다.

"내 친구를 본 것 같아서요—함께 사는 친구죠. 저 건물로 들어간 것 같은데, 올리버 부인을 만나지나 않았는지 모르겠어요."

"저기가 올리버 부인이 사는 곳인가요? 모르고 있었는데요."

"그래요, 며칠 전에 그녀가 와서 주소를 적어주면서 자신을 찾아오라고 했거든요. 내가 본 사람이 로다가 맞는지 확인을 하려고요."

"직접 거기에 가서 확인을 하지 그래요?"

"아뇨, 그러고 싶지는 않아요."

"어디 가서 나와 차나 한잔 마셔요." 로리머 부인이 말했다.

"이 근처에 알고 있는 찻집이 있어요."

"정말 친절하시군요." 약간 머뭇거리며 앤이 말했다.

그들은 나란히 그 거리를 걸어내려와 옆길로 꺾어들어 작은 빵집에 들어가서 차와 머핀을 주문했다. 그들은 별로 말을 하지 않았다. 서로 상대방의 침묵에 더욱 편안함을 느끼는 것 같았다.

앤이 갑자기 입을 열었다.

"올리버 부인이 부인께도 찾아왔었나요?"

로리머 부인이 고개를 저었다.

"포와로 씨밖에는 아무도 찾아오지 않았어요."

"그런 말이 아니라―." 앤이 말을 꺼내려 했다.

"그런 말이 아니라니? 나는 그런 뜻으로 받아들였는데."

로리머 부인이 이상하다는 듯 말했다.

앤이 고개를 들었다―불안하고 겁먹은 듯한 눈길이었다. 그녀는 로리머 부인의 얼굴에서 걱정하지 말고 말해 보라는 듯한 표정을 읽을 수가 있었다.

"포와로 씨는 나를 만나러 오지 않았어요." 그녀가 천천히 말했다.

침묵이 흘렀다.

"배틀 총경은 찾아오지 않았나요?" 앤이 물었다.

"아, 그랬지. 왔었어요." 로리머 부인이 생각난 듯 말했다.

"그 사람이 어떤 걸 물었는데요?" 앤이 주저하며 말했다.

로리머 부인이 지겨운 듯이 한숨을 내쉬었다.

"흔한 내용이었다오. 판에 박힌 질문이었지. 그러면서도 그는 사람을 편하게 만들더군."

"그 사람은 모두와 다 얘기를 나눠 봤겠죠?"

"그럴 거예요." 다시 침묵이 흘렀다.

앤이 다시 먼저 입을 열었다.

"로리머 부인, 그들이 범인을 찾아낼 수 있을 것 같나요?"

그녀의 시선은 접시를 향하고 있었다. 그녀는 자기의 숙여진 머리를 보고 이상한 표정을 짓고 있는 노부인의 표정을 보지 못했다.

"나도 모르겠어요." 로리머 부인이 조용히 말했다.

앤이 나지막한 목소리로 말했다.

"그게―별로 좋은 일은 아니겠죠?"

다시 로리머 부인의 얼굴에 상대의 의중을 알아보려는 듯한 표정이 떠올랐지만, 이번에는 그 표정에 동정의 빛이 어려 있었다.

"지금 몇 살이죠, 메러디스 양?" 로리머 부인이 물었다.

"저―저요? 스물다섯이에요." 앤이 더듬거리며 말했다.

"나는 예순셋이라오." 로리머 부인이 천천히 말을 이었다.

"아가씨의 인생은 이제부터 시작이에요."

앤이 몸을 떨며 말했다.

"집으로 돌아가는 길에 교통사고를 당할지도 몰라요."

"그래요. 그건 맞는 말이에요. 그리고 나는―그렇지 않을지도 모르고요."

로리머 부인의 말투에서 이상한 점을 느낀 앤은 놀란 눈으로 그녀를 쳐다보았다.

"인생은 어려운 사업이에요." 로리머 부인이 말을 이었다.

"아가씨도 내 나이가 되면 그걸 알게 될 거예요. 세상을 살아가기 위해서는 적당한 용기와 상당한 인내가 필요해요. 그리고 마지막에 사람들이 자신에게 묻게 되죠 '인생이란 살 만한 가치가 있는가?' 하고."

"오, 제발 그만두세요." 앤이 말했다.

로리머 부인이 다시 웃음을 터뜨렸다. 그녀는 여유 있고 자신만만한 노부인의 제모습을 이제야 비로소 드러내는 것처럼 보였다.

"인생의 슬픈 면만 얘기하는 건 어리석은 짓이에요."

로리머 부인이 말했다. 그러고 나서 여종업원을 불러 계산서에 적힌 금액을

지불했다. 그들이 찻집을 막 나서는데 택시가 앞을 지나가려 했다.

로리머 부인이 택시를 불러 세웠다.

"같이 타고 갈까요?" 그녀가 물었다.

"나는 하이드 파크 북쪽으로 가는데요."

앤의 얼굴이 갑자기 밝아졌다.

"아니에요, 괜찮아요. 내 친구가 지금 막 저 모퉁이를 돌아 나오고 있어요. 고마웠어요, 로리머 부인. 안녕히 가세요."

"잘 가요, 아가씨. 행운을 빌어요."

로리머 부인을 태운 차가 떠나자, 앤이 서둘러 앞으로 나아갔다.

로다는 앤의 모습을 보고는 잠시 얼굴을 붉힌 뒤, 마치 큰 죄라도 지은 듯한 표정을 짓고 있었다.

"로다, 올리버 부인을 만났니?" 앤이 물었다.

"응, 사실은 그랬어."

"그래서 내가 너를 잡았어."

"왜 '잡았다'는 말을 하는지 모르겠구나. 저기 내려가서 버스를 타자. 너는 그 길로 남자친구에게 가면 되겠지. 최소한 차는 대접해 줄 거야."

앤이 잠시 침묵을 지키고 있었다—이런 목소리가 그녀의 귀를 울리고 있었다.

"어디서 네 친구를 만나 우리 함께 차를 마시는 게 어때?"

그런데 그녀의 대답은—별로 생각하지도 않은 채 무심결에 이렇게 말했다.

"고맙지만 그 사람은 다른 사람들과 차를 마시러 가야 하거든."

거짓말—정말 바보 같은 거짓말이었다. 생각해 보지도 않고 머리에 떠오르는 대로 주워넘기는 건 멍청한 짓이다. 이렇게 말하는 게 더 간단했을 텐데.

"고맙지만 내 친구는 다른 사람과 식사 약속이 있어서 갔어."

그것은 로다가 사이에 끼는 것을 바라지 않는다는 간접적인 표시였다.

그녀가 보나를 필요로 하지 않는다는 건 정말 이상한 일이었다. 그녀는 분명히 디스파드 소령의 관심을 자기에게만 쏠리도록 유도했다. 그녀는 질투심을 느끼고 있었던 것이다. 로다에 대한 질투. 로다는 아주 똑똑하고 얘기도 잘하며 열심히 사는 여자다. 그날 저녁에도 디스파드 소령은 로다를 잘 본 듯한 태도를 나타냈었다. 그렇지만 그 사람이 만나러 온 사람은 그녀, 앤 메러디스였다. 로다도 그 점을 잘 알고 있었다. 그런 말을 하지 않았지만, 결국 자기가 뒷전으로 물러날 게 뻔했다. 그렇다. 그녀는 로다가 그 자리에 있는 걸 바라지 않았다. 그렇지만 그녀가 너무 멍청하게 말했기 때문에 좀 곤란하게 되고 말았다. 좀더 잘 처신했더라면, 그녀는 지금쯤 디스파드 소령의 클럽에서 그와 차를 마시고 있었을지도 모른다.

그녀는 분명히 로다 때문에 당황해 하고 있었다. 로다는 순진하다. 로다가 올리버 부인을 만나서 지금까지 무슨 얘기를 했을까?

"왜 올리버 부인을 만나러 갔지?" 조금 큰 소리로 앤이 물었다.

"음, 그녀가 부탁했으니까."

"그래, 그렇지만 그녀가 진심으로 그렇게 말하지는 않았을 거야. 그녀는 빈 말로라도 그런 말을 해야 할 입장이었다고 생각해."

"정말 그런 뜻이었어. 아주 잘 대해 주던걸. 너무나 친절했어. 자기 책도 한 권 주었어. 자, 봐!"

그녀는 의기양양하게 선물로 받은 책을 보여주었다.

앤이 의심스러운 말투로 물었다.

"도대체 무슨 말을 한 거니? 나에 대한 얘기는 하지 않았겠지?"

"그렇게 지레 겁먹을 필요는 없잖아!"

"그렇지 않아. 그런데 정말 그랬니? 그―살인사건 얘기를 했어?"

"여러 살인사건에 대해 얘기했어. 그녀는 샐비어와 양파에 독이 든 사건에 대해 소설을 쓰고 있었어. 정말로 놀랄 정도로 온화하고 정이 많은 사람이더구나―글 쓰는 일이 생각보다 훨씬 어려운 일이며, 자기가 작품을 구성할 때 많은 어려움을 겪는다는 얘기를 했어. 그리고 우리는 진한 커피와 버터 바른 뜨거운 토스트를 먹었어."

자랑스러운 듯한 말투로 로다가 말을 맺었다. 그러고는 이렇게 덧붙였다.

"오, 앤, 너도 차를 한잔 마시는 게 좋겠다."

"아냐, 괜찮아. 금방 한 잔 마셨어, 로리머 부인과."

"로리머 부인? 사건이 났던 그 자리에 있었던 사람 아니니?"

앤이 고개를 끄덕였다.

"그녀를 어디에서 만났니? 네가 찾아갔었니?"

"아니, 할리가에서 우연히 마주쳤어."

"그녀는 어떤 사람이니?"

앤이 천천히 말했다.

"나도 잘 모르겠어. 좀 괴상한 데가 있는 것 같아. 그날 밤의 모습과는 아주 딴판이었어."

"그녀가 범인이라고 생각하니?" 로다가 물었다.

앤은 잠시 말을 멈춘 뒤 다시 입을 열었다.

"나도 모르겠어. 그런 얘기는 그만 하자. 내가 그런 얘기를 얼마나 싫어하는지 너도 잘 알잖아."

"좋아. 그런데 변호사는 어떤 사람이었니? 아주 딱딱하고 빈틈없어 보이는 사람이었겠지?"

"약삭빠른 데가 있는 사람 같더라."

"그랬겠지." 그녀는 잠시 생각에 잠긴 뒤 다시 입을 열었다.

"디스파드 소령은 어땠니?"

"아주 친절했어."

"그는 너한테 반한 게 분명해."

"로다, 말도 안 되는 소리는 그만둬."

"좋아. 어쨌든 두고 보라니까."

로다는 혼자서 콧노래를 흥얼거리기 시작했다. 그러고는 속으로 생각했다.

'그 디스파드 소령이 앤에게 빠진 게 확실해. 앤은 정말 예쁘니까. 그렇지만 물러빠진 데가 있어—절대로 그 소령과는 일이 잘 이루어지지 않을 거야. 뱀만 봐도 비명을 지르는 애니까. 남자들은 자기와 전혀 맞지도 않은 여자들에게 속는 경우가 많단 말이야.'

로다가 큰 소리로 외쳤다.

"저 버스를 타고 패딩턴 역까지 가자. 4시 45분 차를 탈 수 있을 거야."

제19장

의논

포와로의 방에 있는 전화기가 울리더니 낭랑한 목소리가 들려왔다.

"오코너 경사입니다. 배틀 총경님의 전갈입니다. 11시 30분까지 런던경시청으로 오실 수 있겠습니까?"

포와로가 그러겠다고 대답하자 오코너 경사는 전화를 끊었다. 포와로가 런던경시청의 문 앞에서 택시를 내린 시각은 정확히 11시 30분이었다.

올리버 부인이 금방 시야에 들어왔다.

"포와로 씨, 정말 반갑군요. 나를 구해 주러 나타나셨나요?"

"글쎄요, 부인. 무슨 일을 도와 드릴까요?"

"택시비를 좀 내주세요. 어찌된 일인지 내가 가방을 집에 두고 온 것 같아요. 그 가방 안에 지갑이 들어 있는데 말이에요. 운전사는 프랑이나 리라, 마르크는 받으려고 하지 않는군요."

포와로는 당당하게 잔돈을 꺼내서 요금을 치렀다. 그들은 함께 경시청 안으로 들어갔다. 그들은 배틀 총경의 사무실로 안내되었다. 탁자 뒤에 앉아 있는 배틀 총경의 얼굴은 그날따라 더욱더 목석처럼 보였다.

"현대 조각품 같군요." 올리버 부인이 포와로에게 속삭이듯 말했다.

배틀 총경이 자리에서 일어나 그들 두 명과 악수를 나누었다. 그들은 모두 자리에 앉았다.

"한 번쯤 모일 때가 되었다고 생각했습니다." 배틀 총경이 말문을 열었다.

"당신들도 수사가 얼마나 진척되었는지 듣고 싶을 테고, 나도 당신들이 얼마나 많은 것을 캐냈는지 알고 싶으니까요. 레이스 대령이 오면—"

바로 그 순간 문이 열리더니 레이스 대령이 나타났다.

"늦어서 미안하오, 배틀. 안녕하십니까, 올리버 부인. 잘 있었소, 포와로 씨.

기다리게 해서 정말 미안합니다. 내일 떠나야 하기 때문에 살펴볼 일이 많아서요."

"어디로 가는데요?" 올리버 부인이 물었다.

"사냥이나 다녀오려고요─발루치스탄(파키스탄 서부 산악지역)으로 갈 예정입니다."

포와로가 입가에 야릇한 웃음을 흘리면서 말했다.

"그런 외진 곳으로 가다니 어려움이 많겠군요. 조심해야 할 겁니다."

"그래야겠죠." 레이스 대령이 침착하게 말했다.

그러나 그의 눈동자는 불굴의 투지를 말해 주듯 반짝이고 있었다.

"어떤 것을 가져오셨습니까?" 배틀 총경이 물었다.

"디스파드 소령에 대한 정보를 가져왔소. 여기 있소."

레이스 대령이 서류뭉치를 앞으로 내밀었다.

"거기 보면 날짜와 장소가 많이 적혀 있을 거요. 아마 대부분은 그 사건과 무관한 것들일 겁니다. 그에게 불리한 것은 하나도 없더군. 그는 용감한 친구요. 흠이라고는 하나도 없어요. 엄격한 원칙주의자이지. 어디에 가든 원주민들이 그를 좋아하고 믿었어요. 아프리카에서 그의 행실이 어땠는지, 또 무슨 일을 했었는지는 잘 모르겠지만, '입을 꾹 다문 채 언제나 정당한 일을 하는 사람'이라고 불리었던 걸 보면 짐작할 수 있을 겁니다. 백인들은 디스파드를 '훌륭한 신사'라고 평가하고 있더군요. 뛰어난 총 솜씨에 냉정한 판단력을 갖춘 식견이 있고 듬직한 사람이라는 겁니다."

이런 칭찬에는 아랑곳하지 않고 배틀 총경이 물었다.

"그 사람과 관련된 갑작스런 살인사건 같은 것은 없었나요?"

"나도 그 점에다 특히 신경을 썼죠. 그 점에 대한 미심쩍은 일이 있기는 있더구먼요. 그의 친구 중 한 명이 사자에게 물렸지."

배틀 총경이 한숨을 내쉬었다.

"그건 내가 원하는 내용이 아닌데요."

"당신은 역시 끈질깁니다, 배틀 총경. 당신 수첩에 기록될 만한 사건을 찾아내기는 했어요. 그는 남아메리카의 내륙지방을 여행한 적이 있더군요. 저명한 식물학자인 룩스모어 교수 내외와 동행을 했지요. 그런데 교수가 열병에 걸려 죽었고, 그 시체가 아마존 강의 상류에 묻혀 있다더군요."

"열병이라고요?"

"그래요. 하지만 당신에게 솔직히 털어놓겠소. 절도죄로 사형당한 어느 원주민 짐꾼이 교수는 열병으로 죽은 것이 아니라, 총에 맞은 것이라고 진술했다는군요. 물론, 그 얘기는 무시되었지만."

"그게 언제쯤이죠?"

레이스 대령이 고개를 저었다.

"나는 사실을 얘기했을 뿐이오. 당신이 물은 데 대해 대답했을 뿐이니, 당신이 그 사실에 대해 나름대로 해석을 하시오. 하지만, 지금 심정은 그날 밤 그 더러운 짓을 한 놈이 디스파드는 아니라고 우기고 싶소. 그에게는 죄가 없어요, 배틀."

"살인을 저지를 만한 사람이 아니라는 뜻입니까?"

"그는 살인이라고 부를 만한 일을 할 수 없자─." 그가 망설이며 말했다.

"그럴듯하고 충분한 이유가 있어도 살인을 저지를 수 없는 사람이란 말입니까?"

"그렇다면 그건 그 사람 탓이 아니라, 그럴듯하고 충분한 이유가 범인일 게요."

"대령님은 인간을 인간 그 자체로서 파악하지 못하시는군요. 그렇다면 죄인들에게 형을 집행하지 못합니다."

"그럴 수도 있지요, 배틀─그럴 수도 있는 것 아니겠소?"

"그럴 수 없다는 게 내 신념입니다. 당신은 어떻게 생각하십니까, 포와로 씨?"

"나도 당신과 마찬가지요. 나는 살인에 대해서는 추호도 인정할 수가 없다오."

"그런 어리석은 말이 어디 있어요?" 올리버 부인이 반박했다.

"모자를 만드는 데 쓰기 위해 여우나 백로를 사냥하는 것과 그리 큰 차이는 없을 거예요. 살해되어야만 할 사람이 있다고 생각지는 않으세요?"

"그야, 그렇다고 할 수도 있죠."

"그것 봐요!"

"내 말을 이해하지 못했군요. 나는 살해당한 사람에 대해서는 별 관심이 없습니다. 살인자의 성격에 미치는 효과죠."

"그렇다면 전쟁은 어떻게 설명할 수 있죠?"

"전쟁에서는 개인적인 판단의 권리를 시험할 수 없습니다. 그건 그야말로 위험한 짓이니까요. 누가 살아야 하고 누가 죽어야 하는지 알고 있다는 생각이 들면—그때는 그렇게 생각한 사람은 가장 위험한 살인자가 될뿐더러 그런 살인은 이득을 얻기 위한 것이 아니라, 자신의 생각 때문에 저지르게 되죠. 그는 다른 사람의 권리를 빼앗는 사람이 되어 버립니다."

레이스 대령이 자리에서 일어났다.

"이 사건의 결말을 보지 못하는 게 유감이군요. 할 일이 많아서. 나도 이 사건의 해결을 꼭 보고 싶습니다. 그렇지만 해결이 나지 않아도 별로 놀라지는 않을 거요. 당신이 범인이 누구인지 알아낸다 해도 범행 사실을 증명하는 건 거의 불가능할 겁니다. 나는 이미 당신이 원하는 사실을 죄다 말해 주었소만, 내가 생각하기로는 범인은 디스파드는 아니오. 나는 그가 사람을 죽였다고는 믿을 수가 없어요. 셰이터나 씨가 룩스모어 교수의 죽음에 대해 떠도는 어떤 풍문을 주워들었는지는 모르겠지만, 디스파드에게 혐의가 있다고 믿어지지는 않아요. 디스파드는 죄가 없어요. 그리고 그는 이번 살인을 저지르지도 않았고 그게 내 의견입니다. 나도 그 남자에 대해서는 조금 알고 있거든요."

"룩스모어 부인은 어떤 사람인가요?"

"지금 런던에 살고 있으니 궁금하면 가서 직접 만나보시오. 그 서류에 보면 주소가 있을 겁니다. 사우스 켄싱턴 어디일 거요. 다시 얘기하지만, 디스파드는 아니오."

레이스 대령은 활발하지만 소리가 나지 않는 사냥꾼의 걸음걸이로 그 방을 떠났다. 그가 나가고 문이 닫히는 소리가 들리자, 배틀 총경은 생각에 잠긴 듯한 얼굴로 고개를 끄덕이며 말했다.

"레이스 대령 말이 옳을지도 모릅니다. 레이스 대령은 남자에 대해서는 잘 알고 있거든요. 그렇지만 의심을 풀 수는 없습니다."

그는 레이스 대령이 두고 간 서류들을 세심하게 살펴보면서 때때로 옆에 놓인 종이쪽지에다 연필로 뭔가를 기록했다.

"저, 배틀 총경님ㅡ." 올리버 부인이 입을 열었다.

"이제는 지금까지 당신이 해온 조사에 대해 말해 주지 않겠어요?"

그는 고개를 들고 미소를 지었다. 널빤지 같은 그의 얼굴이 미소 때문에 옆으로 더욱더 퍼졌다.

"조사가 워낙 산만해서요, 올리버 부인. 부인도 이해를 해주시리라 생각합니다."

"말도 안 돼요." 올리버 부인이 말했다.

"당신은 하고 싶지 않은 말은 절대로 하지 않는다는 걸 잘 알고 있어요."

배틀 총경이 고개를 저었다.

"그렇습니다." 그가 잘라 말했다.

"테이블 위의 카드입니다. 이 말이 이 사건의 요약이라고 할 수 있죠. 나는 정당하게 게임하고 싶습니다."

올리버 부인이 의자를 앞으로 더 끌어당겼다.

"얘기해 보세요." 그녀가 졸랐다.

배틀 총경이 입을 열었다.

"우선 이 말부터 하는 것이 순서일 것 같군요. 셰이터나 씨를 죽인 진범을 잡는 일에 관해서라면 나는 조금도 숨기는 것이 없습니다. 셰이터나 씨의 서류에서는 단서가 될 만한 점이 아무것도 없었습니다. 네 명의 용의자도 의례적으로 수사를 해보았지만 눈에 띄는 소득은 없었습니다. 예상했던 대로였어요. 그렇지만 포와로 씨의 말이 맞는다면, 한 가지 희망은 남아 있다고 볼 수 있습니다. 그건 과거에서 찾을 수 있습니다. 만일 과거에 이 사람들이 살인을 저지른 일이 있다면 그걸 정확하게 캐내어 보는 겁니다. 그러면 이 사건의 범인이 누구인지 알 수 있을지도 모르니까요."

"그래서 뭔가를 찾아냈나요?"

"나는 지금 한 사람에게 초점을 맞추고 있습니다."

"그게 누구죠?"

"로버츠 박사입니다."

올리버 부인은 약간의 전율을 느끼는 듯한 표정으로 배틀 총경을 올려다보았다.

"여기 있는 포와로 씨도 알겠지만, 나는 모든 정보를 다 동원했습니다. 그의 가까운 친척 중에서 갑자기 죽은 사람이 없다는 사실은 분명합니다. 나는 그와 밀접한 관계에 있는 사람들을 가능한 한 전부 조사해 보았습니다. 그랬더니 한 가지의 가능성으로 수렴되더군요—살해당한 사람이 그의 주변 인물이 아닐 거라는 거죠. 몇 년 전에 로버츠 박사는 적어도 그의 여자 환자 가운데 한 명에게 몹쓸 짓을 했습니다. 물론 아무런 혐의도 없을 수 있습니다—그렇지만 아마 그렇지는 않을 겁니다. 그 여자는 신경질적인 성격의 소유자였기 때문에 야단법석을 잘 떨었는데, 그런 모습을 직접 보아서 그랬는지, 아니면 그녀가 실토를 해서 그랬는지는 몰라도 그녀의 남편도 화가 머리끝까지 났죠. 어쨌든 그 의사의 입장에서 보면 발등에 불이 떨어진 격이었을 겁니다. 흥분한 남편은 그를 의사협회에 고발하겠다고 위협을 했습니다. 아마 그랬다면 그는 의사로서의 생명이 끝났을 겁니다."

"그래서 어떻게 됐죠?" 숨을 몰아쉬며 올리버 부인이 물었다.

"분명히 로버츠 박사는 일시적으로 노한 남편을 진정시킬 수는 있었을 겁니다—그런데 그는 그 사건 이후 얼마 안 있어 비탈저로 죽고 말았습니다."

"비탈저라고요? 왜 하필이면 가축들이 걸리는 병이었죠?"

배틀 총경이 씩 웃었다.

"바로 그 점입니다, 올리버 부인. 그건 남아메리카의 인디언들이 화살 끝에 바르는, 흔적이 남지 않는 독이 아닙니다. 부인도 오염된 싸구려 면도솔이 시장바닥에 나돌던 때가 있었다는 걸 기억할 겁니다. 크래독 씨의 면도솔이 탄저균에 감염된 것이 증명되었습니다."

"로버츠 박사가 그를 치료했나요?"

"오, 아닙니다. 그렇게 치밀한 사람이 그런 짓을 할 리가 없죠. 크래독 씨도 그러길 바라지 않았을 테고요. 내가 얻은 유일한 증거는—너무나 사소한 것이지만, 그 의사의 다른 환자 중에서도 그때 비탈저에 걸린 사람이 있었다는 기록뿐입니다."

"그러니까 그 의사가 일부러 면도솔을 감염시켰다는 건가요?"

"바로 그렇습니다. 그러나 한 가지 주의할 점은 그건 단지 추측일 뿐이라는 겁니다. 더 이상의 증거를 찾아낼 수가 없습니다. 단지 그럴 것 같다는 거지만 충분히 가능성은 있습니다."

"그가 그 이후에 크래독 부인과 결혼하지는 않았나요?"

"아, 그러지는 않았어요. 아마 열을 낸 쪽은 부인이 아니었나 하는 생각이 듭니다. 그녀도 그만 그 관계를 청산하려 했던 것 같습니다. 그런데 갑자기 그녀는 겨울을 보내기 위해 이집트로 가게 되었습니다. 그리고 거기에서 죽었지요. 혈액에 독이 퍼진 이상한 병 때문이었답니다. 굉장히 이름이 긴 병인데, 그 이름을 말해도 잘 모를 겁니다. 우리나라에서는 아주 희귀하지만, 이집트의 주민들 사이에서는 아주 흔한 병입니다."

"그렇다면 그 의사가 독살한 게 아니란 말인가요?"

"그건 잘 모르겠습니다." 배틀 총경이 천천히 말했다.

"그 때문에 세균학자인 친구와 얘기해 본 적이 있습니다—그런 친구들에게 직접적인 대답을 얻어내기란 정말 어렵더군요. 그들은 '그렇다' 아니면 '아니다'라고 분명하게 말하는 법이 없어요. 항상 이런 식이죠. '그럴 만한 상황에서는 가능한 일이지', '수용자의 건강 상태에 따라 다른 일이지', '그런 병이 알려지기는 했지', '체질에 따라 다를 수도 있어' 거의 대부분 이렇게 말합니다. 그런데 내가 그 친구를 설득해서 이 점만은 알아냈습니다—그 병균, 아니면 내가 상상하는 병균은 크래독 부인이 영국을 떠나기 전에 이미 그녀의 혈액 속에 들어 있었을 거라는 겁니다. 그 병의 증세는 얼마간의 잠복기가 지난 이후에야 나타난다고 하더군요."

포와로가 물었다.

"크래독 부인이 이집트로 가기 전에 벌써 장티푸스에라도 걸려 있었다는 말이오? 그런 사람이 많다고 들었는데."

"바로 그렇습니다, 포와로 씨."

"그렇다면 로버츠 박사가 그렇게 만들었다는 겁니까?"

"그렇습니다. 그런데 그 점에서 다시 우리는 어려움에 봉착합니다—증거가 없다는 거죠. 그녀는 다른 사람들처럼 두 가지 예방주사를 맞았습니다만, 그것은 우리가 알고 있는 바대로 장티푸스였을 테지요. 하지만, 그 가운데 하나만 장티푸스이고 다른 하나는 다른 것이었을지도 모릅니다. 우리는 그걸 알 도리가 없습니다. 앞으로도 마찬가지일 겁니다. 누구도 장담하지 못합니다. 모두 순수한 가정일 뿐이죠. 우리가 할 수 있는 말은 단지 그랬을지도 모른다는 겁니다."

포와로가 침울한 표정을 지으며 고개를 끄덕였다.

"셰이터나 씨가 내게 했던 말과 많은 부분이 일치하는군. 그 사람은 성공적인 살인자를 칭찬했소. 자기의 죄가 드러나지 않게 살인하는 사람을 말이오."

"셰이터나 씨는 그 사실을 어떻게 알았을까요?" 올리버 부인이 물었다.

포와로가 어깨를 으쓱했다.

"그 점도 우리로서는 알 수가 없습니다. 셰이터나 씨도 이집트에 잠시 머문 때가 있었죠. 그가 로리머 부인과 거기에서 만났다는 걸 우리가 알고 있으니까 그 점은 확실합니다. 그 사람은 그곳의 의사가 크래독 부인의 이상한 증세에 대해 얘기하는 걸 들었을지도 모릅니다—어떻게 그런 병에 걸렸는지 이상하다는 얘기였겠죠. 아니면 그전에 로버츠 박사와 크래독 부인과의 풍문을 들었을 겁니다. 그래서 셰이터나 씨는 늘 하던 버릇대로 그 의사에게 그 점을 비꼬듯이 얘기했고, 그 말을 들은 박사의 눈에서 당황한 빛을 포착한 겁니다. 물론, 반드시 그랬을 거라는 얘기는 아닙니다. 어떤 사람에게는 다른 사람의 비밀을 알아맞히는 좋지 않은 재주가 있습니다. 셰이터나 씨가 바로 그런 사람이었습니다. 하지만 그 점은 우리에게 중요하지 않습니다. 우리가 할 수 있는 말은— 그가 그렇게 추측했을 수도 있다는 겁니다. 그의 추측이 맞았을까요?"

"글쎄요, 그랬을 것 같군요." 배틀 총경이 말했다.

"그 명랑하고 자상한 의사가 그렇게 꼼꼼할 것 같지는 않습니다. 나는 그와 비슷한 사람을 한두 명 알고 있지요. 어떤 유형의 사람들이 어쩌면 그렇게 서로 닮을 수 있는지 신기하더군요. 내 생각으로는 로버츠 박사는 분명히 살인자입니다. 그 사람이 크래독 씨를 죽였습니다. 그는 아마 크래독 부인노 죽였을 겁니다. 그녀가 자기에게 거추장스러운 존재였고, 그녀와의 관계가 자기에게 불리하게 작용했다면 말이죠. 그런데 과연 그가 셰이터나 씨도 죽였을까요? 그건 정말 중요한 문제인데, 과거의 살인사건과 비교해 볼 때 나는 의심이 앞섭니다. 크래독 씨 부부의 사건을 보더라도, 그가 사용한 것은 매번 의학적인 수법이었습니다. 자연적인 원인에 의한 죽음으로 위장시켰던 거죠. 내 생각으로는, 그가 셰이터나 씨를 죽였다면 마찬가지로 의학적인 방법을 사용했으리라는 겁니다. 자기가 잘 알고 있는 병균을 이용하지, 칼을 쓰지는 않았을 겁니다."

"그 말을 들으니 그가 범인이 아닌 것 같군요." 올리버 부인이 말했다.

"언뜻 보기에는 그렇죠. 하지만 그 사람이 범인이라는 것은 너무나 명백한 사실이에요."

"로버츠 박사는 그렇다 치고—." 포와로가 나지막한 목소리로 말했다.

"다른 사람들은 어땠습니까?"

배틀 총경은 더 이상 못 참겠다는 듯한 몸짓을 했다.

"그 밖에는 거의 소득이 없었습니다. 로리머 부인은 20년 동안이나 독신으로 지냈더군요. 그녀는 대부분의 시간을 런던에서 보내고, 가끔 겨울에 외국으로 나갑니다. 문명이 많이 발달되어 있는 곳으로 잘 갑니다—남프랑스의 리비에라 해안지방이나 이집트 같은 곳으로 말이죠. 그녀와 관련된 의문스러운 죽음은 없었습니다. 그녀는 대단한 여인답게 거의 완벽할 정도로 정상적이고, 존경받을 만하게 살아왔더군요. 그녀를 알고 있는 모든 사람이 그녀를 존경하고, 그녀의 성격에 칭찬을 아끼지 않는 것처럼 보였습니다. 그녀에 대한 최대의 악평이 있다면, 그녀는 바보에 대해서는 참지 못한다는 정도였습니다. 따라서 그녀에 대해서는 더 이상 알아낼 것이 없다는 걸 시인하겠습니다. 그렇지만 분명히 뭔가가 있을 겁니다. 셰이터나 씨도 그렇게 생각했으니까요."

배틀 총경은 풀이 죽은 얼굴로 한숨을 내쉰 뒤 말을 이었다.

"그리고 메러디스 양이 있습니다. 그 아가씨의 과거에 대해서는 아주 자세히 알아냈습니다. 소설에 흔히 나옴직한 얘기더군요. 군인 장교의 딸로, 물려받은 재산이라고는 거의 없는 상태에서 혼자 남게 되었습니다. 자기 힘으로 살아야 했죠. 특별한 재능도 없었습니다. 나는 첼튼엄에서 그 아가씨의 어린 시절에 대해서 조사해 봤습니다. 모두 지극히 순탄했더군요. 그 불쌍한 아가씨의 얘기를 들으면 누구라도 동정이 갈 겁니다. 그녀는 먼저 와이트 섬에 있는 어떤 사람에게 갔습니다—보모 겸 가정교사였는데 가정부 노릇도 했더군요. 그때 그녀를 고용했던 부인은 지금은 팔레스타인에 가 있습니다. 그런데 내가 얘기해 본 그녀의 여동생 말로는, 엘던 부인은 그 아가씨를 아주 좋아했다는 겁니다. 분명히 이상한 살인사건 같은 것은 없었습니다. 엘던 부인이 외국으로 나가자, 메러디스 양은 데번셔로 가서 학교 동창 친구 아주머니의 말동무로 자리를 잡았습니다. 그 학교 동창이 바로 지금 그녀와 함께 살고 있는 로다 도스 양입니다. 그 아가씨는 디링 부인의 병세가 너무 심해 전문적인 간호사를 필요로 할 때까지 2년 넘게 그곳에 있었습니다. 병명은 암이라고 들었습니다. 그 부인은 아직도 살아 있지만 죽은 거나 다름없다는 겁니다. 모르핀을 다량으로 계속 맞고 있죠. 그녀와도 얘기를 해보았습니다.

앤 양을 기억한다면서 참 좋은 아가씨였다고 말하더군요. 또 나는 지난 몇 년 동안 일어난 일을 잘 기억할 수 있는 앤 양의 이웃사람들에게도 얘기를 들어보았습니다. 그 지방에 살고 있던 꽤 나이가 든 사람이 한두 명 죽은 일이 있지만, 내가 알아낸 바로는 죽은 사람들이 앤 메러디스 양과 관련된 것은 아니었습니다. 그리고 앤 양이 스위스에 있었을 때에 대해서도 조사해 보았습니다. 혹시 수상쩍은 사고를 추적할 수 있으리라 생각했습니다만 그런 일은 없었습니다. 그리고 윌링퍼드에서도 아무런 일이 없었습니다."

포와로가 물었다.

"그렇다면 앤 메러디스 양은 용의자 명단에서 제외되는 겁니까?"

배틀 총경이 머뭇거렸다.

"그렇게 말할 수는 없겠죠. 그래도 뭔가가 있습니다. 셰이터나 씨에 대한 공포 때문이었다고만은 설명할 수 없는 이상한 표정을 짓고 있었습니다. 그 아가씨는 지나칠 정도로 경계하고 긴장되어 있었습니다. 분명히 뭔가가 있긴 있습니다. 그렇지만—그녀도 거의 완벽하리만큼 참되게 살아왔더군요."

올리버 부인이 깊은 한숨을 내쉬었다. 즐거운 듯한 숨소리였다.

"그렇지만—." 올리버 부인이 말했다.

"앤 메러디스 양이 살고 있던 집에서 어떤 여자가 사고로 독을 마시고 죽은 일이 있는데요."

올리버 부인의 말은 자신도 만족할 만큼 대단한 반응을 일으켰다.

배틀 총경이 의자를 돌려 놀란 눈빛으로 올리버 부인을 똑바로 쳐다보았다.

"그 말이 사실입니까, 올리버 부인? 그걸 어떻게 알았죠?"

"나도 조사를 해왔어요." 올리버 부인이 말했다.

"나는 그 두 아가씨에게 매달렸죠. 그 아가씨들에게 로버츠 박사를 의심한 다면서 두서없이 얘기를 늘어놨죠. 로다 양은 협조적이었어요—오, 그리고 나를 명사로 대해 주는 데 감명을 받았어요. 신경이 예민한 메러디스 양은 내가 찾아간 걸 무척 싫어했고, 그 점을 노골적으로 표현하더군요. 그 아가씨는 날 의심하는 눈치였어요. 숨기는 것이 없다면 그럴 이유가 없지 않겠어요? 나는 그 두 아가씨에게 런던으로 날 만나러 오라고 부탁했죠. 그랬더니, 로다 양이 내게 와서 모든 사실을 털어놓더군요—내가 한 말이 앤 양의 아픈 기억을 건드렸기 때문에 그렇게 무례한 태도를 보인 거라면서, 그 기억 속의 사건에 대해 설명을 해주더군요."

"언제, 어디에서 일어났다고 말하던가요?"

"4, 5년 전에 데번셔에서였어요."

배틀 총경은 숨을 내쉬면서 입속말로 뭐라고 중얼거리더니 종이쪽지에 그 사실을 기록했다. 그의 딱딱하고 평온하던 얼굴에 당황한 기색이 엿보였다.

올리버 부인은 의기양양하게 앉아 있었다. 그녀에게는 뭐라 말할 수 없는 기쁨의 순간이었다.

배틀 총경이 냉정함을 되찾았다.

"당신에게 감사드립니다, 올리버 부인." 계속해서 그가 말을 이었다.

"이번 사건에 상당히 많은 도움을 주셨습니다, 부인. 아주 중요한 정보가 될 것 같습니다. 이번 일로 중요한 일을 얼마나 쉽게 빠뜨릴 수 있는지 알게 되었습니다."

배틀 총경이 약간 얼굴을 찡그렸다.

"그 아가씨는—그곳이 어디였든 간에, 별로 오래 살지는 않았을 겁니다. 많아야 두 달 정도겠죠. 와이트 섬에 있었던 때와 다링 부인에게 갈 때쯤의 사이였음이 틀림없습니다. 그래요, 분명히 그렇습니다. 엘던 부인의 여동생은 그 아가씨가 데번셔로 갔다는 사실밖에 기억하지 못했습니다―정확히 누구에게, 어디로 갔는지는 모르고 있었죠"

"엘던 부인은 성격이 덜렁거리는 편이 아니었나요?"

포와로가 느닷없이 물었다.

배틀 총경이 호기심 어린 눈길로 그를 바라보았다.

"갑자기 그 말을 하니 이상하군요, 포와로 씨. 그런데 도대체 그 사실을 어떻게 알았는지 궁금하군요. 그 부인의 여동생은 단정한 편이었습니다. 그녀가 이렇게 말했던 기억이 납니다. '우리 언니는 덜렁거리고 물불을 가리지 않는 성격이었어요.' 그런데 어떻게 그 사실을 알았죠?"

"가정부가 필요한 정도였으니까요." 올리버 부인이 끼어들었다.

포와로가 고개를 저었다.

"아니오, 그런 게 아닙니다. 하지만 별로 대단한 것이 못 됩니다. 단지 궁금했을 뿐이었소. 계속 말해 보시오, 배틀 총경."

"똑같은 식으로―." 배틀 총경이 말을 이었다.

"그녀가 와이트 섬을 떠난 뒤 곧장 디링 부인에게 갔다는 말을 곧이곧대로 믿었지요. 그 아가씨, 참 교활하군. 나를 감쪽같이 속이다니. 완벽하게 거짓말을 하며 말이에요."

포와로가 말했다.

"그녀가 거짓말을 했다고 해서 살인까지 했다고 말할 수는 없소."

"나도 알고 있습니다, 포와로 씨. 천성적으로 거짓말을 잘하는 사람이 있지요. 그녀도 그렇지 않은가 하는 생각이 듭니다. 언제나 듣기 좋고 그럴듯한 말만 하죠. 그렇지만, 그런 식으로 사실을 감추면서 얘기한다는 건 대단한 모험일 텐데요."

"그녀는 당신이 과거의 범죄 사실을 모르고 있다고 확신했겠죠."

올리버 부인이 말했다.

"그렇다면 더욱 그 사실을 감출 이유가 없겠죠. 자기가 악의로 서시르지 않은, 사고로 인한 죽음으로 받아들여질 것이 틀림없고, 그렇다면 두려워할 것이 없을 텐데요―그녀에게 죄가 없다면 말이죠."

"데번셔에서의 죽음에 대한 죄가 없다면—그렇겠지." 포와로가 말했다.

배틀 총경이 그에게 고개를 돌렸다.

"오, 그렇죠. 그 죽음이 사고 때문이 아니었다 해도 그녀가 셰이터나 씨를 죽였다는 말은 성립이 안 되죠. 그렇지만 살인자는 살인자죠. 그 사건을 조사했던 사람에게 이 사실을 알려주면 좋겠군요."

"셰이터나 씨의 말이 맞는다면 그건 불가능한 일이오." 포와로가 말했다.

"로버츠 박사의 경우에는 그렇죠. 그러나 메러디스 양의 경우에는 조사해볼 만한 것이 남아 있습니다. 나는 내일 데번으로 내려가겠습니다."

"어디로 가야 할지 알고 있나요?" 올리버 부인이 물었다.

"나는 로다에게 자세한 내용을 물어보지 않았어요."

"아닙니다, 그건 잘한 일입니다. 별로 어려움은 없을 겁니다. 어쨌든 검시는 했을 테니까요. 검시관의 기록을 뒤져보면 알 수 있을 겁니다. 의례적으로 경찰이 해야 하는 일이니까요. 내일 아침이면 모든 사실이 밝혀질 겁니다."

"디스파드 소령은 어떻습니까?" 올리버 부인이 물었다.

"그 사람에 대해 알아낸 것이 있나요?"

"지금까지 레이스 대령의 정보만을 기다리고 있었습니다. 물론 그에 대해서도 조사는 했습니다. 그런데 한 가지 흥미로운 일이 있더군요. 그가 월링퍼드로 메러디스 양을 만나러 갔습니다. 여러분은 그가 그날 밤 이전에는 그 아가씨를 한 번도 본 적이 없다고 한 말을 기억할 겁니다."

"그녀는 아주 예쁘잖소?" 포와로가 나지막한 목소리로 말했다.

배틀 총경이 웃음을 터뜨렸다.

"그래요, 나도 그 때문일 것이라고 짐작은 했습니다. 그런데 디스파드 소령 역시 빈틈이 없더군요. 그는 벌써 변호사에게 자문을 구해 왔습니다. 그는 이미 문제가 생길 것을 예상하고 있었던 거지요."

"선견지명이 있는 사람이구먼." 포와로가 말했다.

"뜻밖의 사고에도 철저히 대비하는 사람이지."

"그렇다면 성급하게 사람을 칼로 찌를 만한 사람은 아니겠군요."

한숨을 쉬며 배틀 총경이 말했다.

"그 길만이 유일한 방법이라면 그럴 수도 있지요." 포와로가 말했다.

"그 사람은 아주 동작이 민첩하다는 걸 유의해야 합니다."

배틀 총경은 탁자 건너편에 있는 그를 쳐다보았다.

"자, 포와로 씨, 당신의 카드는 어떻습니까? 아직 테이블 위에 당신의 패를 내려놓지 않았잖습니까?"

포와로가 슬며시 미소를 지었다.

"사실은 별것이 아니라서. 내가 당신에게 숨기는 것이 있다고 생각하시오? 그렇지 않소. 나는 그리 많은 사실을 알아내지는 못했다오. 나는 로버츠 박사와 로리머 부인, 그리고 디스파드 소령과도 얘기를 해보았지. 그리고 메러디스 양과도 한번 얘기를 해볼 생각이오. 그런데 그동안 내가 알아낸 것이 뭔 줄 아시오? 바로 이것이오. 로버츠 박사는 날카로운 관찰력을 지니고 있다. 반면에 로리머 부인은 집중력은 놀라우리만큼 뛰어나지만, 그 결과로 주위 환경에 대해서는 거의 모른다. 그렇지만 그녀는 꽃을 좋아한다. 디스파드 소령은 자기에게 흥미가 있는 물건에만 관심을 보인다―양탄자나 운동경기에서 받은 트로피 등. 그는 자기 주변에 있는 세세한 물건들을 기억하는 이른바 외적인 관찰력도 없고, 또한 내적인 성찰력도―집중력, 즉 한 가지 문제에 온 힘을 쏟는 능력도 없다. 그는 자기와 관련된 것에만 관심을 두고 있는, 제한적으로 사물을 파악하는 사람이다. 그는 자신의 의도에 따라 다양하게 변화하는 것들만을 본다."

"그게 당신이 말하는 이른바 사실이라는 겁니까?"

이상하다는 듯 배틀 총경이 물었다.

"맞았소. 아마 틀린 건 거의 없을 거요."

"메러디스 양에 대해서는?"

"나는 지금까지 그 아가씨에게는 별 신경을 쓰지 않았소. 하지만 그 아가씨도 조사해 봐야겠구먼. 그 방 안에 있던 물건 중 기억하는 것이 어떤 것인지 물어봐야겠소."

"정말 이상한 수사방법을 가지고 계시군요."

배틀 총경이 생각에 잠긴 채 말했다.

"순전히 심리적인 면만 생각하시는 것 같습니다. 그렇게 해서 사건이 완전히 해결되리라 생각하십니까?"

포와로가 미소를 지으며 고개를 흔들었다.

"아니오. 그건 불가능한 일이오. 그러나 그들이 숨기려 하든 도와주려 하든 그들의 마음의 유형을 드러내지 않을 수 없지요."

"물론 그렇게 해서 얻는 것도 있겠죠." 배틀 총경이 진지한 표정으로 말했다.

"그렇지만 난 그런 식으로는 수사하진 않습니다."

포와로가 여전히 미소를 띤 얼굴로 말했다.

"당신이나 올리버 부인과 비교해 보니 내가 한 일이란 거의 없는 것 같은 느낌이 드는군요─레이스 대령과 비교해도 마찬가지고. 내가 테이블 위에 놓는 카드들은 숫자가 아주 낮은 것들뿐이라오."

배틀 총경이 눈을 반짝이며 말했다.

"그 점에 대해서인데요, 포와로 씨, 두 장의 트럼프가 낮은 것이라 해도 세 장의 에이스를 잡을 수도 있습니다. 마찬가지로 나는 당신에게 실질적인 일을 부탁드리고 싶습니다."

"그게 뭡니까?"

"당신이 룩스모어 교수의 부인과 만나 주셨으면 좋겠습니다."

"왜 당신이 직접 만나 보지 않소?"

"왜냐하면, 방금 말했다시피 데번셔로 가야 하기 때문입니다."

"왜 당신이 직접 만나지 않습니까?" 포와로가 다시 물었다.

"그 일을 미룰 수는 없지 않습니까? 좋습니다. 사실대로 말하죠. 당신이 나보다 그 부인에게서 더 많은 것을 얻어낼 수 있을 것 같아서입니다."

"내 방법이 덜 직선적이라서 말이오?"

"그런 식으로 말해도 할 말이 없습니다만─." 배틀 총경이 씩 웃으며 말했다.

"재프 형사가 당신에게는 비비 꼬아 말하는 듯한 데가 있다고 얘기하는 걸 들었습니다."

"죽은 셰이타나 씨처럼?"

"그 사람이라면 그녀에게서 뭔가를 얻어낼 수 있었을 거라고 생각하십니까?"

포와로가 천천히 말했다.

"오히려 그라면 그럴 수 있겠죠"

"왜 그렇게 생각하십니까?" 배틀 총경이 따지듯 물었다.

"디스파드 소령의 우연한 말 때문이라오."

"자기 자신을 속인다고 말했던가요? 그 사람에게는 어울리지 않는 것 같은데요."

"오, 이보시오, 자신을 속이는 것은 불가능한 일이오—입을 절대로 열지 않는다면 몰라도, 말을 하면 모든 것이 드러나게 되어 있지."

"거짓말을 해도 말인가요?" 올리버 부인이 물었다.

"그렇습니다, 부인. 왜냐하면 어떤 종류의 거짓말을 하는지 금방 눈에 보이니까요."

"그 말을 들으니 굉장히 불안해지는군요."

자리에서 일어나며 올리버 부인이 말했다.

문까지 그녀를 바래다 준 배틀 총경은 그녀와 따뜻하게 악수를 나누었다.

"정말 대단합니다, 올리버 부인. 부인은 키가 크고 호리호리한 랩란드(스칸디나비아 반도 북부지방)인보다 훨씬 훌륭한 탐정입니다."

"핀란드인이에요." 올리버 부인이 그의 말을 바로잡으며 말했다.

"그가 멍청이라는 건 사실이에요. 그런데도 사람들은 그를 좋아하더군요. 안녕히 계세요."

"나도 그만 가봐야겠소." 포와로가 말했다.

배틀 총경은 종이쪽지에 주소를 휘갈겨 적은 뒤 포와로의 손에 쥐여주었다.

"여기 있습니다. 행운을 빕니다."

포와로가 미소를 띠었다.

"그런데 내가 뭘 알아내길 원하시오?"

"룩스모어 교수의 죽음에 대한 진실입니다."

"저런! 참된 진실을 아는 사람이 있다고 생각합니까?"

"나는 그 일을 데번셔에서 하겠습니다." 총경이 굳은 어조로 말했다.

"정말 이상하군." 포와로가 낮은 소리로 말했다.

제20장

룩스모어 부인의 증언

사우스 켄싱턴에 주소를 둔 룩스모어 부인의 집 대문을 연 하녀는 지극히 경계하는 눈빛으로 에르큘 포와로를 바라보았다. 그녀는 아주 무표정한 태도로 그를 집 안으로 안내했다. 하지만, 포와로는 그런 데에는 아랑곳하지 않고 그녀에게 명함을 내밀었다.

"이걸 부인에게 전해 주십시오. 부인이 나를 만나자고 할 겁니다."

그 명함은 그가 전시용으로 가지고 다니는 것이었다. '사립탐정'이라는 단어가 명함의 한 모퉁이에 인쇄되어 있었다. 그가 그 단어를 인쇄한 것은 이른바 까다로운 여성들과의 대화를 보다 쉽게 이루기 위해서였다. 결백하다고 생각하든, 그렇지 않든 간에 거의 모든 여성들은 사립탐정이라면 만나서 그가 무엇을 원하는지 알고 싶어한다.

모욕스럽게도 포와로는 신발닦개 위에 그대로 선 채, 녹이 슨 문고리를 혐오스러운 눈길로 바라보고 있었다.

"아! 이 집에는 놋쇠 닦는 걸레가 없나 보군." 그가 혼잣말로 중얼거렸다.

가쁜 숨결로 돌아온 하녀가 포와로에게 들어가도 좋다고 말했다.

그는 1층에 있는 방으로 안내되었다. 어두운 방에서는 꽃이 썩는 냄새와 비워지지 않은 재떨이에서 나는 악취가 풍겼다. 이국적인 색깔의 비단 쿠션이 아주 많이 있었는데, 모두 세탁을 해야 할 만큼 더러워져 있었다. 벽지는 에메랄드빛의 초록색이었고, 천장은 싸구려 구리로 장식되어 있었다.

키가 크고 늘씬해 보이는 부인이 벽난로 옆에 서 있었다. 그녀는 앞으로 다가와 쉰 목소리로 나지막하게 말했다.

"에르큘 포와로 씨입니까?"

포와로가 고개를 숙여 인사했다. 그의 태도는 여느 때와 달리 어딘지 낯설어 보였는데, 마치 의도적으로 요란하게 행동하려는 것 같았다. 그의 몸짓에서는 바로크 시대의 인상이 풍겼다. 그의 태도는 점점 죽은 셰이터나 씨의 태도를 닮아가고 있었다.

"무슨 일 때문에 나를 만나자고 하셨죠?"

다시 포와로가 고개를 숙였다.

"여기 앉아도 괜찮을까요? 시간이 좀 걸릴 것 같은데—"

그녀는 황급히 그에게 의자를 권한 뒤 소파의 끝 부분에 앉았다.

"그런데, 무슨 일이신가요?"

"부인, 내가 하는 이 조사는—개인적인 조사일 뿐입니다. 이해하시겠습니까, 부인?"

그가 교묘하게 접근할수록 그녀는 더욱 궁금해했다.

"예—그런데요?"

"돌아가신 룩스모어 교수의 죽음에 대한 조사를 하고 있습니다."

그녀가 한숨을 내쉬었다. 당황한 것이 분명했다.

"그 이유가 뭔가요? 뭘 원하는 거예요? 또, 당신과는 무슨 상관이 있죠?"

포와로는 대답하기 전에 그녀의 얼굴을 찬찬히 살펴보았다.

"어떤 책이 지금 쓰여지고 있습니다. 저명한 룩스모어 씨의 일생에 대한 책입니다. 작가는 당연히 그에 대한 정확한 사실을 알고 싶어합니다. 예를 들어, 부인 남편의 죽음 같은—"

그녀는 얼굴이 금방 변했다.

"내 남편은 열병으로 죽었어요—아마존에서요."

포와로가 의자에 몸을 묻었다. 천천히, 아주 천천히 그는 고개를 좌우로 저었다. 불쾌함을 나타내는 듯한 단조로운 움직임이었다.

"부인, 부인—" 그가 거짓말을 하지 말라는 듯 반복해서 말했다.

"아니에요, 사실이에요! 내가 그때 그 자리에 있었어요."

"아, 그건 사실이죠. 부인은 그 자리에 있었습니다. 내게 들어온 정보에도 그렇게 되어 있었으니까요."

"어떤 정보죠?" 그녀가 소리쳤다.

그녀의 눈에 시선의 초점을 맞추며 포와로가 말했다.

"죽은 셰이터나 씨가 제공한 정보입니다."

그녀는 갑자기 채찍에 맞은 사람처럼 흠칫 뒤로 물러났다.

"셰이터나 씨?" 그녀가 낮은 목소리로 말했다.

"그 사람은―." 포와로가 말했다.

"놀랄 만큼 많은 지식을 갖고 있었습니다. 뛰어난 사람이었죠. 그 사람은 많은 비밀을 알고 있었어요."

"아마 그랬을 거예요."

혀로 마른 입술로 훔치며 나지막한 목소리로 그녀가 말했다.

포와로가 몸을 앞으로 숙였다. 그는 그녀의 무릎을 손가락으로 가볍게 두드렸다.

"예를 들자면, 그는 부인의 남편이 열병으로 죽지 않았다는 사실을 알고 있었습니다."

그녀가 그를 똑바로 바라보았다. 그녀의 눈에는 당황과 절망의 표정이 드러났다. 그는 뒤로 몸을 기대고 자기가 한 말의 효과를 지켜보았다.

그녀는 애써 스스로를 진정시키려고 노력하고 있었다.

"나는―나는 도대체 무슨 말인지 모르겠군요."

그러나 그 말에는 힘이 하나도 없었다.

"부인―. 내가 다 얘기해 보겠습니다. 나는―." 포와로가 말했다.

그가 미소를 지었다.

"테이블 위에 내 카드를 모두 내려놓겠습니다. 부인의 남편은 열병으로 죽은 것이 아닙니다. 그분은 총에 맞아 죽었어요."

"오!" 그녀가 외쳤다.

그녀는 손으로 얼굴을 감쌌다. 그녀는 진저리가 나는 듯 얼굴을 세차게 흔들었다. 그녀는 극도로 혼란한 상태에 빠져 있었다. 그러나, 그녀의 가슴 깊숙한 곳에서는 스스로 자신만의 감정을 즐기고 있었다. 포와로가 그 점을 놓칠 리 없었다.

"그래서―." 포와로가 이제는 다 밝혀졌다는 투로 말했다.

"부인이 모든 얘기를 털어놓는 것이 좋을 겁니다."

그녀는 얼굴에서 손을 떼며 말했다.

"사실은, 당신이 생각하는 것과는 전혀 다릅니다."

다시 포와로가 앞으로 몸을 숙였다. 그의 손가락은 그녀의 무릎을 두드리고 있었다.

"부인은 내 말을 오해했군요. 잘못 받아들였어요." 그가 말했다.

"그를 쏜 사람이 부인이 아니란 건 내가 잘 압니다. 그건 디스파드 소령이었어요. 그렇지만 당신 때문에 그렇게 된 것이라고 낙인찍히게 되었죠."

"나도 모르겠어요. 아마 그랬던 것 같아요. 너무 끔찍했어요. 내게는 항상 불행이 따라다니는 것 같아요."

"아, 그 말은 이해가 갑니다." 포와로가 맞장구를 쳤다.

"나도 그런 경우를 자주 봤어요. 그런 여자들이 몇 명 있었습니다. 어딜 가든 비극이 그들 뒤를 쫓아다녔죠. 그들의 잘못이 아니었는데도 말입니다. 자신도 모르는 사이에 그런 일이 일어났죠."

룩스모어 부인이 깊이 숨을 들이쉬었다.

"당신은 이해를 하시는군요. 그렇게 보여요. 모든 일이 너무나 자연스럽게 일어났어요."

"부인은 그들과 함께 외딴곳으로 여행하지 않았나요?"

"그랬죠. 남편은 희귀식물에 대한 책을 쓰고 있었어요. 디스파드 소령은 그곳의 상황을 잘 알고 있어서, 꼭 필요한 조사를 도와줄 수 있는 사람으로 소개받게 되었지요. 남편은 그를 무척 좋아했어요."

침묵이 흘렀다. 포와로는 1분 30초 정도를 그렇게 지나가도록 내버려 둔 뒤, 자신에게 말하듯 나직이 말했다.

"그래요. 나도 그려볼 수 있어요. 굽이치는 강물, 적도의 밤, 벌레들이 붕붕거리는 소리, 강하고 건장한 남자, 아름다운 여인―"

룩스모어 부인이 한숨을 내쉬었다.

"남편은 나보다 나이가 훨씬 많았죠. 나는, 내가 무슨 일을 하는지도 깨닫지 못할 정도로 어린 나이에 그와 결혼했어요."

포와로가 동정이 간다는 듯 고개를 끄덕였다.

"압니다, 나도 알아요. 그런 일이야 흔히 있죠."

"우리 중 누구도 그때 일어나고 있던 일을 인정하려고 하지 않았어요."

룩스모어 부인이 계속 말했다.

"존 디스파드 소령은 아무 말도 하지 않았어요. 그는 정말 명예를 존중하는 사람이죠."

"그렇지만 여자들은 다 알고 있죠." 포와로가 박자를 맞추었다.

"당신 말이 맞아요. 여자들은 알 수 있죠. 그렇지만, 나는 그에게 알고 있는 기색을 내보이지 않았어요. 우리는 끝까지 서로에게는 디스파드 소령과 룩스모어 부인이었습니다. 우리 모두 그렇게 숨바꼭질을 하기로 작정한 거죠."

그녀는 말을 멈추고는 자기의 그 고상한 태도를 속으로 찬탄하고 있었다.

"그렇습니다." 포와로가 작은 소리로 말했다.

"공명정대해야 합니다. 어떤 시인은 이렇게 노래했죠. '나는 그대를 덜 사랑하는 것이 아니라오. 공명정대함을 더욱 사랑하기 때문이죠.'"

"공명정대함이 아니라 명예예요."

룩스모어 부인이 이마를 약간 찡그리며 말을 바로잡았다.

"그렇죠—물론이죠. 명예가 되어야죠. '명예를 더욱 사랑'하기 때문이죠."

"그 시는 마치 우리를 위해 쓰인 것 같았어요."

룩스모어 부인이 감상에 젖어 말했다.

"어떤 고통이 있어도 우리는 그 극적인 단어를 사용하지 않기로 결심했죠. 그런데—."

"그런데, 어떻게 되었나요?" 포와로가 말을 재촉했다.

"그 끔찍한 밤에—."

룩스모어 부인이 몸서리를 쳤다.

"예?"

"그들이 싸웠던 것 같아요—존과 남편인 티모시 말이에요. 나는 텐트 안에서 나왔어요. 내가 텐트 안에서 나왔는데—."

"예—그래서요?"

커진 룩스모어 부인의 두 눈에는 어두운 빛이 어려 있었다. 그녀는 그때의 광경을 바로 눈앞에서 재현하듯이 말했다.

"나는 텐트 안에서 나왔어요." 그녀가 반복해서 말했다.

"존과 티모시가ㅡ오!"

그녀가 다시 몸을 떨었다.

"똑똑히는 기억할 수 없어요. 나는 그들 사이에 끼어들었죠. 그러고는 말했어요. '아니에요ㅡ그건 사실이 아니에요!' 티모시는 들으려 하지 않았어요. 그는 존을 협박하고 있었어요. 그래서 결국 존이 총을 쏘지 않을 수 없었어요ㅡ자기를 지키기 위해서였으니까요. 아!"

그녀는 울음을 터뜨리더니 두 손으로 얼굴을 감쌌다.

"남편은 죽었어요ㅡ돌처럼 굳어 있었죠. 총알이 심장을 관통했더군요."

"부인에게는 정말 끔찍한 순간이겠군요."

"그 순간은 절대로 잊지 못할 거예요. 존은 역시 초연했어요. 자기가 모든 책임을 지겠다고 했지요. 하지만 나는 그런 말은 듣고 싶지도 않다고 했어요. 그 때문에 우리는 밤새 언쟁을 벌였죠. 나는 계속 '나를 위해서ㅡ.'라는 말만 되풀이했어요. 그러다가 그가 결국 내 진심을 알게 되었죠. 그는 내가 고통을 받는 걸 원치 않았거든요. 그 사실이 사람들에게 드러났을 때의 끔찍함을 생각해 봐요. 머리기삿감이죠. 정글에서 두 남자와 한 여자, 원시림에서의 사랑.

나는 모든 사정을 존에게 얘기했어요. 결국 존이 굴복하더군요. 다른 사람들은 아무것도 보지도 듣지도 못했어요. 평소에 남편 티모시에게 열병의 증세가 있었죠. 그래서 우리는 그 때문에 그가 죽었다고 말해 주었어요. 그러고는 아마존 강 근처에 묻었지요."

길고 고통스러운 한숨이 그녀에게서 나왔다.

"그 뒤에 문명사회에 돌아와서는ㅡ, 영원한 작별을 했죠."

"그래야만 했나요, 부인?"

"그럼요. 티모시는 죽었지만 마치 살아 있는 사람처럼ㅡ어쩌면 그보다 더욱 심하게, 우리 사이에 버티고 서 있었어요. 우리는 서로에게 작별을 고했죠ㅡ그게 끝이었어요. 나는 가끔 존 디스파드 소령을 만나요. 이 세상이 아닌 곳에서요. 우리는 서로를 보고 미소 짓고 정중하게 대화도 나눕니다. 우리 사이에 그런 정이 있다는 걸 아무도 모를 거예요. 그러나 나는 그의 눈에서 그걸 보았어요. 그리고 그도 내 눈에서 내 애틋한 정을 보았고요—우리는 그걸 절대로 잊지 못할 거예요."

그녀는 화장품을 꺼내서 코에 찍어 바르기 시작했다. 연극의 막이 내린 것이다.

"정말 비극적이군요."

포와로가 말했다. 그는 평상시의 목소리로 돌아와 있었다.

"부탁입니다, 포와로 씨—. 사실을 절대로 밝혀서는 안 됩니다."

룩스모어 부인이 진지한 얼굴로 말했다.

"그렇게 되면 굉장한 고통을 받겠군요—."

"그래서는 안 됩니다. 그 전기를 쓴다는 사람은 조금도 죄가 없는 여자가 말라죽어 가는 모습을 보고 싶어하지 않겠죠?"

포와로가 낮은 목소리로 말했다.

"또 결백한 남자를 교수형에 처하는 짓이야 하겠습니까?"

룩스모어 부인이 말했다.

"당신도 그렇게 생각하나요? 정말 기쁘군요. 그는 죄가 없어요. 애정으로 인한 범죄는 사실 죄가 될 수 없지요. 그리고, 무엇보다도 정당방위였고요. 쏠 수밖에 없었어요. 이제 세상 사람들이 계속 티모시를 열병 때문에 죽은 것으로 알아야 하는 이유를 이해하시겠죠?"

포와로가 나지막한 목소리로 말했다.

"그런데 그런 일에는 이상할 정도로 냉담한 작가들이 있습니다."

"당신의 친구는 여성을 혐오하는 사람인가요? 우리가 고통받는 걸 원한단 말인가요? 그렇다면 당신이 그걸 막아야 해요. 나는 그렇게 되도록 놔둘 수 없어요. 필요하다면 그 죄를 내가 떠맡겠어요. 내가 쐈다고 증언하겠어요."

그녀가 벌떡 일어났다. 그녀의 머리는 뒤로 젖혀져 있었다.

포와로도 일어났다.

"부인—." 그녀의 손을 잡으며 그가 말했다.

"그런 과감한 자기희생은 없어도 될 겁니다. 진실이 세상에 알려지지 않도록 최선을 다하겠습니다."

우아하고 부드러운 미소가 룩스모어 부인의 얼굴에 떠올랐다. 그녀가 손을 약간 들어 올렸다. 포와로는 그럴 의도가 있었건 없었건 간에 그 손에 키스하지 않을 수 없었다.

그녀가 말했다.

"불쌍한 한 여인이 당신에게 감사를 드립니다, 포와로 씨."

그 마지막 말은 박해받은 여왕이 총애하는 신하에게 한 말이었다―그건 분명히 그녀에게서 그가 빠져나갈 수 있는 길이었다.

포와로는 때맞춰 탈출했다. 거리로 나온 그는 가슴 깊이 맑은 공기를 들이마셨다.

제21장

디스파드 소령

갑자기 그가 웃음을 터뜨렸다.

그는 브럼턴가(街)를 따라 걷고 있었다. 그러다가 멈춰 서서 시계를 꺼내어 계산을 했다.

"그래, 시간이 있겠군. 어쨌든 조금 기다리는 것도 그 사람에게 그리 해가 되지는 않을 거야. 다른 작은 문제에도 신경을 써야 하거든. 런던경시청에 있던 친구가 즐겨 부르던 노래가 뭐였자─그런데 그게 몇 년 전인가, 벌써 40년 전인가? '새를 위해 설탕을 조금 남겨두어라.'였지, 아마."

오랫동안 잊고 있었던 곡조를 흥얼거리며 에르퀼 포와로는 휘황찬란해 보이는 상점으로 들어갔다. 그 상점은 옷가지와 여자들의 장식품을 취급하는 곳이었다. 그는 스타킹 판매대의 계산대 앞으로 갔다. 괜찮아 보이는 것을 고르면서 처녀가 쓸 만한 것으로서 그리 조잡하지 않은 것을 보여 달라고 했다.

"실크 스타킹요? 예, 좋아요. 우리 상점에는 아주 좋은 제품이 있답니다. 이건 순 실크로만 만든 물건입니다."

포와로는 더 고상한 것을 보여 달라고 했다.

"프랑스제 실크 스타킹 말이에요? 그렇지만 그 물건은 매우 비싼데요."

깔끔하게 포장된 물건들이 많이 나왔다.

"아주 훌륭하군요, 아가씨. 그렇지만, 이보다 좀더 좋은 실크로 만든 걸 본 적이 있는데."

"좋아요. 최고급품이 있긴 합니다만, 아주아주 비싸요. 그것에 비길 만한 제품은 없답니다. 믿을 수 없을 만큼 좋은 물건이니까요."

"아무래도 좋아요. 그것과 같은 물건이면 되니까."

점원 아가씨가 그 물건을 가지고 오는 데에는 시간이 좀 걸렸다. 마침내 그녀가 돌아왔다.

"예쁘죠?"

그녀는 얇은 봉투에서 그것들을 조심스럽게 꺼냈다―얇고 세련된 스타킹 다발이었다.

"됐소―바로 이겁니다."

"너무나 아름답죠? 몇 켤레나 필요하신가요?"

"글쎄, 열아홉 켤레면 되겠는데."

그 아가씨는 놀라서 계산대 뒤로 넘어질 뻔했다. 그러나 그 정도는 담담하게 받아들이라는 주인의 충고가 생각나 몸을 똑바로 세울 수 있었다.

"두 다스를 사시면 할인이 되는데요." 그녀가 눈치를 보며 말했다.

"아니, 꼭 열아홉 켤레가 필요합니다. 색깔이 약간씩 다른 것들로 주시오."

아가씨는 조심스럽게 분류해서 포장을 한 뒤 계산을 마쳤다.

물건을 사고 떠나는 포와로의 뒷모습을 바라보며 계산대에 있던 다른 아가씨가 말했다.

"도대체 그 스타킹을 받을 행운의 여자는 누구일까? 저 남자는 음흉한 늙은이일 거야. 아마 그 여자가 저 스타킹을 받는다면 저자에게 넘어가고 말 걸. 스타킹을 그렇게 많은 돈을 주고 사다니, 세상에!"

자신의 인격을 지레짐작한 데서 오는 비판의 소리를 못 들은 포와로는 서둘러 집으로 향하고 있었다.

초인종 소리를 들은 것은, 그가 집에서 30분 정도를 기다린 뒤였다. 잠시 뒤 디스파드 소령이 방으로 들어왔다. 그는 분명히 치솟는 화를 가까스로 누르고 있음이 틀림없었다.

"도대체 룩스모어 부인에게는 뭣 하러 갔습니까?" 그가 따지고 들었다.

포와로가 빙그레 웃었다.

"이미 짐작하시겠지만, 룩스모어 교수의 죽음에 대한 진상을 알기 위해서였습니다."

"진상? 당신은 여자들이 그런 일에 대해 진실을 말할 수 있다고 생각합니까?"

화난 목소리로 디스파드 소령이 물었다.

"아, 그 점에 대해서는 나도 가끔은 그렇게 생각합니다." 포와로가 인정했다.

"바로 그렇습니다. 게다가 그 여자는 제정신이 아닙니다."

포와로가 머뭇거렸다.

"아니던걸요. 단지 낭만적인 데가 있을 뿐이었습니다."

"그 빌어먹을 놈의 낭만. 그녀는 새빨간 거짓말쟁이요. 자기가 한 거짓말도 사실로 믿어 버리는 여자죠."

"그야 가능한 일이죠."

"정말 지독한 여자예요. 그녀와 함께 지냈던 때를 생각하면 정말 끔찍합니다."

"그 점은 나도 이해합니다."

디스파드 소령이 갑자기 자리에 앉았다.

"이봐요, 포와로 씨, 내가 진실을 다 얘기하겠습니다."

"이제는 그 얘기의 작가가 당신입니까?"

"내 얘기는 진짜입니다."

포와로는 대꾸하지 않았다. 디스파드 소령이 담담하게 말했다.

"이 사실을 밝혀서 내게 이득이 될 것이 없다는 건 나도 잘 알고 있습니다. 지금 이 얘기를 하는 건 이 상황에서는 그렇게밖에 할 수 없기 때문입니다. 내 말을 믿고 안 믿고는 당신 마음대로입니다. 내 얘기의 정확성을 입증할 만한 아무런 증거도 없으니까요."

그는 잠시 말을 멈춘 뒤 얘기하기 시작했다.

"나는 룩스모어 부부와 여행을 했습니다. 그는 아주 좋은 사람이었습니다. 이끼나 식물 같은 것을 연구하는 데 미쳐 있었죠. 그녀는—글쎄요, 아마 당신도 어떤 여자인지 금세 알았을 겁니다. 그 여행은 악몽이었어요. 나는 그녀에게는 추호도 관심을 두지 않았습니다—사실은 그녀를 싫어했죠. 그녀의 심하게 보내는 성격이 항상 나를 당황하게 만들었거든요. 처음 2주간은 모든 일이 순탄했습니다. 그런데 우리 모두 열병에 걸리고 말았어요. 그녀와 내 증상은 심하지 않았습니다만, 늙은 룩스모어 교수의 증세는 아주 심했습니다. 그러던 어느 날 밤(지금부터 하는 얘기를 주의 깊게 들어야 합니다), 나는 텐트 밖에 앉아 있었어요. 그런데 갑자기 강가의 수풀 옆에서 비틀거리는 룩스모어 교수가 보였습니다. 그는 완전히 의식을 잃고 있었고, 자기가 어떤 일을 하고 있는지조차도 깨닫지 못하는 것 같았습니다. 조금만 있으면 그는 강 속에 빠질 것 같았는데, 그렇게 되면 끝장이 나게 되는 겁니다. 구출할 도리가 없었을 테니까요. 그에게 달려갈 시간도 없었습니다. 오직 한 가지 방법뿐이었습니다. 언제나 그랬듯이 내 총이 옆에 있었습니다. 나는 그걸 집어들었지요. 나는 명사수입니다. 분명히 그를 그 자리에 쓰러뜨릴 수 있었어요―다리를 맞추면 말이죠. 그런데 내가 방아쇠를 당기려는 순간, 그 바보천치 같은 여자가 어디에서 뛰쳐나오더니 이렇게 소리치는 거예요. '쏘지 말아요. 제발 쏘지 말아요.' 그녀가 내 팔을 잡고 약간 흔들었기 때문에 총알이 빗나가고 말았던 겁니다―그래서 총알은 그의 등을 관통해서 결국 죽고 말았죠.

그건 정말 어처구니없는 순간이었습니다. 그리고 그 멍청한 여자는 그래도 자기가 어떤 짓을 했는지 깨닫지 못했습니다. 남편의 죽음이 자기에게 책임이 있다는 걸 깨닫지 못하고, 오히려 내가 자기를 사랑했기 때문에 질투심에서 그를 쐈다고 굳게 믿은 거죠. 그 순간이 지나자 그녀는 남편이 열병으로 죽었다고 말해야 한다고 우겼어요. 정말 한심한 여자예요. 그 여자가 한 일이 어떤 것인지 깨닫지도 못할 때는 더 그런 느낌이 들었어요. 진실이 밝혀지면 그녀도 깨닫게 될 겁니다. 그렇지만, 당시에 그녀는 내가 자기에게 정신없이 빠진 나머지 그런 불화가 일어났다고 철석같이 믿어 버린 겁니다. 그녀가 그 생각을 입 밖에 내놓으면 굉장히 큰 파문이 생길 것 같았어요. 그래서 결국엔 그녀가 원하는 걸 들어주었지요―말썽이 생기지 않게 하기 위해서 말입니다. 어쨌든 그건 그리 중요한 게 아닙니다―열병으로 죽었건, 사고 때문에 죽었건 간에요. 그리고 비록 그녀가 그렇게 멍청했지만 여자의 자존심을 짓밟고 싶지는 않았습니다. 나는 다음 날 그 교수가 열병 때문에 죽었다는 말을 하고서 그를 묻었습니다. 물론 짐꾼들은 사실을 알고 있었지만, 모두 내게 충성을 다하는 사람들이었고, 내가 시키면 맹세라도 했을 겁니다. 그렇게 해서 우리는 늙고 불쌍한 룩스모어 교수를 묻고 문명사회로 돌아왔습니다. 그 이후로 나는 그 지겨운 여자를 피해 다니느라 많은 시간을 허비했습니다."

그는 말을 멈춘 뒤 가라앉은 목소리로 다시 말을 이었다.

"이게 내 얘기입니다, 포와로 씨."

포와로가 천천히 말했다.

"그게 그날 저녁 셰이터나 씨가 암시했던—아니면 당신이 그렇다고 생각했던 사건인가요?"

디스파드 소령이 고개를 끄덕였다.

"그는 그 얘기를 룩스모어 부인에게서 들었을 겁니다. 그녀에게 그런 말을 하게 만드는 건 쉬운 일이니까요. 그는 그런 일을 즐기는 사람이잖습니까?"

"아주 위험한 얘기가 될 수도 있겠군요—당신에게는 말입니다. 셰이터나 씨 같은 사람이 그 얘기를 알고 있다면."

디스파드 소령이 어깨를 으쓱했다.

"셰이터나 따위는 무섭지 않아요."

포와로는 아무 대꾸도 하지 않았다.

디스파드 소령이 조용히 말했다.

"이 말도 사실로 받아들여야 합니다. 내가 셰이터나 같은 인간을 죽여야 할 동기가 없다는 것 말입니다. 자, 내 얘기는 끝났습니다. 믿고 안 믿고는 당신의 자유입니다."

포와로가 손을 내밀었다.

"당신 말을 믿습니다, 디스파드 소령. 남아메리카에서 일어난 사건에 대한 당신의 설명을 전적으로 받아들이겠습니다."

디스파드 소령의 얼굴이 순간 밝아졌다.

"고맙습니다."

그가 간단하게 말했다. 그러고는 포와로의 손을 따뜻이 잡았다.

제22장

컴비커에서의 수사

배틀 총경은 컴비커 경찰서에 있었다. 하퍼 형사는 얼굴이 약간 상기된 채 느리고 듣기 좋은 데번셔 사투리로 얘기하고 있었다.

"그게 그렇게 된 겁니다, 총경님. 전혀 이상이 없는 것 같았죠. 검시관도 이상한 점을 발견하지 못했고, 다른 사람들도 모두 마찬가지였습니다."

"그 두 개의 병에 대해 다시 한 번 얘기해 주게. 그 문제를 명확하게 알고 싶네."

"무화과 시럽—그 병의 상표였습니다. 그녀는 정기적으로 그걸 먹었던 것 같습니다. 그리고 그녀가 사용했거나, 아니면 그녀의 고용 말동무인 젊은 아가씨가 사용한, 모자에 바르는 페인트가 있었습니다. 정원용 모자를 밝게 칠하는 데 쓰는 거죠. 아주 많은 양이 남아 있었는데 그 병이 깨지고 말았습니다. 그래서 벤슨 부인이 이렇게 말했답니다. '남은 페인트를 저 쓰지 않는 병에 담아야겠다—무화과 시럽 병에.' 그렇게 된 겁니다. 하인들도 그녀의 말을 들었습니다. 그 메러디스라는 아가씨와 하녀들은 모두 그렇게 하겠다고 했습니다. 그래서 그 모자에 칠하는 페인트는 무화과 시럽 병으로 옮겨졌고, 그 병은 다른 물건들과 함께 목욕탕의 맨 위 선반에 올려놨습니다."

"상표를 바꾸지 않았나?"

"아닙니다. 부주의했던 거죠. 검시관이 그 점에 대해 얘기했습니다."

"계속해 보게."

"그러던 어느 날 밤 피해자가 목욕탕으로 가서 무화과 시럽 병을 내리고는 상당히 많은 양을 따라서 마셔 버렸습니다. 자기가 무슨 짓을 했는지 안 그녀는 당장 의사를 부르러 보냈죠. 그러나 의사는 마침 왕진을 나가 있었기 때문에 한참이 지난 뒤에야 불러올 수 있었습니다. 사람들은 최선을 다했지만, 결국 그녀는 죽고 말았습니다."

"그녀도 그것이 사고라고 믿었나?"

"예, 그렇습니다. 다른 사람들도 모두 그렇게 생각했으니까요. 그 병들이 서로 바뀐 것이 분명합니다. 하녀가 먼지를 털어내다가 그랬던 것 같은데 본인은 극구 부인하더군요."

배틀 총경은 생각에 잠긴 채 말없이 앉아 있었다. 너무나 쉬운 일이었다. 선반 위에 있는 병을 내려서 다른 병과 바꾸기만 하면 된다. 아마 장갑을 끼고 그랬을 테니까 남아 있는 지문은 벤슨 부인의 것이었겠지. 그래—너무나 간단하고 쉬운 일이야. 그것이 살인사건이 되다니! 완전범죄군. 그런데 왜 그랬을까? 그 점이 계속 그의 머릿속을 떠나지 않았다—이유가 뭘까?

"그 메러디스라는 아가씨는 벤슨 부인의 죽음으로 재산을 상속받지는 않았나?"

하퍼 형사가 고개를 흔들었다.

"아닙니다. 그녀가 그 집에 있었던 기간은 불과 6주밖에 안 됩니다. 굉장히 지내기 힘든 곳이었을 거예요. 대개 아가씨들은 오래 견디지 못했죠."

배틀 총경은 여전히 머리가 복잡했다.

아가씨들이 오래 있지 못했다니 까다로운 여자인 건 분명하군. 그렇지만 앤 메러디스가 그런 데에 불만을 느꼈다면, 그전에 있었던 여자들처럼 그곳을 떠나면 되지 않았을까? 죽일 필요까지는 없었을 텐데—앙심 때문에 보복한 것이 아니었다면 말이야.

그는 고개를 흔들었다. 그 추리는 타당성이 없는 것 같았다.

"누가 벤슨 부인의 유산을 물려받았는지 알고 있나?"

"그건 잘 모르겠습니다, 총경님. 사촌들과 조카딸들이겠죠. 그런데 돈은 별로 많지 않았습니다—특히 그걸 나누었을 때는요. 그리고 그녀의 수입 중 대부분이 연금이라는 말을 들었습니다."

그렇다면 아무런 동기가 없다. 그렇지만 벤슨 부인은 죽었고, 앤 메러디스는 자기가 컴비커에 있었다는 말을 하지 않았다. 그렇다면 이건 앞뒤가 맞지 않았다.

그는 성실하고 끈기 있게 조사를 계속했다. 검시관의 증언은 명확하고 단호했다. 사고가 아니라고 생각할 아무런 이유가 없다고. 이름은 기억이 안 나지만 아주 착하고 가련해 보이는 그 아가씨는 당황해서 어쩔 줄 몰라 했다고 했다. 한 목사는 벤슨 부인의 말동무를 기억한다고 했다—"착하고 얌전한 아가씨였죠. 언제나 벤슨 부인과 함께 교회에 왔었습니다. 벤슨 부인은 그리 까다롭지는 않았지만 아가씨들에게는 좀 엄격한 편이었습니다. 그녀는 엄격한 기독교인이었지요."

배틀 총경은 다른 사람들도 몇몇 만나 보았지만 별 소득은 없었다. 앤 메러디스에 대해 자세히 기억하는 사람은 거의 없었다. 거기에서 몇 달 있지도 않았을뿐더러, 그녀의 성격이 사람들에게 오랫동안 남을 만큼 인상을 남겨줄 만하지도 않았기 때문이었다. 그녀에 대한 일반적인 평가는 '작고 착한 아가씨'라는 것이었다.

벤슨 부인은 그녀보다는 조금 명확히 기억되고 있었다. 자기 고집이 강하고 말동무에게 심하게 대하며, 하인들을 자주 갈아 치우는 여자라고. 좋은 평판을 받는 여자는 아니었다.

그런데도 배틀 총경은 데번셔를 떠날 때 어떤 이유에서인지는 모르지만, 앤 메러디스가 의도적으로 벤슨 부인을 죽였다는 확고한 인상을 받게 되었다.

제23장

실크 스타킹

배틀 총경이 탄 기차가 잉글랜드 지방을 가로질러 동쪽으로 치닫고 있는 그 시각에 앤 메러디스와 로다 도스는 에르퀼 포와로의 거실에 앉아 있었다.

앤은 아침에 우편함에 도착한 초대의 편지를 받았을 때 별로 내키지 않았으나, 로다의 강한 설득으로 받아들이게 되었다.

"앤, 너는 겁쟁이야—그래, 겁쟁이. 계속 타조같이 모래 속에 머리를 묻고 있는다고 네게 유리할 건 없어. 살인사건이 있었고, 너는 지금 용의자야. 아마 혐의는 제일 덜 받겠지만—."

"그게 더 나쁜 거야." 앤이 장난조로 말했다.

"범인은 가장 그럴 듯하지 않은 사람이 되는 경우가 많거든."

"어쨌든 너는 용의자야." 앤의 말에 아랑곳하지 않고 로다가 말을 이었다.

"나는 살인을 혐오하며, 이 사건과 아무 관련이 없는 사람이라고 혼자서 아무리 생각해 봐야 무슨 소용이 있겠니?"

"나는 이 사건과 아무런 관련이 없어." 앤이 반박했다.

"경찰이 내게 어떤 질문을 해도 다 대답할 용의가 있단 말이야. 그런데 이 에르퀼 포와로라는 사람은 직접 관련이 없는 인물이잖아."

"그렇다면 그 사람이 네가 그래서 초대를 거절하는 거라면 뭐라고 생각하겠니? 어딘지 찔리는 구석이 있기 때문이라고 생각할 거야."

"나는 조금도 그렇지 않아." 앤이 냉담하게 말했다.

"얘, 나도 알고 있어. 넌 사람을 죽이려고 해도 죽일 수도 없어. 그렇지만 의심 많은 사람들은 그걸 모르거든. 우리는 당당하게 그의 집으로 가야 해. 그렇게 하지 않는다면 그 사람이 이리로 내려와서 하인들에게 꼬치꼬치 묻고 다닐 거야."

"우리에겐 하인이 없잖아."

"애스트웰 아줌마가 있잖아. 그녀는 아무하고나 얘기를 잘해. 자, 앤, 가자. 어쩌면 재미있을지도 몰라."

"그 사람이 왜 나를 만나려 하는지 모르겠어." 앤은 여전히 막무가내였다.

"경찰이 못하는 일을 떠맡기 위해서일 거야." 로다가 계속 설득했다.

"경찰은 언제나 그렇듯이 서툴러. 런던경시청의 사람들도 둔하고 두뇌 회전이 느리거든."

"포와로라는 사람이 똑똑하다고 생각하니?"

"셜록 홈스 같아 보이지는 않던데." 로다가 말했다.

"아마 전성기 때에는 꽤 똑똑했을 거야. 이제는 한물갔어. 예순 살도 훨씬 더 넘어 보이더라. 자, 앤, 가서 그 늙은이를 만나 보자. 그가 다른 사람들의 끔찍한 짓에 대해 얘기해 줄지도 몰라."

"좋아—." 앤이 결심한 듯 고개를 끄덕였다.

"너는 이 일을 즐기는 것 같구나, 로다."

"아마 네가 잘못될 리가 없기 때문일 거야." 로다가 말했다.

"너는 숙맥이야, 앤. 모든 걸 곧이곧대로만 하려고 하다니! 네가 조금만 배포가 있어서 사람들에게 약간씩 거짓말을 한다면, 너는 아마 공작부인처럼 나머지 인생을 살 수 있을 텐데."

그렇게 해서, 그날 오후 3시에 로다 도스와 앤 메러디스는 포와로의 깔끔한 방에 단정히 앉아 고풍스러운 잔에 검은딸기 시럽을 마시고 있었다. 그들은 너무 예의를 차린 나머지 자신들이 그 시럽을 싫어한다는 내색도 하지 못했다.

"이렇게 내 초대에 응해줘서 정말 고맙습니다." 포와로가 말했다.

"제가 도울 수 있는 일이 있다면 좋겠어요."

앤이 의례적인 말을 작은 소리로 했다.

"기억에 대한 문제인데—."

"기억이요?"

"그렇습니다. 나는 이미 이 질문을 로리머 부인과 로버츠 박사, 그리고 디스파드 소령에게도 했습니다. 그런데 그들 중에서 내가 바라는 대답을 한 사람은 아무도 없었습니다."

앤이 계속 궁금하다는 듯한 눈빛으로 그를 바라보았다.

"아가씨, 그날 저녁 셰이터나 씨 거실에서의 기억을 더듬어 봐요."

앤의 얼굴에 겁먹은 빛이 나타났다. 그녀는 그 악몽에서 아직도 벗어나지 못하고 있는가? 포와로는 그 표정을 읽었다.

"나도 압니다, 아가씨." 그가 부드럽게 말했다.

"생각하기도 싫을 겁니다. 당연한 거죠. 아가씨같이 젊은 사람이라면 그런 공포는 처음 겪어봤을 테니까요. 아마 아가씨는 그런 무서운 죽음은 처음 봤을 겁니다."

로다가 발이 불편한지 약간 다리를 움직였다.

"그래서요?" 앤이 물었다.

"그 당시를 기억해 봐요. 그 방에 있던 물건 중 기억나는 것을 말해 주겠습니까?"

앤이 의심스러운 눈빛으로 그를 쳐다보았다.

"무슨 말인지 모르겠는데요."

"아, 그렇겠죠. 의자나 탁자, 장식품, 벽지, 커튼, 난로에 쓰는 쇠 같은 것들 말입니다. 아가씨는 그것들을 모두 봤습니다. 그러면 그것들에 대해 묘사를 해 보겠습니까?"

"오, 알겠어요." 앤이 머뭇거렸다.

얼굴을 찡그리며 그녀가 말했다.

"어려운 문제군요. 기억해낼 수 있을지 모르겠어요. 벽지가 어땠는지는 기억이 안 나요. 벽지 색은 그리 진하지 않은 것 같았어요. 바닥에는 양탄자가 깔려 있었죠. 피아노가 한 대 있었고—." 그녀가 머리를 흔들었다.

"더 이상은 모르겠어요."

"아니, 노력을 해봐요. 어떤 물건이나 장식품, 잡다한 것들을 기억해야 합니다."

"이집트 보석 상자가 있었어요. 창문 옆이었죠." 앤이 천천히 말했다.

"오, 그러니까 그 작은 칼이 놓여 있었던 탁자의 맞은편 끝에 있었던 것 말이군요."

앤이 그를 바라보았다.

"그런 탁자는 없었는데요"

'속아 넘어가지 않는군.' 포와로가 속으로 생각했다.

'그렇다면 이 에르큘 포와로를 우습게 봤다 이거군. 나에 대해 좀더 안다면, 내가 그렇게 알팍한 수를 쓰지 않는다는 걸 알 텐데.'

큰 소리로 그가 말했다.

"이집트 보석상자라고 말했나요?"

앤은 열을 올리며 얘기했다.

"그래요—그중의 어떤 것들은 아주 예뻤어요. 파란 것과 빨간 것. 에나멜이 었죠. 멋진 반지도 한두 개 있더군요. 그리고 갑충석(甲蟲石)도 있었죠—그건 별로 마음에 들지 않았어요"

"셰이터나 씨는 대단한 수집가였습니다." 포와로가 작은 소리로 말했다.

"그래요, 분명해요." 앤도 그렇다고 했다.

"그 방에는 온갖 물건이 다 있었어요. 한번 보기 시작하면 전부 다 봐야 직성이 풀릴 것 같았어요"

"아가씨 눈에 띈 것 중에서 특별한 것은 없었나요?"

앤이 가벼운 미소를 지으며 말했다.

"물을 간 지 오래된 화병에 국화가 꽂혀 있더군요"

"아, 하인들도 그런 데까지는 신경을 쓰지 못했나 보군요"

포와로는 잠시 생각에 잠겼다.

앤이 퉁명스럽게 말했다.

"제가 못 본 것 같군요—선생님이 제가 보았기를 원했던 것 말이에요"

포와로가 친절히 미소를 지었다.

"상관없습니다, 아가씨. 못 보는 것이 당연할지도 모르니까요. 그런데 최근에 디스파드 소령을 만난 적이 있습니까?"

그는 그녀의 얼굴에 희미하게 떠오른 홍조를 놓치지 않았다. 그녀가 대답했다.

"그분은 조만간 우리를 다시 만나러 오겠다고 했어요"

로다가 날카롭게 말했다.

"그분은 범인이 아니에요. 앤과 저는 그 점을 확신해요."

그들을 쳐다보는 포와로의 눈이 반짝였다.

"이렇게 매력적인 두 아가씨가 무죄를 확신하다니, 그는 참 운이 좋은 사람이군요."

'어머나!' 로다가 속으로 생각했다.

'이 사람은 프랑스인일 거야. 그러면 이래서는 안 되는데.'

그녀는 일어나더니 벽에 붙은 동판화를 살펴보기 시작했다.

"아주 훌륭하군요." 그녀가 말했다.

"그리 나쁜 건 아닙니다." 포와로가 대답했다.

그는 앤을 쳐다보면서 잠시 주저했다.

"아가씨─." 그가 마침내 입을 열었다.

"이렇게 힘든 부탁을 해도 될지 모르겠군요─아, 이 살인사건과는 상관없는 일입니다. 이건 전적으로 내 개인적인 문제입니다."

앤은 약간 놀란 듯한 표정을 지었다.

포와로는 조금 미안한 듯한 태도로 말을 계속했다.

"아가씨도 알겠지만, 크리스마스가 다가오고 있습니다. 나는 조카딸과 손녀들에게 줄 선물을 사야 합니다. 그런데 요즘의 젊은 여자들이 좋아할 만한 것을 고르기가 쉽지 않더군요. 내 취향은 구식이라서 말입니다."

"그래서요?" 앤이 부드러운 목소리로 물었다.

"실크 스타킹이라면 그 녀석들이 받아도 기뻐하겠죠?"

"그럼요, 스타킹을 받는 건 언제나 기분 좋은 일이에요."

"그렇게 말해줘서 고맙소. 그러면 부탁을 하죠. 내가 산 건 조금씩 색깔이 다른 것들입니다. 열대여섯 켤레쯤 될 거요. 아가씨가 그것들을 살펴보고 가장 근사한 것으로 여섯 켤레 정도만 골라 주겠습니까?"

"물론이죠." 자리에서 일어난 앤이 웃으며 말했다.

포와로는 그녀를 그의 방에 있는 책상으로 안내했다. 그 책상 안의 내용물은 이상하리만큼 서로 다르게 배열되어 있었는데, 그것이 에르큘 포와로의 유명하고 질서 있는 배열이라는 걸 그녀는 모르고 있었다. 가죽이 둘린 여러 짝의 장갑과 달력, 그리고 사탕과자 등의 더미 속에 실크 스타킹이 쌓여 있었다.

"이 잡동사니들을 다 처분해야 할 텐데—." 포와로가 말했다.

"자, 봐요, 아가씨. 여기에 스타킹이 있습니다. 여섯 켤레만 부탁합니다."

그는 몸을 돌려 자기를 따라온 로다에게 말을 걸었다.

"내가 아가씨에게 보여주고 싶은 것이 있습니다. 메러디스 양에게 보여줘서는 곤란한 물건이죠."

"그게 뭔데요?" 로다가 큰 소리로 물었다.

그가 목소리를 낮추었다.

"칼입니다, 아가씨. 그런데 옛날에 그 칼로 열두 명이 한 남자를 찔러 죽였습니다. 그 칼은 바곤스 리트의 캄파니 국제노동자연맹에서 기념으로 내게 준 겁니다."

"끔찍해요!" 앤이 외쳤다.

"오! 보고 싶어요." 로다가 말했다.

포와로는 로다와 얘기를 나누며 그녀를 다른 방으로 데리고 갔다.

"바곤스 리트의 캄파니 국제노동자연맹에서 내게 그 칼을 준 이유—."

그들은 그 방에서 나왔다. 그들은 3분이 지난 뒤 돌아왔다.

앤이 그들에게 다가갔다.

"이 여섯 켤레가 가장 좋을 것 같아요, 포와로 씨. 이것은 저녁때에 신으면 아주 좋고, 이 밝은 색의 스타킹은 여름이나 저녁때의 밝은 불빛 아래에서 잘 어울릴 거예요."

"정말 고맙소, 아가씨."

그는 시럽을 더 권했으나 그들은 사양했다. 그는 부드럽게 얘기하며 그들을 문까지 바래다주었다. 그들이 떠나자 방으로 돌아온 그는 물건이 여기저기 흩어진 책상으로 곧장 갔다. 스타킹 꾸러미는 어지럽게 쌓인 그대로였다. 포와로는 먼저 여섯 켤레의 골라진 양말을 센 뒤 나머지 것들도 세었다.

그는 열아홉 켤레를 샀다. 그러나 남아 있는 것은 열일곱 켤레였다. 포와로는 천천히 고개를 끄덕였다.

제24장

세 명의 살인자

런던에 도착하자마자 배틀 총경은 포와로에게 달려갔다. 앤과 로다는 한 시간 정도 전에 떠난 뒤였다.

잡다한 말을 생략한 채 총경은 데번셔에서 행한 수사 내용을 얘기했다.

"우리가 옳았습니다—의심할 여지가 없어요." 그가 말을 맺었다.

"셰이터나 씨가 말한 '집 안에서 일어난 사고'란 것이 틀림없습니다. 그런데 동기를 알 수가 없었어요. 왜 그녀는 그 부인을 죽여야 했을까요?"

"그 점이라면 내가 조언을 해줄 수 있을 겁니다."

"말해 보시죠, 포와로 씨."

"오늘 오후에 나는 실험을 해보았소. 메러디스 양과 그녀의 친구를 여기에 오도록 유도했답니다. 그러고는 다른 사람들에게 했던 대로 그날 저녁 방 안에 무엇이 있었는지 물어보았지요."

배틀 총경이 이상한 듯 그를 쳐다보았다.

"당신은 계속 그 질문에만 매달리는군요."

"쓸모가 있으니까. 굉장히 많은 걸 말해 주더군요. 메러디스 양은 너무 의심이 많았어요. 아주 심했지. 말 한 마디 한 마디에 주의를 기울이더군. 그래서 이 능글맞은 에르퀼 포와로가 고도의 속임수를 썼다오. 서툴고 초보적인 덫을 놓은 겁니다. 그 아가씨는 보석 상자에 대해서 얘기하더군요. 나는 단검이 있던 탁자의 맞은편 끝에 그 상자가 있지 않았느냐고 물었지요. 그 아가씨는 거기엔 속지 않더구먼. 교묘하게 피했지요. 그 이후에 그녀는 속으로 기뻐하면서 경계심을 없애기 시작한 거요. 내가 그 점을 물어보려고 자기를 불렀다고 생각했을 겁니다. 자기를 불러서 단검이 어디에 있었는지와 자기가 그걸 봤다는 걸 인정하게 만들기 위해서였다고 말이오. 그녀는 나에게 이겼다고 생각하자기분이 좋아졌던 거요. 그녀는 보석에 대해 거리낌 없이 얘기하더구먼. 세세한 데까지 다 보았더군요. 그러고는 다른 건 보지 못한 모양입니다—물을 갈아야 하는 국화가 꽂힌 화병을 제외하고는 말이죠."

"그런데요?" 배틀 총경이 물었다.

"그건 아주 중요한 거요. 우리가 그 아가씨에 대해 아무것도 모르고 있다고 가정해 봅시다. 우리는 그녀가 한 말에서 그녀의 성격에 대한 실마리를 잡을 수밖에 없어요. 그녀는 꽃을 보았다—그렇다면 그녀가 꽃을 좋아한다는 것일까? 아닙니다. 왜냐하면 그녀는 꽃을 사랑하는 사람의 마음을 크게 잡아끌 수 있는 철 이른 튤립이 꽂힌 큰 화병에 대해서는 말을 안 했으니까. 그녀는 고용된 말 동무라오. 꽃병의 물을 가는 것이 의무인 여자—또한 그녀는 보석을 좋아하고 서 눈독을 들이고 있었지요. 자, 이런 내용이 뭘 좀 암시하지 않습니까?"

"아—." 배틀 총경이 말했다.

"이제야 당신이 무슨 의도로 그런 말을 했는지 알겠군요."

"바로 그겁니다. 요 전날에도 얘기했다시피 나는 카드를 테이블 위에 올려 놓습니다. 그날 당신이 그녀의 과거를 말하고 올리버 부인이 그녀에 대한 놀 랄 만한 사건을 얘기하는 것을 들었을 때, 나는 금방 한 가지 중요한 문제에 마음이 쏠리더군요. 그 살인은 이득을 얻기 위한 것이 아니었다는 겁니다. 왜 냐하면 메러디스 양은 그 사건 이후로도 계속 돈을 벌어야 했기 때문이지요. 그렇다면 이유가 뭘까? 나는 우선 겉으로 드러난 메러디스 양의 성격을 관찰 해 보았소. 약간 둔한 아가씨, 가난하지만 좋은 옷을 입고 있었고 예쁜 물건을 좋아한다. 그렇다면 그 성격은 살인자보다는 도둑에 더 가깝지 않을까? 그래 서 그 즉시 나는 엘던 부인이 깔끔한 여자인지를 물었던 것이오. 당신은 그녀 가 깔끔한 여자가 아니라고 대답했었지. 나는 한 가지 가정을 세워 보았는데, 앤 메러디스의 성격에 약한 데가 있다면—큰 상점에 가서도 작은 물건밖에 집 어오지 못할 겁니다. 가난하지만 예쁜 물건을 좋아했다면, 그녀의 주인에게서 몇 가지의 물건을 훔쳤을 수도 있지요. 브로치나 이상하게 생긴 크라운 화폐 (영국의 5실링 은화), 그리고 목걸이 같은 것 말이오. 부주의하고 덜렁거리는 엘 던 부인은 자기가 부주의해서 그런 것들이 없어졌다고 생각했겠지. 그녀는 자기의 상냥하고 연약한 말동무를 의심하려 하지 않았을 겁니다. 그런데 주인이 다른 성격을 가졌다고 가정해 봅시다—관찰력이 뛰어난 여자, 앤의 도둑질을 알아챈 여자. 그렇다면 충분히 살인의 동기가 될 수도 있지 않을까? 그날 저녁 내가 얘기했듯이 메러디스 양은 단순히 공포 때문만으로 살인을 저지를 수 있는 여자인거요. 그녀는 자기의 주인이 자신의 도둑질 증거를 잡을 수 있을 거라고 생각했던 겁니다. 그러면 그녀가 구원받는 길은 하나밖에 없었을 테지요. 그녀가 죽어줘야 하는 겁니다. 그래서 그녀는 병을 바꿨고 벤슨 부인은 죽게 되었지. 아이러니컬한 것은 그 부인은 그 실수가 자기 때문이라고 확신했지, 위협받고 겁먹은 아가씨의 소행이라고는 생각하지 않았다는 점이오."

"그럴듯하군요." 배틀 총경이 말했다.

"단지 가정일 뿐이지만 충분히 가능성이 있군요."

"가능성이 있는 것뿐만이 아니오. 틀림없이 그랬을 겁니다. 오늘 저녁에도 나는 탐스러운 미끼를 던져 보았지—첫 번째 속임수를 무사히 넘겼다고 생각한 사람이 진짜 덫에 걸린 겁니다. 내가 추측한 것이 사실이라면, 앤 메러디스 양은 절대로 그 비싼 스타킹의 유혹을 뿌리치지 못했을 거요. 나는 그녀에게 뭘 좀 도와달라고 부탁을 했소. 그러고는 그녀에게 미리 스타킹이 정확히 몇 켤레 있는지 모른다고 귀띔을 해주었지요. 나는 그 방에 그녀를 혼자 두고 나와 버렸어요—그런데 그 결과는 열아홉 켤레 대신에 열일곱 켤레가 남아 있지 않겠습니까. 두 켤레는 앤 메러디스 양의 핸드백으로 들어가 버린 것이지."

"휘!" 배틀 총경이 휘파람을 불었다.

"그녀에게는 대단한 모험이었을 텐데요."

"별거 아니오. 그녀는 내가 자기에게 어떤 걸 의심한다고 생각할까요? 살인입니다. 그렇다면 스타킹 한두 켤레 훔치는 게 무슨 모험이 되겠습니까? 나도 도둑을 찾고 있지는 않소. 더구나, 도둑이나 절도범들은 언제나 들키지 않으리라는 확신을 하니까."

배틀 총경이 고개를 끄덕였다.

"그게 사실이겠군요. 그녀는 굉장히 멍청하군요. 도둑질은 평생 고치지 못한다더니. 좋습니다. 이제 명백한 사실에 도달했습니다. 앤 메러디스 양은 도둑질을 들켰습니다. 앤 메러디스 양은 선반에서 병을 옮겼습니다. 우리는 그 행위가 살인인 것을 알고 있습니다. 그러나 애석하게도 그걸 증명할 방법이 없습니다. 그러면 성공적인 살인자가 둘이 되는 셈이군요. 로버츠 박사도 의심을 받지 않았으니까요. 앤 메러디스 양도 그랬습니다. 그렇다면 셰이터나 씨에 대해서는 어떨까요? 앤 메러디스 양이 셰이터나 씨를 죽였을까요?"

그는 잠시 침묵을 지키다가 고개를 저었다.

"그렇지는 않을 겁니다." 그가 마지못해 말했다.

"그녀는 그런 모험을 할 사람이 아닙니다. 병을 바꾸는 일이라면 또 모르죠. 그녀는 아무도 자기를 의심하지 않으리라는 걸 알고 있었어요. 그녀는 절대 안전했습니다. 왜냐하면 누구라도 그렇게 할 수 있었을 테니까요. 물론 일이 그렇게 된 것이 아닐 수도 있겠죠. 벤슨 부인은 병 속의 내용물을 마시기 전에 그것이 무엇인지 알았을 수도 있고, 그녀가 죽은 건 다른 이유 때문일 수도 있습니다. 단지 아마 그런 식으로 살해되었으리라는 추측뿐입니다. 그랬을 수도 있고, 아닐 수도 있습니다. 그렇지만 그리 큰 모험은 아니었을 겁니다. 그러나 셰이터나 씨 사건은 경우가 다릅니다. 그건 의도적이고 뻔뻔한, 계획된 살인입니다."

포와로가 고개를 끄덕였다.

"당신 생각에 동감이오. 그 두 가지 살인은 유형이 다릅니다."

배틀 총경이 코를 문질렀다.

"그렇다면 그녀를 그 사건의 용의자 명단에서 지워버려야 할 것 같은데요. 로버츠 박사와 그 아가씨는 우리의 리스트에서 빼야겠습니다. 디스파드 소령은 어떻습니까? 룩스모어 부인에게서 뜻밖의 수확 같은 건 얻지 못했습니까?"

포와로는 그 전날 오후에 있었던 일을 배틀 총경에게 설명해 주었다.

배틀 총경이 씩 웃었다.

"나도 그런 여자를 알고 있습니다. 자기가 지어낸 얘기를 기억한다고 하니 일이 풀릴 리가 없죠."

포와로가 계속해서 말했다. 그는 디스파드 소령이 찾아왔었다는 얘기를 하면서 그가 한 얘기도 들려주었다.

"그의 말을 믿습니까?" 배틀 총경이 불쑥 물었다.

"그렇소."

배틀 총경이 한숨을 내쉬었다.

"나도 그렇습니다. 부인이 탐난다고 그 남편을 총으로 쏠 사람은 아니니까요. 그런데 법정에 서게 되면 곤란해지지 않을까요? 사람들이 벌떼같이 몰려들 테고, 또 그는 그런 면에는 경험이 전혀 없습니다. 그렇게 되면 그는 파멸하게 될지도 모릅니다. 그래요, 죽은 셰이터나 씨가 이번만큼은 실수를 한 것이 틀림없습니다. 세 번째 살인은 살인이 아니었습니다."

그가 포와로를 쳐다보았다.

"그러면 남은 사람은—"

"로리머 부인이죠."

전화벨이 울렸다. 포와로가 수화기를 들고 대답했다. 그는 몇 마디 말한 뒤, 가만히 듣고 있다가 다시 뭐라고 말했다. 그는 수화기를 내려놓고 배틀 총경에게 돌아왔다.

그는 몹시 침통한 표정을 짓고 있었다.

"로리머 부인의 전화요." 그가 말했다.

"나한테 자기를 만나러 왔으면 좋겠다는군요—지금 당장에."

그와 배틀 총경이 서로 마주 보았다. 배틀 총경이 천천히 고개를 저었다.

"내 생각이 틀렸을까요?" 그가 말했다.

"아니면 당신 예상대로 되어가는 걸까요?"

"이상하군." 포와로가 말을 받았다.

"그런 느낌밖에 안 드는데. 정말 이상하군."

"어쨌든 가보는 게 좋겠습니다." 배틀 총경이 말했다.

"어쩌면 드디어 진실이 밝혀질지도 모르니까요."

제25장

로리머 부인의 고백

날씨가 그리 맑지 않아서인지 로리머 부인의 방도 어딘지 침침하고 활기가 없어 보였다. 그녀의 얼굴도 우울한 것 같았고, 포와로가 마지막으로 찾아갔을 때보다 훨씬 늙어보였다.

그녀는 여전히 강인한 미소로 그를 맞이했다.

"이렇게 빨리 와주셔서 기쁘군요, 포와로 씨. 당신이 바쁜 사람인 건 잘 알고 있습니다."

"별말씀을 다 하시는군요." 고개를 숙이며 포와로가 말했다.

로리머 부인이 난로 옆에 있는 벨을 눌렀다.

"차를 가져오게 하겠어요. 당신 생각은 어떤지 모르겠지만, 나는 전후 사정을 다 살펴보지도 않고 바로 확신을 갖는 것은 실수라고 생각해요."

"그렇지만 무슨 일이든 확신은 있어야 하지 않을까요, 부인?"

그 순간 로리머 부인은 벨 소리를 듣고 들어온 하녀와 이야기를 하느라 포와로의 말에 대답하지 못했다.

하녀가 주문을 받고 나가자 로리머 부인은 담담하게 말했다.

"기억이 날지 모르겠지만, 지난번 당신이 여기 왔을 때 내가 당신을 부르게 될 것이라고 당신이 말했어요. 내가 이렇게 급하게 당신을 부른 이유에 대해 나름대로 짐작하는 바가 있겠죠?"

그 말뿐이었다. 차가 들어왔다. 로리머 부인은 차를 마시면서 그날 일어난 여러 가지 일에 대해 얘기하기 시작했다.

그녀의 말이 잠시 끊어진 틈을 타서 포와로가 말했다.

"부인과 메러디스 양이 요전날 함께 차를 마셨다는 소식을 들었습니다만."

"그랬죠. 최근에 그녀를 만났나요?"

"바로 오늘 오후에 만났습니다."

"그렇다면 그녀는 지금 런던에 있나요? 아니면, 당신이 월링퍼드로 내려갔었나요?"

"아닙니다. 그녀가 친구와 함께 친절하게도 내 초대에 응해 줬습니다."

"아, 그 친구라는 아가씨. 나도 그녀를 본 적이 있어요."

포와로가 희미한 미소를 지으며 말했다.

"이 사건은—사람들을 뒤엉키게 만들어 놓았습니다. 부인과 메러디스 양은 함께 차를 마셨고, 디스파드 소령도 메러디스 양과 교제를 하는 중입니다. 로버츠 박사만 거기에서 빠졌죠."

"저번에 브리지 게임을 하면서 그를 봤죠." 로리머 부인이 말했다.

"여전히 쾌활해 보이던데요."

"여전히 브리지를 좋아하던가요?"

"예—호탕하게 거는 버릇을 못 고쳤더군요. 자주 잃던데요."

그녀는 잠시 말을 멈춘 뒤 다시 말을 이었다.

"최근에 배틀 총경을 만난 적이 있나요?"

"그 사람도 오늘 오후에 만났습니다. 부인이 내게 전화했을 때 옆에 있었죠."

불길이 뜨거운지 한 손으로 얼굴을 가리며 로리머 부인이 말했다.

"그 사람은 어떻게 지내고 있나요?"

포와로가 침울한 목소리로 말했다.

"그 마음씨 좋은 배틀 총경은 동작이 빠르지는 않습니다. 그는 천천히 움직이지만, 결국에는 뜻한 바를 이루고 마는 사람입니다, 부인."

"그래요?" 그 말에 그녀는 약간 비뚤어진 미소를 지었다.

"그는 나를 끈질기게 물고 늘어졌어요. 그는 아마 내 소녀 시절부터 최근에 이르기까지의 모든 조사했을 거예요. 그는 내 친구들과 얘기를 나눴고 하인들과도 얘기했죠—지금 나와 함께 있는 사람들뿐만 아니라 과거에 알고 지냈던 사람들까지지요. 그 사람이 뭘 알아내려는지는 잘 모르겠지만, 아마 알아낸 것이 거의 없을 거예요. 내가 한 말을 그대로 믿었어야 했어요. 사실이었으니까요. 나는 셰이터나 씨에 대해서는 거의 몰라요. 말했다시피 내가 그를 만난 건 룩소르에서였고, 그와의 관계도 단순히 알고 지내는 사이 이상은 아니었어요. 배틀 총경도 내 말이 거짓말이라는 증거는 찾지 못할 거예요."

"그럴지도 모르죠." 포와로가 말했다.

"당신은 어때요, 포와로 씨? 당신은 조사를 하지 않았나요?"

"부인에 관해서 말입니까?"

"그렇죠."

천천히 키 작은 사나이가 고개를 흔들었다.

"그래 봤자 소용없었을 겁니다."

"무슨 뜻으로 그 말을 했는지 말해 보세요, 포와로 씨."

"솔직히 말하죠, 부인. 그날 밤 셰이터나 씨의 방에서 처음 네 분을 봤을 때부터 가장 우수한 두뇌와 가장 냉정하고 논리적인 판단력을 가진 사람이 바로 부인이라는 걸 알고 있었습니다. 그 네 명 중 살인계획을 세우고 성공적으로 수행할 수 있는 사람에게 돈을 걸라면 나는 아마 부인에게 걸었을 겁니다."

로리머 부인의 눈썹이 올라갔다.

"내가 그 말에 넘어가리라 생각하나요?" 그녀가 냉정하게 말했다.

포와로는 그녀의 말에 아랑곳하지 않고 말을 이었다.

"범죄를 성공적으로 수행하기 위해서는 그전에 모든 세세한 사항들을 반드시 살펴봐야 합니다. 우연히 일어날 수 있는 모든 일까지 고려해야 하죠. 시간도 정확해야 합니다. 칼을 찌르는 장소도 틀려서는 안 되죠. 로버츠 박사는 서두르거나 자신감이 지나쳐서 일을 그르칠 우려가 있습니다. 디스파드 소령은 너무 신중해서 그러질 못할 테고, 메러디스 양은 그런 죄를 저질렀다가는 이성을 잃고 제정신을 못 차리게 될 테지요. 하지만 부인이라면 그런 위험이 없을 겁니다. 부인은 계산이 빠르고 냉정합니다. 부인은 남다른 결단력도 있으며, 지나친 소심성을 조절할 수 있는 능력도 있죠. 부인은 절대로 이성을 잃을 사람이 아닙니다."

로리머 부인이 잠시 침묵을 지키며 앉아 있었다. 그녀의 입술 언저리에 이상한 미소가 감돌았다. 마침내 그녀가 입을 열었다.

"당신은 나에 대해 그렇게 생각하는군요, 포와로 씨—내가 완벽한 살인을 할 수 있는 여자라고."

"그렇지만 적어도 부인에게는 그런 생각과 반대되는 상냥한 면도 있습니다."

"참, 흥미 있군요. 그러니까 당신 생각은 셰이터나 씨를 성공적으로 죽일 수 있는 유일한 인물이 나라는 거군요."

"그 점에는 또다른 문제가 있습니다, 부인." 포와로가 천천히 말했다.

"그래요? 얘기해 봐요."

"내가 방금 이런 얘기를 한 게 기억날 겁니다. '살인을 성공적으로 수행하려면 그전에 반드시 모든 세부적인 것들을 계획 세워야 한다.' '반드시'라는 말에 주의를 기울여 보시죠. 왜냐하면 성공적인 살인에는 또다른 유형이 있거든요. 부인이 어떤 사람에게 이렇게 말한다고 가정해 봅시다. '돌을 던져서 저 나무에 맞혀라.' 그러면 그 사람은 다른 생각은 않고 그 말에 따릅니다—그런데 놀랍게도 단번에 그 나무를 맞힐 때가 있지요. 그렇지만 돌을 여러 번 던지게 되면 그걸 맞히기가 쉽지 않은 걸 알게 되고 마침내 그는 '생각'이라는 걸 하게 됩니다. '좀 어려운데—하지만 이 정도는 할 수 있어. 조금 오른쪽으로—왼쪽으로' 처음에 던진 것은 거의 무의식적인 행동이었습니다. 마치 동물처럼 몸이 마음에 복종한 거죠. 그래서 다음과 같은 살인의 유형도 있을 수 있다는 겁니다. 순간적인 충동으로 한 살인, 영감, 번뜩이는 기지—멈추거나 생각할 새도 없이. 범인은 바로 그렇게 셰이터나 씨를 죽인 겁니다. 갑자기 절박하게 생긴 필요성, 번뜩이는 영감, 재빠른 범행!"

그가 고개를 흔들었다.

"그런데, 부인, 그건 부인의 방식이 아닙니다. 만일 부인이 셰이터나 씨를 죽였다면 그건 계획된 살인이었을 겁니다."

"알겠어요."

그녀는 난롯불의 열이 얼굴에 닿는 것을 막기 위해 손을 부드럽게 좌우로 흔들었다.

"그러니까, 그건 계획된 범죄가 아니었으므로 내가 그를 죽였을 리 없다—이런 말인가요, 포와로 씨?"

포와로가 고개를 숙였다.

"그렇습니다, 부인."

"그렇지만—."

그녀가 움직이던 손을 멈추고 그를 향해 몸을 숙였다.

"내가 셰이터나 씨를 죽였습니다, 포와로 씨—."

제26장

진실

　침묵이 흘렀다―아주 긴 침묵이었다. 방 안은 더욱더 어두워졌고, 난롯불은 하늘거리고 있었다.

　로리머 부인과 에르큘 포와로는 서로를 보지 않은 채 불만 응시하고 있었다. 그 순간만은 시간이 조용히 물러나 있는 것 같았다.

　마침내 에르큘 포와로가 한숨을 내쉬며 침묵을 깼다.

　"그게 그렇게 된 거란 말이죠? 왜 그를 죽였습니까, 부인?"

　"그 이유는 알고 있을 텐데요, 포와로 씨."

　"그 사람이 당신에 대한 어떤 일을 알고 있어서인가요? 오래전에 일어난 사건 말이죠?"

　"그래요."

　"그렇다면 그 사건도―또다른 살인인가요, 부인?"

　그녀는 고개를 끄덕였다.

　"당신은 지난번에 내가 당신을 부르게 될 거라고 말했어요"

　"그랬죠―그건 희망이었죠. 부인 같은 사람이라면 자기의 의지에 의하지 않고는 진실을 드러내지 않으리라는 걸 알고 있었습니다. 부인이 입을 다물고 있어야겠다는 결심을 하면 꼭 그렇게 할 것이며, 부인은 결코 자신을 드러내지 않겠죠. 그런데 기회가 왔습니다―부인이 먼저 말을 하고 싶어하니까요."

　로리머 부인이 고개를 끄덕였다.

　"그 점을 미리 예견하다니 당신은 역시 비상해요. 지긋지긋함, 외로움―."

　그녀의 목소리는 점점 움츠러들었다.

　포와로가 이상하다는 듯 그녀를 바라보았다.

　"지금까지 그렇게 지내왔습니까? 그래요. 나도 이해할 수 있을 것 같군요"

"외로워요—너무나 외로워요." 로리머 부인이 말했다.

"내 나이가 될 때까지 혼자 살아보지 않고서는 누구도 그런 말을 이해하지 못할 거예요. 나처럼 과거의 잘못을 가슴속에 품고 있지 않다면요."

포와로가 부드럽게 말했다.

"그건 정말 참기 어려운 일일 겁니다. 그건 나도 잘 알고 있습니다."

그녀가 약간 고개를 숙였다.

"고마워요, 포와로 씨."

또 침묵이 흘렀다.

다시 포와로가 약간 냉정한 목소리로 말했다.

"그렇다면 부인은 그날 저녁을 먹으며 셰이터나 씨가 한 말이 바로 부인을 목표로 한 걸로 받아들였나요?"

그녀가 고개를 끄덕였다.

"난 그때 그가 어떤 한 사람에게만 자기의 의도를 전달하려 한다는 걸 느꼈어요. 그건 바로 나였죠. 독이 여자의 무기라고 언급한 것은 나를 겨냥한 말이었어요. 그는 알고 있었던 거예요. 나는 그전에도 그럴 거라 짐작을 했었죠. 그는 사람들에게 어떤 유명한 사건을 얘기하면서 내게 넌지시 암시를 줬어요. 그런데 그때 그의 눈은 나를 보고 있었죠. 그 눈에는 어딘지 비아냥거리는 듯한 빛이 들어 있었어요. 그래서 그날 밤 나는 확신을 하게 된 거예요."

"그러면 그가 나중에 어떻게 하리라는 것도 짐작했겠군요?"

로리머 부인이 담담하게 말했다.

"배틀 총경과 당신이 그날 거기에 나타난 것이 결코 우연이 아니라는 걸 알았어요. 셰이터나 씨가 자신의 영리함을 자랑하기 위해 아무도 의심하지 못했던 살인사건을 발견했다고 당신들 두 사람에게 고발을 할 것 같았어요."

"그렇다면 얼마나 빨리 범행을 할 마음을 먹었나요?"

로리머 부인이 약간 머뭇거렸다.

"언제 그 생각이 떠올랐는지는 정확하게 기억할 수가 없군요."

그녀가 말했다.

"저녁을 먹으러 들어가기 전에 칼을 눈여겨 봐두었죠. 나중에 거실로 들어

올 때 그걸 집어서 소매 속에 넣어 두었어요. 아무도 그런 내 행동을 보지 못했을 거예요."

"그렇다면 분명히 한 손으로 그랬겠군요."

"그 순간 내가 어떻게 해야 할지를 결정한 거예요. 그 일을 저지르는 수밖에 없다고요. 분명히 모험이었지만 해볼 만하다고 생각했어요."

"부인의 냉정함과 성공할 가능성을 계산하는 명석한 두뇌 때문이었겠죠. 이해가 갑니다."

"우리는 브리지를 시작했어요."

로리머 부인이 냉정한 목소리로 계속 말했다.

"그러다가 마침내 기회가 왔어요. 내가 공석이었죠. 나는 유유히 방을 가로질러 난롯가로 갔어요. 셰이터나 씨는 정신없이 잠에 빠져 있었죠. 나는 다른 사람들을 한번 돌아봤어요. 모두 게임에만 열중해 있더군요. 나는 몸을 앞으로 숙여서—그러고는 일을 저질렀죠."

그녀의 목소리는 잠시 떨리는 듯했다가 다시 원래의 냉정함을 되찾았다.

"나는 그에게 말을 걸었어요. 그렇게 해야 알리바이가 서리라는 생각이 들었거든요. 난롯불에 대해 몇 마디 했고, 그가 나에게 대답을 하는 것처럼 보이게 했죠. 그러면서 얘기를 계속했는데, 이런 내용이었어요. '나도 마찬가지예요. 나도 방열기는 싫어하니까요.'"

"그가 비명을 지르지 않았나요?"

"아뇨, 신음소리는 약간 났죠—그걸로 끝이었어요. 멀리서 들으면 뭐라고 말하는 것처럼 들렸겠죠."

"그러고 나서는요?"

"그러고 나서 다시 브리지 탁자로 돌아왔어요. 마지막 트릭이 벌어지고 있더군요."

"그리고 부인은 자리에 앉아 브리지를 계속했단 말이죠?"

"예."

"그러고서도 이틀이나 지난 뒤에 거의 모든 카드를 기억할 정도로 그 게임에 흥미가 있었단 말인가요?"

"예." 로리머 부인이 짧게 대답했다.

"놀랍군요!" 포와로가 감탄했다.

그는 의자에 몸을 묻었다. 그는 몇 번 머리를 끄덕이더니 다시 표정을 바꾸어 고개를 흔들었다.

"그렇지만 아직도 이해되지 않는 부분이 있습니다."

"뭐죠?"

"내가 미처 깨닫지 못한 요인이 있는 것 같습니다. 부인은 그렇게 쉽사리 그런 짓을 할 사람이 아니라고 봤는데……. 부인은 분명히 어떤 이유가 있어서 그런 대단한 모험을 하기로 결심했을 겁니다. 그리고 성공적으로 치렀지요. 그런데 2주일이 지난 지금, 부인은 마음이 달라졌다는 말이죠? 하지만 솔직히 말하자면, 부인의 말은 내게 진실로 들리지 않습니다."

알 수 없는 여린 미소가 그녀의 입가에 감돌았다.

"당신 생각이 옳아요, 포와로 씨. 당신이 모르는 요인이 있습니다. 메러디스 양이 요전날 나를 만났다고 얘기하지 않던가요?"

"했습니다. 올리버 부인의 아파트 근처에서였다고 말했던 것 같군요."

"아마 그랬을 거예요. 그렇지만, 내가 말하고 싶은 건 그 거리의 이름이에요. 앤 메러디스 양은 할리가에서 나와 만났어요."

"아! 이제야 알 것 같군요." 포와로는 그녀를 찬찬히 훑어보았다.

"그래요. 당신도 알 거라고 생각했죠. 나는 거기에서 어떤 전문의를 만났어요. 그 의사는 내가 어렴풋이 짐작하고 있었던 걸 말해줬죠."

그녀의 얼굴에 미소가 퍼졌다. 그러나 찌그러지고 쓰라린 미소가 아니었다. 거의 체념한 듯한 미소였다.

"이제는 나도 그렇게 자주 브리지를 할 수 없겠네요, 포와로 씨. 오! 그 사람은 내게 많은 말을 하지는 않았어요. 무언가를 감추는 것 같더군요. 나는 걱정거리가 많고 해서 아무리 오래 산다고 해봤자 몇 년밖에 더 못 살 거예요. 그렇지만 그런 데 신경 쓰진 않겠어요. 나는 그런 일에 연연해하는 여자가 아니에요."

"예, 알겠습니다. 이제야 이해가 가는군요." 포와로가 말했다.

"차이가 있기는 있겠죠. 체포되어도 한 달—아니면 두 달, 그 이상은 아니겠죠. 그날—전문의와 막 헤어졌을 때 바로 메러디스 양을 만났어요. 내가 그 아가씨에게 차를 마시자고 권했죠."

그녀는 잠시 말을 멈춘 뒤 다시 계속해서 말을 이었다.

"어쨌든 나는 그렇게 나쁜 여자는 아니에요. 차를 마시면서도 계속 생각을 했죠. 그날 밤의 그 행위가 셰이터나 씨의 목숨을 앗아갔을 뿐 아니라(그 일은 꼭 했어야만 했으니 후회는 없으나), 각자 정도는 다르지만 다른 세 명의 인생에 좋지 않은 영향을 미쳤다. 내가 한 짓 때문에 내게 조금도 나쁜 짓을 하지 않은 로버츠 박사, 디스파드 소령, 앤 메러디스 양은 심각한 어려움을 겪게 되고 또 위험에 처할지도 모른다. 그렇다면, 내가 다 털어놓아야 한다. 그렇다고 로버츠 박사나 디스파드 소령이 받는 피해 때문에 내 마음이 움직인 것은 아니다—비록 그 사람들은 내 여생보다 더 긴 인생을 남겨두고 있을 테지만. 그들은 남자들인데다 자신을 돌볼 수 있는 능력이 있다. 그러나 앤 메러디스 양을 봤을 때는—"

그녀는 잠시 주춤거리더니 천천히 말을 이었다.

"앤 메러디스 양은 처녀다. 그 아가씨의 앞날은 창창하게 남아 있다. 그 잔인한 살인사건이 그 아가씨의 인생을 파괴할지도 모른다. 그런 생각이 들자, 갑자기 어쩔 줄 모르겠더군요. 이런 생각이 계속 마음속에서 빙빙 돌고 있었기 때문에 나는 당신의 말이 사실로 나타나게 된 걸 알았죠. 나는 계속 침묵을 지키고 싶진 않았습니다. 그래서 오늘 오후 당신에게 전화를 한거죠—"

침묵이 흘렀다. 그는 몸을 앞으로 숙였다. 그는 점점 어두워지는 불빛 속에서 로리머 부인을 유심히 바라보았다. 그녀는 진지한 눈빛으로 그의 말을 기다렸고, 초조한 기색은 전혀 없었다.

그가 마침내 입을 열었다.

"로리머 부인, 분명히—셰이터나 씨에 대한 살인이 사전에 계획되지 않았다고 했는데, 그 점에 대해서 진실을 말해 주지 않겠습니까? 부인은 미리 살인을 준비한 게 사실이 아닙니까? 그날 저녁을 먹으러 들어갔을 때 이미 부인은 살인의 계획이 다 서 있었던 게 아닙니까?"

로리머 부인은 그를 한동안 바라보더니 갑자기 고개를 저었다.

"아니에요."

"그게 분명하죠?"

"물론이에요."

"그렇다면, 그렇다면—오, 부인은 내게 거짓말을 하고 있어요. 부인은 지금 거짓말을 하고 있습니다."

로리머 부인의 씨늘한 말이 얼음처럼 공기를 갈랐다.

"이봐요, 포와로 씨, 도대체 무슨 말을 하는 거예요?"

포와로가 벌떡 일어났다. 그는 뭐라고 혼자 중얼거리면서 방 안을 왔다 갔다 했다.

갑자기 그가 입을 열었다.

"이래도 괜찮겠죠." 그는 스위치를 찾아서 전깃불을 껐다.

그는 의자로 돌아와 앉은 뒤, 두 손을 무릎에 얹고 로리머 부인을 똑바로 쳐다보았다.

"문제는—." 그가 말했다.

"에르퀼 포와로가 틀릴 수 있느냐 하는 겁니다."

"언제나 옳은 사람은 없어요." 로리머 부인이 냉담하게 말했다.

"아닙니다." 포와로가 말했다.

"나는 언제나 옳습니다. 그 점이 나도 이상합니다만. 그런데 지금은 내가 틀렸는지도 모릅니다. 그래서 이렇게 갈피를 못 잡고 있습니다. 부인이 어떤 말을 했는지 알고 있습니다. 그 살인이 부인의 짓이라고요? 그렇다면 내가 부인이 어떻게 살인을 했는지 몰랐다는 얘기가 되는데, 그런 일은 절대 있을 수 없습니다."

"있을 수 없을뿐더러 아주 불합리한 일이죠."

여전히 냉담하게 로리머 부인이 말했다.

"그렇다면, 내가 미쳤다는 말이 되는데, 미쳤을 리가 없죠. 아닙니다. 내가 아무리 늙었다지만—나는 미치지 않았습니다. 나는 옳습니다. 아니, 옳을 수밖에 없습니다. 부인이 셰이터나 씨를 죽였다는 말은 억지로 믿는다손 치더라도

―부인이 말한 그런 방법으로는 죽일 수 없었습니다. 누구든지 자신의 성격과 무관한 방법으로 일을 할 수는 없으니까요."

그가 말을 멈췄다. 로리머 부인이 화가 났는지 숨을 깊이 들이마신 뒤 입술을 깨물었다.

그녀가 뭐라고 말을 하려 하자, 포와로가 먼저 얘기를 꺼냈다.

"셰이터나 씨를 죽이려고 미리 계획을 세웠거나 부인이 그 사람을 죽이지 않았거나, 둘 중의 하나입니다."

로리머 부인이 쏘아붙였다.

"정말 당신은 미쳤군요, 포와로 씨. 내가 자백을 했는데도, 그 범행을 그런 식으로 저지르지 않았다고요? 도대체 그런 억지가 어디 있어요?"

포와로가 다시 자리에서 일어나 방 안을 한 바퀴 돌았다. 그가 다시 자리로 돌아왔을 때 그의 태도는 바뀌어 있었다. 그의 태도는 부드럽고 친절했다.

"부인은 셰이터나 씨를 죽이지 않았습니다." 그가 나지막이 말했다.

"나는 그 점을 압니다. 모든 게 밝혀졌어요. 할리가, 가련한 앤 메러디스가 어쩔 줄 몰라 하며 인도 위에 서 있었죠. 나도 그 아가씨와 비슷한 다른 아가씨를 압니다―아주 오래전이었죠. 인생을 혼자서 끔찍하게 살아온 여자죠. 그래요, 모두 알겠습니다. 그런데 한 가지 미심쩍은 점이 있습니다―왜 부인은 앤 메러디스 양이 범인이라고 확신했죠?"

"이봐요, 포와로 씨―."

"내 말에 반박하거나 계속 거짓말을 해봤자 소용없습니다. 나는 사실을 알고 있습니다. 나는 그날 부인이 할리가에 있을 때의 부인의 심리를 잘 압니다. 부인은 로버츠 박사를 위해 그러지는 않았습니다―오, 그럼요 부인은 디스파드 소령 때문에 그러지도 않았습니다. 그러나 앤 메러디스 양은 다릅니다. 그녀는 한때 부인이 한 것과 똑같은 범행을 저질렀기 때문에 부인은 그녀에게 동정이 생긴 거지요. 부인은 그녀가 어떤 이유에서 살인을 했는지까지는 모를 겁니다. 그러나 부인은 그녀가 살인을 한 것이라고 믿고 있습니다. 그날, 그 사건이 일어난 그날 저녁에 배틀 총경이 부인에게 그 사건의 용의자에 대해 물었을 때, 부인은 범인이 누구인지 확신이 선 겁니다. 그래요, 나는 다 알고 있습니다. 내게 계속 거짓말을 해도 소용없습니다. 내 말이 틀렸습니까?"

그는 상대방의 대답을 듣기 위해 말을 멈췄지만 대답은 들리지 않았다. 그는 만족스러운 표정으로 고개를 끄덕였다.

"그래요, 부인은 역시 지각이 있는 분입니다. 그건 마음씨 고운 행위입니다. 그 어린 아가씨의 장래를 위해 자기가 대신 그 죄를 떠맡는다는 건 정말 고귀한 행위죠."

"그렇지 않아요." 로리머 부인이 담담하게 말했다.

"나는 착한 여자가 아닙니다. 몇 년 전에 남편을 죽였습니다, 포와로 씨."

잠시 침묵이 흘렀다.

"알겠습니다." 포와로가 말했다.

"그건 정당합니다. 결국은 정당해지죠. 부인은 아주 논리적입니다. 부인은 과거의 죗값을 받을 준비가 되어 있으니까요. 살인은 살인입니다—희생자가 누구인지는 그리 중요하지 않습니다. 부인, 당신은 용기와 예리한 통찰력이 있습니다. 그런데 다시 묻겠습니다. 부인은 앤 메러디스 양이 셰이터나 씨를 죽였다는 걸 어떻게 알았습니까?"

로리머 부인의 입에서 깊은 한숨이 터져 나왔다. 포와로의 논리정연한 말 앞에 그녀의 마지막 반항마저 사라져 버린 것 같았다. 로리머 부인은 어린애처럼 간단히 그의 질문에 대답했다.

"왜냐하면—" 그녀가 말했다.

"그녀가 그러는 것을 봤기 때문이죠."

제27장

목격자

갑자기 포와로가 웃음을 터뜨렸다. 마치 웃음을 참지 못하는 듯했다. 그는 머리를 뒤로 젖힌 채 프랑스어 특유의 높은 웃음소리로 방 안을 가득 메웠다.

"미안합니다, 부인." 눈물을 닦으며 그가 말했다.

"도저히 참을 수가 없었습니다. 이 사건에서 우리는 논쟁하고 추리했습니다! 심문도 했고요! 심리분석도 해봤고요—그런데 목격자가 있었다니 모두 헛수고가 되고 말았군요. 그때의 상황을 좀 얘기해 주시죠."

"그날 밤 꽤 늦은 시각이었어요. 앤 메러디스 양이 공석이었죠. 그 아가씨는 일어나서 자기편의 패를 본 뒤 방 여기저기를 걸어다녔어요. 패는 별로 눈여겨볼 만하지 않았죠—결과가 눈에 보이더군요. 카드에 신경을 쓰지 않아도 될 정도였죠. 우리가 마지막 세 개의 트릭을 쓰려 했을 때 나는 우연히 난롯가를 보게 되었어요. 앤 메러디스 양이 셰이타나 씨를 향해 몸을 굽히고 있더군요. 내가 주의 깊게 바라보고 있으려니 그녀가 몸을 일으켜 세웠어요—그런데 그녀의 손이 분명히 셰이타나 씨의 가슴에 닿아 있었죠. 그 모습에 나는 무척 놀랐어요. 그녀가 몸을 일으켰을 때 그녀의 얼굴이 보였죠. 그녀는 우리를 재빨리 한번 쳐다보더군요. 죄의식과 공포—그게 그녀의 얼굴에 드러나 있었죠. 물론 그때는 어떤 일이 일어났는지는 몰랐어요. 그 아가씨가 도대체 무슨 짓을 하고 있었는지가 궁금했을 뿐이죠. 모든 걸 나중에—알게 되었죠."

포와로가 고개를 끄덕였다.

"그렇지만, 그녀는 부인이 알고 있다는 걸 모릅니다. 그녀는 부인이 자기를 보았다는 걸 모르고 있겠죠?"

"불쌍한 아가씨예요—." 로리머 부인이 말했다.

"어리고 겁에 질려서—앞으로도 그렇게 살아야 하겠죠. 내가 입을 다물고 있을 것 같지 않나요?"

"아닙니다. 부인은 비밀을 지키겠죠"

"특히 내가—나 혼자만 알고 있으니까요."

그녀는 어깨를 으쓱하며 마지막 말을 맺었다.

"신고하는 건 내 일이 아닌 게 분명해요. 그건 경찰이 알아서 할 일이니까요."

"그야 물론이죠. 그러나 오늘 부인은 신고하는 일보다 더 훌륭한 일을 했습니다."

로리머 부인이 무뚝뚝하게 말했다.

"나는 지금까지 살아오는 동안 마음씨가 곱고 동정심이 많은 여자였던 적은 한 번도 없었어요. 그런 것은 나이가 들면서 차츰 생기기 시작했죠. 내가 동정에 끌려서 행동한 적은 거의 없었어요."

"동정이라는 것이 그리 믿을 만한 안내자는 아닐 겁니다, 부인. 앤 양은 아직 어립니다. 그녀는 연약해요. 어딘지 초라해 보이고 겁먹은 것 같아 보입니다—동정을 베풀기에 딱 알맞은 사람인 것 같습니다. 그러나 내 생각은 그렇지 않습니다. 앤 메러디스 양이 왜 세터너 씨를 죽였는지, 그 이유를 말해 볼까요? 그 이유는 과거에 자기의 고용주였던 한 부인을 살해했다는 사실을 세터너 씨가 잘 알고 있었기 때문입니다—그 부인은 그녀가 좀도둑질을 한 걸 알고 있었습니다."

로리머 부인은 약간 놀란 것 같았다.

"그 말이 사실입니까, 포와로 씨?"

"의심할 여지조차 없습니다. 사람들은 그녀를 겉으로만 보고서 연약하고 부드럽다고들 합니다. 흥! 그녀는 위험한 인물입니다, 부인. 그 조그만 메러디스 양은 말입니다. 자기가 안전해지고 안락해질 수만 있다면 그녀는 거칠고 무자비하게 행동합니다. 앤 양은 그 두 가지 범죄를 저지른 것으로 끝나지 않을 겁니다. 좀더 안전해지려고 다른 짓까지도 할 겁니다."

"낭신이 한 말은 너무 충격적이에요. 정말 놀랐어요, 포와로 씨."

포와로가 일어났다.

"부인, 이제 그만 가봐야겠습니다. 내가 한 말을 잘 음미해 보십시오."

로리머 부인은 아직도 그 사실을 못 믿는 듯했다. 그전까지의 풀죽은 태도에서 과감히 벗어난 투로 그녀가 말했다.

"내가 필요성을 느낀다면, 포와로 씨, 나는 언제라도 지금까지의 얘기를 부정할 수 있습니다. 그 사건에서 증인이 없었다는 걸 기억해요. 그 끔찍한 저녁에 내가 봤다고 얘기한 것은—음, 우리끼리만 아는 비밀로 해주세요."

포와로가 침착하게 말했다.

"부인이 동의하지 않는다면 어떤 말도 하지 않겠습니다. 마음을 놓으십시오. 나도 나름대로 생각이 있습니다. 이제야 어떻게 실마리를 풀어야 할지 알 것 같습니다—."

그는 로리머 부인의 손에 자신의 입술을 대었다.

"이런 말을 하면 어색하겠지만, 부인은 정말 인품이 뛰어난 분이십니다. 부인에게 찬사와 경의를 보냅니다. 그래요, 천 명에 하나 있을까 말까 한 분입니다. 그러니까—천 명 중에 999명이 하지 않을 수 없었던 일을 부인은 하지 않았습니다."

"그게 뭔데요?"

"왜 부인이 남편을 죽였는지 말하지 않은 일입니다—말했다면 부인의 그 행위는 너무나 당연한 일로 받아들여질 텐데요."

로리머 부인의 얼굴이 굳어졌다.

"이봐요, 포와로 씨—." 그녀가 무뚝뚝하게 말을 받았다.

"그 이유는 순전히 내 개인적인 거예요."

"오, 그렇겠죠."

포와로는 그 말을 한 뒤 다시 그녀의 손에 자기의 입술을 대고는 그 방에서 나왔다.

집 밖은 추웠다. 그는 택시를 잡기 위해 주변을 둘러보았지만 한 대도 보이지 않았다. 그는 생각에 잠긴 채 킹스로(路) 쪽으로 걷기 시작했다. 때때로 그는 고개를 끄덕였으나 마지막으로 힘차게 흔들었다.

그는 어깨너머로 뒤를 돌아보았다. 누군가 로리머 부인의 집 계단을 올라가고 있었다. 멀리서 보니 앤 메러디스의 모습과 아주 비슷했다. 그는 다시 돌아

갈까 말까 망설이다가 가던 길을 계속 걷기로 했다.

집으로 돌아왔을 때 그는 배틀 총경이 왔다가 아무런 말도 남기지 않고 간 걸 알게 되었다. 그는 배틀 총경에게 전화를 걸었다.

"여보세요." 배틀 총경의 목소리가 울려 나왔다.

"수확이 있었습니까?"

"그런 것 같소만, 지금 메러디스 양을 추적해야 합니다—지금 당장."

"지금 추적하고 있습니다—그런데 왜 그렇게 서둘러야 하죠?"

"위험한 짓을 할지도 모르니까요."

배틀 총경이 잠시 침묵을 지킨 뒤 말했다.

"무슨 말인지 알겠습니다. 그렇지만 위험한 사람은 없는데—아, 어쨌든 모험을 해서는 안 되겠죠. 사실은 그녀에게 편지를 보냈습니다. 내일 그녀를 만나러 가겠다는 공식적인 통보였습니다. 그녀를 흥분시키는 게 좋을 것이라고 생각했거든요."

"내가 같이 따라가도 괜찮겠소?"

"물론이죠. 당신과 동행하게 되어서 영광입니다, 포와로 씨."

포와로는 생각에 잠긴 듯한 얼굴로 수화기를 내려놓았다.

그의 마음은 그다지 편치 못했다. 그는 얼굴을 찌푸린 채 오랫동안 불 앞에 앉아 있었다. 마침내 걱정과 의심을 젖혀두고 그는 잠자리에 들었다.

"내일 만나게 될 거야." 그가 혼잣말로 속삭였다.

그러나, 그 다음 날 아침에 일어날 일을 그는 상상도 못하고 있었다.

제28장

자살

포와로가 모닝커피와 롤빵을 먹고 있을 때 전화기의 벨이 울렸다. 그가 수화기를 들자 배틀 총경의 목소리가 들려왔다.

"포와로 씨입니까?"

"그렇소만, 지금 어디에 있습니까?"

총경의 목소리만 듣고서도 그는 심상찮은 일이 발생했음을 알 수 있었다. 그는 전날 밤 자기가 자기에게 한 말을 되풀이했다.

"무슨 일인지 빨리 말해 보시오"

"로리머 부인의 일입니다."

"로리머 부인?"

"도대체 그녀에게 무슨 말을 했습니까—아니면 어제 그녀가 당신에게 무슨 말을 한 겁니까? 당신은 내게는 아무 말도 안 했어요 메러디스 양을 뒤쫓아야 한다고만 했고요."

"무슨 일이 일어났나 보군요?" 포와로가 가라앉은 목소리로 말했다.

"자살을 했습니다."

"로리머 부인이?"

"그렇습니다. 요즘 들어 그녀는 보통 때와는 달리 몹시 우울해했던 것 같습니다. 그녀의 주치의가 수면제를 먹으라고 권했다는군요. 그런데 어젯밤엔 너무 많이 먹었습니다."

포와로가 깊은 한숨을 내쉬었다.

"의심할 바 없는—사고가 틀림없습니까?"

"사고가 아니라고 말할 여지가 전혀 없어요 너무나 증거가 명백합니다. 그녀가 세 사람에게 유서를 남겼더군요."

"세 사람이라니?"

"다른 세 명의 용의자 말입니다. 로버츠 박사, 디스파드 소령, 그리고 앤 메러디스 모두 죄가 없는 사람들이니 공연히 법석을 떨지 말라고요. 그 복잡한 사건을 푸는 열쇠는 자기가 쥐고 있다는 말을 남겼죠—셰이터나 씨를 죽인 사람은 자기라고, 그래서 사죄한다고—사죄를 했습니다! 그들 세 명이 겪어야 했던 고통과 당황함에 대해서 말입니다. 마치 사업상의 서류같이 간결한 내용이었습니다. 그녀에게 꼭 맞는 행위였지요. 그야말로 냉정하기 이를 데 없는 여자였으니까요."

한동안 포와로는 아무 말도 하지 않았다.

'그 말이 로리머 부인의 마지막 유언이 되었군. 어떻게 하든 앤 메러디스를 보호하겠다는 말이. 질질 끄는 고통스러운 죽음 대신에 짧고 고통 없는 죽음을 택했어. 그녀의 죽음은 다른 사람을 위한 것이었어—그녀가 은밀하게 동정심을 느끼고 있었던 아가씨를 구하기 위해. 그 모든 일을 침착하고 무리 없이 계획대로 수행했어—그러고는 조심스럽게 나머지 세 사람에게 자살을 알렸고, 정말 대단한 여자로군!'

포와로는 그녀에 대해 감탄하지 않을 수 없었다.

'그녀는 하겠다고 마음먹은 일을 자기의 주관대로, 자기의 대쪽 같은 결단력으로 해버리고 말았어.'

그는 그녀를 설득시키려고 했었다—하지만 결국, 그녀는 자기 자신의 판단에 따랐던 것이다. 너무나도 강한 의지를 지닌 여자였다. 그런데 갑자기 튀어나온 배틀 총경의 말이 그의 상념을 깨뜨렸다.

"도대체 어제 그녀에게 무슨 말을 했습니까? 당신은 분명히 그녀에게 충격적인 말을 한 게 틀림없어요. 그러니까 이런 일이 생긴 거죠. 당신이 그녀와 얘기하면서 메러디스 양이 범인이 분명하다는 암시를 한 모양이군요?"

포와로는 다시 생각에 잠겼다. 그는 로리머 부인이, 살아서는 하지 못할 그녀 자신의 의지에 대한 설득을 죽음으로써 자기에게 강요했다는 느낌이 들었다.

그가 마침내 천천히 입을 열었다.

"내가 실수했소"

그 말은 그에게는 어딘지 어울리지 않았고, 그 말을 한 포와로 자신도 우울했다.

"당신이 실수를 했다고요?" 배틀 총경이 말했다.

"그녀는 당신이 그 아가씨를 지목하고 있다고 생각한 게 틀림없습니다. 그녀를 이런 식으로 우리에게서 빠져나가게 하다니 정말 어처구니가 없군요."

"그녀에 대한 증거는 이제 아무것도 찾아내지 못할 거요." 포와로가 말했다.

"그래요. 아마 그럴 겁니다. 아마 더 이상의 진전은 없겠죠. 당신은, 음—이런 일이 발생할 걸 예상하지 못했나요, 포와로 씨?"

포와로는 그 말에 격한 음성으로 그렇다고 대답했다.

잠시 뒤 포와로가 말했다.

"어떻게 된 일인지 자세히 말해 보시오."

"로버츠 박사가 8시가 채 되기 전에 자기에게 온 편지를 보았던 겁니다. 그는 지체하지 않고 차를 타고 달려갔죠. 하녀에게는 우리한테 연락하라는 말을 남기면서요. 그래서 하녀가 전화를 했더군요. 로버츠 박사가 그 부인의 집에 도착했지만, 로리머 부인은 대답이 없었다더군요—그는 곧장 침실로 올라갔지만, 그때는 이미 늦은 거죠. 인공호흡도 시켰지만 아무 소용이 없었다는군요. 경찰의사가 곧 뒤따라 도착해서 로버츠 박사의 치료를 검사했어요."

"수면제는 뭐였답니까?"

"베로날이었던 것 같아요. 바르비토눔(진정, 수면제의 일종) 종류죠. 그녀의 침대 옆에 약병이 있었습니다."

"나머지 두 사람은 어떻던가요? 당신에게 연락하러 오지 않았소?"

"디스파드 소령은 시외에 살고 있습니다. 아직 아침에 보낸 편지를 받지 못했을 겁니다."

"그리고—메러디스 양은?"

"방금 그 아가씨에게 전화를 했습니다."

"그런데요?"

"내가 전화를 걸기 바로 직전에 편지를 보았다는군요. 거기에는 편지가 늦게 도착하거든요."

"그 아가씨의 반응은 어땠소?"

"흠잡을 구석이 없이 완벽하더군요. 속으로는 무척 안심했을 겁니다. 겉으로는 충격을 받은 것 같았고 슬퍼했지만―뭐 그렇게 꾸며야 하니까요."

포와로가 잠시 말을 멈춘 뒤 다시 말했다.

"지금 어디에 있습니까?"

"체인 레인에 있습니다."

"좋아요. 당장 그리로 가보겠소."

체인 레인의 응접실에서 포와로는 막 떠나려는 로버츠 박사를 만났다. 의사의 여유만만하던 태도도 그날 아침에는 어딘지 한풀 꺾인 듯이 보였다. 그의 얼굴은 창백했고 동요의 빛이 역력했다.

"어리석은 짓이었어요, 포와로 씨. 지금도 나는 용의자가 아니라고 말할 수는 없습니다만(내가 보기에는), 그렇지만 솔직히 말하자면, 이건 내게는 충격적입니다. 나는 로리머 부인이 셰이터나 씨를 살해했으리라고는 꿈에도 생각해 보지 못했습니다. 정말 너무 놀랐습니다."

"나도 놀랐습니다."

"침착하고, 교육을 잘 받은 자제력이 강한 여자, 그런 여자가 이런 폭력적인 방법을 사용하리라고는 상상도 못했습니다. 도대체 동기가 뭘까요? 오, 이제는 아무것도 모르겠군요. 하지만, 무척 궁금한데요."

"이 사건으로 당신 마음은 한결 가벼워지겠군요."

"아, 그야 물론이죠. 그 점을 인정하지 않는다면 위선일 겁니다. 살인혐의를 받고 있다는 건 그리 유쾌한 일이 아닙니다. 그 불쌍한 부인만 해도―그래요, 그렇게 하는 것이 그 혐의에서 벗어나는 가장 좋은 방법이었겠죠."

"그녀도 그렇게 생각했겠죠."

로버츠 박사가 고개를 끄덕였다.

"아마 양심의 가책 때문이었을 겁니다." 그가 집 밖으로 나가면서 말했다.

포와로가 침통한 얼굴로 고개를 흔들었다. 의사는 사태를 잘못 파악하고 있었다. 로리머 부인의 목숨을 앗아간 것은 양심의 가책이 아니었다.

2층으로 올라가면서 그는 낮은 소리로 흐느끼고 있는 나이가 꽤 들어 보이는 하녀에게 몇 마디 위로의 말을 건넸다.

"너무 끔찍해요. 너무나 무서워요. 우리는 모두 마님을 좋아했어요. 그리고 선생님도 어제 마님과 즐겁고 다정하게 커피를 드셨잖아요. 그런데 오늘 마님은 돌아가셨어요. 저는 절대로 오늘 아침의 일을 잊지 못할 거예요─제가 살아 있는 동안은요. 그 의사분이 벨을 눌렀어요. 세 번이나 울리고 나서야 제가 나갔죠. 그런데 그분이 다짜고짜 묻더군요. '당신 주인은 어디 있소?' 저는 어리둥절해서 뭐라고 대답을 해야 할지 몰랐죠. 우리는 마님이 벨을 울리기 전에는 방에 들어가지 않습니다─마님의 명령이었으니까요. 제가 어쩔 줄 몰라 쩔쩔매고 있을 때 그 의사분이 말했어요. '부인의 방이 어디요?' 그러고는 2층으로 뛰어올라갔는데 저도 그 뒤를 따라갔어요. 제가 그분에게 문을 가리키자, 노크도 하지 않고 뛰어들어가더니 마님이 누워 계신 모습을 보면서 말하더군요. '너무 늦었어.' 마님은 이미 죽어 있었죠. 그렇지만, 의사분은 제게 브랜디와 뜨거운 물을 가져오라고 시킨 뒤 마님을 살리기 위해 최선을 다했지만 아무런 소용도 없었어요. 그리고 경찰이 왔는데 이건 모두─명예롭지 못한 일이에요. 마님이 살아 계셨다 해도 좋아하셨을 리가 없어요. 왜 경찰이 개입해야 하죠? 비록 사람이 죽은 사건이 발생했지만 불쌍한 마님이 실수로 많은 약을 먹었기 때문에 일어난 사건이라면 경찰의 일이 분명히 아닐 텐데요."

포와로는 하녀의 물음에 답하지 않았다. 그가 말했다.

"어젯밤 당신의 주인은 여느 때와 다름없었소? 당황했다든가, 아니면 걱정거리가 있어 보였다든가?"

"아니에요. 그런 것 같지는 않았어요. 마님은 피곤해하셨어요─그리고 괴로우신 것 같았어요. 최근에는 그리 건강이 좋지 않으셨죠."

"나도 그 점은 알고 있소."

그의 목소리에서 동정의 기색을 느낀 하녀가 말을 이었다.

"마님은 불평을 하시는 분이 아니었어요. 그렇지만, 요리사와 저는 한동안 마님을 몹시 걱정했어요. 옛날만큼 많은 일을 하시지도 못했고 일을 하시는 데에도 힘이 드는 것 같았거든요. 선생님이 떠난 뒤에 온 아가씨가 마님에게 조금 심하게 대했는지도 모르겠군요."

계단에서 발을 멈춘 채 포와로가 뒤를 돌아보았다.

"아가씨? 어제저녁에 아가씨가 왔었소?"

"그렇습니다. 선생님이 떠난 직후에 왔죠. 이름이 메러디스 양이었어요."

"오랫동안 있었나요?"

"한 시간 정도였습니다."

포와로가 잠깐 생각을 가다듬은 뒤 물었다.

"그러고 나서는?"

"마님은 잠자리에 드셨죠. 마님은 침대에서 저녁식사를 하십니다. 피곤하다고 말씀하시더군요."

다시 포와로가 잠시 생각에 잠긴 뒤 말했다.

"어제저녁에 혹시 로리머 부인이 편지 같은 것을 쓰지는 않았나요?"

"침실에 드신 뒤에요? 그런 것 같지는 않은데요, 선생님."

"분명합니까?"

"응접실에 있는 탁자 위에 부쳐야 할 편지가 몇 통 있었습니다. 우리는 언제나 우체국 문이 닫히기 직전에 그것을 부치죠. 그런데 그 편지들은 어제 아침부터 있었던 것 같은데요."

"몇 통이나 있었죠?"

"두 통, 아니면 세 통—확실히는 모르겠습니다. 아니, 세 통이었던 것 같아요."

"당신아—아니면 요리사나, 아니면 그 편지를 부친 누구라도 수취인이 누구인지 보지 못했나요? 내 말에 너무 기분 나빠하지 말아요. 이건 대단히 중요한 문제입니다."

"그 편지는 제가 부쳤어요. 맨 위에 있는 편지의 주소는 보았어요. 포트넘 메이슨 회사였죠. 나머지의 주소는 잘 모르겠어요."

하녀의 목소리는 진지하고 충직했다.

"분명히 편지가 세 통밖에 없었단 말이죠?"

"그래요, 선생. 그 점은 확실하게 말씀드릴 수 있습니다."

포와로가 침통한 표정으로 고개를 끄덕였다. 다시 그는 계단을 응시했다.

그가 물었다.

"나도 아는 일인데, 당신도 주인이 잠을 자기 위해 수면제를 먹는 걸 알고 있었습니까?"

"오, 그래요. 의사의 지시에 따른 거예요. 랭 박사님이었죠."

"그 수면제를 보관하는 곳이 어디입니까?"

"마님의 방에 있는 조그만 찬장 안에 보관합니다."

그는 더 이상 묻지 않았다. 그는 침울한 표정을 지은 채 2층으로 올라갔다.

2층에 도착하자 배틀 총경이 그를 맞았다. 배틀 총경의 얼굴에는 초조하고 당황한 빛이 어려 있었다.

"와주셔서 기쁩니다, 포와로 씨. 데이비드슨 박사를 소개하겠습니다."

경찰의사와 포와로는 악수를 나누었다. 그는 큰 키에 우울해 보이는 얼굴을 가진 사람이었다.

"정말 재수가 없었습니다." 그가 말했다.

"한 시간 내지 두 시간만 더 일찍 왔어도 부인을 살릴 수 있었을 겁니다."

"흠―." 배틀 총경이 말했다.

"죽은 사람을 앞에 두고 이런 식으로 말을 해서는 안 되겠지만 나는 별로 안됐다는 느낌이 들지 않는군요. 그녀는―글쎄요, 그녀는 신분이 꽤 높은 부인이었습니다. 무슨 이유에서 셰이터나 씨를 죽였는지는 모르겠지만, 아마 자기가 지은 죄의 대가를 치른 것일 겁니다."

"어쨌든 그녀가 살았다 해도 판결을 기다릴 만큼 오래 견딜 수는 없었을 거요." 포와로가 말했다.

"건강이 아주 나빴으니까."

의사도 그렇게 생각한다는 듯 고개를 끄덕였다.

"당신의 생각이 옳은 것 같습니다. 어쩌면 더 잘된 일인지도 모릅니다."

그는 계단을 내려가기 시작했다.

배틀 총경이 그의 뒤를 따라 움직였다.

"잠깐만, 박사."

포와로가 침실 문에 손을 대고 말했다.

"한번 들어가 봐도—괜찮겠소?"

배틀 총경이 어깨너머로 고개를 끄덕였다.

"물론이죠. 우리가 이미 조사했으니까요."

포와로는 방으로 들어간 뒤 문을 닫았다. 그는 침대로 다가가서 죽은 사람의 얼굴을 선 채로 내려다보았다. 그의 심정은 착잡했다. 이 죽은 부인이 한 젊은 아가씨를 죽음과 치욕에서 구하기 위한 최후의 결단으로 죽음을 택한 사람인가—아니면, 뭔가 다른 사악한 음모가 도사리고 있는 것일까?

거기에서도 몇 가지 사실을 알 수 있었다.

갑자기 그는 몸을 굽혀 시체의 팔에 있는 어둡고 칙칙한 색깔의 멍 자국을 살펴보았다. 그가 다시 몸을 일으켰다. 그가 이미 추리했던 사실에 근접한 사실이 발견되어서인지 그의 눈에서는 고양이의 눈빛과 같은 빛이 새어 나왔다.

그는 재빨리 방에서 나와 1층으로 내려갔다. 배틀 총경과 그의 부하가 전화기 옆에 서 있었다. 그 부하는 수화기를 내려놓고 말했다.

"그 사람은 아직 돌아오지 않았습니다, 총경님."

배틀 총경이 말했다.

"디스파드 소령 말입니다. 그 사람과 연락을 취하려고요. 첼시의 우편함 안에는 그에게 보낸 편지가 그대로 들어 있더군요."

포와로가 엉뚱한 질문을 했다.

"로버츠 박사가 여기 왔을 때 그는 아침을 먹고 왔답니까?"

배틀 총경이 그를 바라보았다.

"아닙니다. 아침을 먹지 않고 여기로 왔다는 얘기를 했던 게 기억납니다."

"그렇다면 지금은 집에 있겠군. 그에게 전화를 해봐야겠소."

"그런데, 왜요?"

그러나 포와로는 이미 다이얼을 돌리는 중이었다. 이윽고 그가 말했다.

"로버츠 박사입니까? 아, 나는 포와로입니다. 꼭 한 가지 물어보고 싶은 게 있어서요. 로리머 부인의 필체에 대해 잘 알고 있습니까?"

"로리머 부인의 필체? 나는—아뇨, 한 번도 본 적이 없는데요."

"대단히 고맙습니다." 포와로가 재빨리 수화기를 내려놓았다.

배틀 총경은 계속 그를 주시하고 있었다. 그러고는 차분한 목소리로 물었다.

"도대체 또 무슨 대단한 생각을 떠올린 겁니까, 포와로 씨?"

포와로가 그의 팔을 잡았다.

"잘 들어보시오. 내가 어제 이 집에서 떠난 지 얼마 안 되어 앤 메러디스 양이 왔었소. 나는 그 아가씨가 계단을 오르는 모습을 보았지만, 그때는 누구 인지 잘 몰랐었지. 앤 메러디스 양이 떠난 바로 직후 로리머 부인은 침실에 들어간 겁니다. 그렇지만, 하녀가 알기에는 그녀는 그때 아무것도 쓰지 않았소. 또 내가 어제 그녀와 얘기한 내용을 기억해 보면 당신도 쉽게 알 수 있는 그 이유 때문에, 내가 도착하기 전에 그녀가 편지를 썼다고 믿을 수도 없어요. 그 렇다면 그 편지들을 언제 썼을까?"

"하인들이 모두 잠자리에 든 이후가 아닐까요?"

배틀 총경이 슬며시 말했다.

"물론 그것도 가능한 일이오만, 또다른 가능성도 존재하고 있습니다—그녀 가 편지를 쓰지 않았을 수도 있어요."

배틀 총경이 휘파람을 불었다.

"도대체 무슨 말을—."

전화벨 소리가 들렸다. 부하 형사가 수화기를 들었다.

그는 잠시 듣고 있다가 배틀 총경에게 수화기를 넘겨주었다.

"디스파드 소령의 아파트에서 오코너 경사가 보고합니다. 디스파드 소령은 템스 강가의 월링퍼드로 간 것 같습니다."

포와로가 배틀 총경의 팔을 잡았다.

"서두르시오. 우리도 빨리 월링퍼드로 가야 합니다. 내가 마음이 편하지 않 다고 얘기했었잖소. 이게 사건의 종말이 아닌지도 몰라요. 다시 말하지만, 그 젊은 아가씨, 그 아가씨가 위험해!"

제29장

사고

"앤―." 로다가 말했다.

"응?"

"그러지 말고, 앤, 낱말 퀴즈에 그렇게 정신이 팔려서야 어디 내 말을 잘 들을 수 있겠니? 내 말을 똑바로 들어봐."

"알았어." 앤은 벌떡 일어나며 신문을 내려놓았다.

"잘했어. 이봐, 앤, 오늘 오기로 한 사람에 대한 얘기인데―."

로다가 망설였다.

"배틀 총경?"

"그래, 앤, 나는 네가 그 사람에게 벤슨 부인의 집에서 있었던 일을 얘기했으면 좋겠어."

앤의 목소리는 뜻밖에 냉담했다.

"말도 안 되는 소리야. 그래야만 할 이유가 어디 있니?"

"그건―글쎄, 네가 뭔가 감추고 있는 것처럼 보이기 때문이야. 내 생각으로는, 말하는 편이 나을 것 같아."

"지금은 너무 늦었어." 앤이 날카롭게 말했다.

"처음에 얘기했으면 좋았을걸."

"됐어. 더 이상 그 얘기로 시달리고 싶지 않아."

"알았어." 로다의 목소리는 앤에게는 그다지 믿을 만한 것이 못 되었다.

앤이 짜증을 내며 말했다.

"도대체 이유를 모르겠어. 나는 이 사건과는 아무런 상관이 없단 말이야."

"그래, 그건 알아."

"나는 거기에서 두 달밖에 있지 않았어. 그 사람이 원하는 건, 음―단지 참고 사항일 뿐이야. 두 달이라는 짧은 기간은 문제가 안 될 거야."

"그래. 나도 알아. 내가 생각해도 어리석은 것 같지만, 그래도 왠지 마음에 걸려. 내가 그 얘기를 했어야 했던 것 같아. 만일 그 사실이 밝혀진다면 더 이상하게 보일 거야—네가 그 사실을 숨겼기 때문에 말이야."

"그 사실이 밝혀질 이유가 없잖아. 너 말고는 아는 사람도 없는데."

"으—응?"

앤은 로다의 주춤거리는 음성에서 이상한 낌새를 알아챘다.

"왜, 누가 알고 있니?"

잠시 말을 멈춘 뒤 로다가 말했다.

"글쎄, 컴비커에 사는 사람은 모두 알겠지."

"오, 그간—." 앤은 어깨를 으쓱하며 그 말을 흘려버렸다.

"총경이 거기까지 가서 누구를 만났으리라고는 생각지 않아. 만일 그렇다면 그건 우연의 일치일 거야."

"우연이란 것도 있을 수 있잖아."

"로다, 너 아까부터 이상하구나. 왜 그렇게 이 문제에 신경을 곤두세우고 있니?"

"미안해. 경찰이 네가 뭔가 숨기고 있다고 생각한다면 어떻게 태도가 변할지 너도 알잖아."

"그들이 알 리 없어. 누가 얘기했겠니? 너 말고는 아무도 모르는데."

앤 메러디스는 그 말을 두 번이나 했다. 다시 반복했을 때 그녀의 음성은 약간 달라져 있었다—어딘지 모르게 깊은 생각에 빠져 있는 듯한 목소리였다.

"오, 얘. 그야 그렇겠지만—"

로다는 언짢은 듯한 얼굴로 한숨을 내쉬며 말했다.

그녀는 죄지은 듯한 표정으로 앤을 바라보았지만, 앤은 다른 곳을 보고 있었다. 그녀는 뭔가를 속으로 계산하는 듯 얼굴을 찌푸리고 앉아 있었다.

"디스파드 소령이 온다니, 우습지 않니?"

"뭐라고? 오, 그래?"

"앤, 그분은 매력이 넘치는 사람이야. 네가 그 사람을 필요로 하지 않으면, 제발—제발 내게 양보해!"

"그런 말 하지 마, 로다. 그 사람은 나를 거들떠보지도 않아."

"그렇다면 그 사람이 왜 계속 나타나는 거니? 그 사람이 네게 관심을 보이는 게 분명해. 너는 그 사람이 기꺼이 구해 주고 싶은 측은한 아가씨거든. 너는 아름답고 가련해 보여, 앤."

"그 사람은 우리에게 똑같이 관심을 두고 있어."

"그 사람이 친절해서 그렇게 보일 뿐이지. 네가 그 사람을 좋아하지 않는다면, 내가 그 사람 친구의 역할을 해줄 수 있을 거야―그의 상처 난 가슴을 위로해 주고 그러면 결국에는 내가 그 사람하고 가까워질지도 모르잖아?"

로다가 대담하게 말을 맺었다.

"네가 그 사람을 무척 기다리는 것 같구나." 앤이 웃으며 말했다.

"그 사람의 뒷모습은 정말이지 너무 멋있어."

로다가 한숨을 내쉬었다.

"붉은 벽돌색 피부에 멋진 수염!"

"얘, 너, 너무 감상적인 거 아니니?"

"그 사람을 좋아하니, 앤?"

"응, 아주 좋아해."

"우리가 얌전을 빼보는 게 어떻겠니? 그 사람은 날 조금밖에 좋아하지 않는 것 같아. 너만큼 좋아하지 않아. 조금밖에―"

"오, 그렇지만 그 사람은 너를 좋아해." 앤이 말했다.

그 말에는 다시 이상한 기색이 들어 있었으나, 로다는 눈치채지 못했다.

"총경이 몇 시에 오기로 되어 있지?" 그녀가 말했다.

"12시야―" 앤이 말했다.

그녀는 잠시 생각에 잠긴 듯하더니 계속해서 말을 이었다.

"10시 30분밖에 안 됐어. 강에 나가 보는 게 어때?"

"그렇지만 ―디스파드 소령이 11시경에 오기로 했잖아?"

"우리가 왜 그 사람을 기다리고 있어야 하니? 애스트웰 부인에게 우리가 가는 곳을 가르쳐 주면 그 사람이 뱃길을 따라 우리를 찾아오겠지."

"우리 어머니가 항상 말씀하신 대로 남자에게 비싸게 굴라는 얘기구나."

로다가 웃었다.

"그래, 가자."

그녀는 방에서 나가 정원 문을 지났다. 앤은 말없이 그녀를 따라갔다.

디스파드 소령은 10분 정도 뒤, 웬던 커티지에 도착했다. 그는 조금 일찍 도착한 걸 알고 있었기 때문에 두 아가씨가 벌써 나갔다는 얘기를 듣자 약간 놀랐다. 그는 정원을 지나서 들판을 가로질러 오른쪽으로 꺾어 들어가 뱃길을 따라갔다. 애스트웰 부인은 아침 예배를 보는 것도 잊은 채 한동안 그의 뒷모습을 바라보고 있었다.

"분명히 둘 중 한 명일 거야." 그녀는 혼잣말로 중얼거렸다.

"앤인 것 같은데, 확실히는 모르겠어. 마음속에 있는 감정을 잘 드러내지 않는 사람이니까. 그 두 아가씨에게 똑같이 대해 주거든. 두 아가씨 모두 그에게 관심이 있는 것 같아. 그렇다면 그렇게 좋은 사이도 얼마 못 갈 게 틀림없어. 두 아가씨 사이에 한 명의 신사가 끼어드는 건 별로 좋지 않아."

싹트기 시작한 애정극을 상상하는 데 흥분한 애스트웰 부인은 아침식사 설거지를 하러 집 안으로 들어갔다. 그때 다시 초인종이 울렸다.

"빌어먹을 문 같으니라고." 애스트웰 부인이 말했다.

"애들이 장난을 치나? 소포가 왔는지도 모르겠군. 전보일지도 모르고."

그녀는 천천히 앞문으로 몸을 움직였다. 두 신사가 거기 서 있었다. 한 사람은 몸집이 작은 외국인이었고, 다른 한 사람은 무뚝뚝해 보이는 전형적인 영국인이었다. 그 영국인은 그녀가 전에도 본 적이 있는 사람이었다.

"메러디스 양이 집에 있습니까?" 몸집이 큰 사람이 물었다.

애스트웰 부인이 고개를 저었다.

"방금 나갔어요."

"그래요? 어디로 갔습니까? 오는 길에 만나지 못했는데요."

애스트웰 부인은 옆에 서 있는 다른 남자의 턱수염을 몰래 훔쳐보면서 그 두 사람이 친구 사이일 리가 없을 거라고 단정했다. 그녀는 얘기해 주었다.

"강가로 나갔어요."

다른 남자가 끼어들었다.

"다른 아가씨는? 도스 양도 나갔나요?"

"둘이서 같이 나갔어요."

"아, 고맙습니다." 배틀 총경이 말했다.

"그런데 강으로 가려면 어느 길로 가야 합니까?"

"먼저 왼쪽으로 돌아 길을 따라 내려가세요."

애스트웰 부인이 재빨리 대답했다.

"뱃길에 닿으면 곧바로 가세요. 어디로 가는지 들었어요."

그녀가 친절하게 말을 덧붙였다.

"떠난 지 15분 정도밖에 안 되었어요. 곧 따라잡을 수 있을 거예요."

"정말 이상하군."

떠나는 그들의 뒷모습을 궁금한 시선으로 바라본 뒤, 천천히 앞문을 닫으며 애스트웰 부인이 입속말로 중얼거렸다.

"저 두 사람은 대체 누구일까? 정체를 모르겠어."

애스트웰 부인은 부엌의 개수대 앞으로 돌아왔다.

배틀 총경과 포와로는 왼쪽 갈―뱃길에 금방 닿을 수 있는 꼬부라진 지름길로 돌아 걸어갔다.

"여전히 마음이 편치 않은데."

"특별한 일이라도 있습니까?"

포와로가 고개를 저었다.

"아니오, 단지 어떤 가능성이 있을 수도 있다는 것뿐이오. 그렇지만 누가 압니까?"

"무슨 생각인가를 가지고 계신 모양이군요." 배틀 총경이 말했다.

"오늘 아침에 지체하지 말고 여기에 와야 한다고 말했을 때 당신은 아주 조조해했었습니다―그리고 오는 길에도 터너 경관에게 속도를 더 높이라고 했습니다. 도대체 뭘 두려워하는 겁니까? 그녀 문제는 끝났는데요."

포와로는 묵묵부답이었다.

"뭘 그렇게 두려워합니까?" 배틀 총경이 다시 물었다.

"이번 사건을 제일 두려워하는 사람이 누구겠소?"

배틀 총경이 고개를 끄덕였다.

"당신 생각이 옳아요. 혹시―."

"어떤 점이 궁금하오?"

배틀 총경이 천천히 말했다.

"메러디스 양이 자기 친구가 올리버 부인에게 어떤 사실에 대해서 말한 걸 알고 있는지 궁금하군요."

포와로가 이제야 뜻이 통했다는 듯 고개를 강하게 끄덕이며 말했다.

"서두르십시다."

그들은 강둑으로 바쁘게 걸어갔다. 강물의 표면에는 아무 흔적도 보이지 않았지만, 그들이 모퉁이를 돌 때 포와로가 갑자기 발을 멈췄다. 배틀 총경의 재빠른 눈도 그 모습을 보았다.

"디스파드 소령이군요." 그가 말했다.

디스파드 소령은 그들보다 2백 미터 정도 앞에 있었는데 큰 걸음으로 강둑을 걷고 있었다. 그보다 조금 앞에는 두 명의 아가씨가 작은 배를 타고 있었다. 로다가 노를 젓자 누워 있던 앤이 깔깔 웃으며 그녀를 올려다보았다. 그들은 아무도 강둑 쪽은 보지 않았다.

그런데 그때―드디어 일이 벌어지고 말았다. 앤의 손이 밖으로 뻗쳤고 로다의 몸이 흔들거리더니 그녀는 그만 강물에 풍덩 빠져버리고 말았다―그녀는 필사적으로 앤의 소매를 붙잡았다. 배는 흔들리더니 결국 뒤집혔고 두 아가씨는 물에서 허우적거리게 되었다.

"봤습니까?" 그가 뛰어나가며 말했다.

"메러디스 양이 도스 양의 무릎을 바깥으로 밀었어요. 맙소사! 메러디스 양의 네 번째 살인이에요."

그들은 열심히 달렸지만, 그들보다 앞선 사람이 있었다. 두 아가씨는 모두 수영을 못 하는 모양이었다. 지름길로 뛰어간 디스파드 소령은 물에 뛰어들어 그들을 향해 헤엄치고 있었다.

"이것 참 흥미 있게 되었군." 포와로가 소리쳤다.

그는 배틀 총경의 팔을 잡았다.

"저 사람이 누구에게 먼저 갈 것 같소?"

그 두 아가씨는 함께 있지 않았다. 두 명의 거리는 12미터 정도 되었다.

디스파드 소령은 그들을 향해 힘차게 나아갔다. 거의 쉬지 않고 헤엄을 쳤다. 그는 로다를 향해 똑바로 나아갔다.

이번에는 배틀 총경이 가장 가까운 강둑에 도착한 뒤 물에 뛰어들었다. 디스파드 소령은 로다를 무사히 강가로 데리고 나왔다. 그는 그녀를 잡아당겨 강가에 눕힌 뒤 다시 강물로 뛰어들었다. 그는 앤이 방금 가라앉은 지점으로 나아갔다.

"조심하시오. 수초가 있어요." 배틀 총경이 소리쳤다.

그와 배틀 총경은 동시에 그곳에 도착했다. 그러나 앤은 그들이 도착하기 전에 이미 가라앉아 버렸다. 그들은 마침내 그녀를 건져내어 양어깨 사이에 끼고 강가로 데리고 나왔다. 로다는 포와로의 간호를 받고 있었다.

정신이 든 그녀는 앉아 있었는데, 호흡이 매우 불규칙했다.

디스파드 소령과 배틀 총경은 앤을 강둑에 눕혔다.

"인공호흡을 해야겠군요." 배틀 총경이 말했다.

"그 길밖에는 없어요. 그렇지만 이미 가망이 없는 것 같군요."

배틀 총경이 규칙적으로 인공호흡을 하기 시작했다. 포와로는 그를 도울 준비를 한 채 옆에 서 있었다. 디스파드 소령은 로다 옆에 털썩 주저앉았다.

"괜찮소?" 그가 쉰 목소리로 물었다.

"당신이 저를 구해 주었군요, 저를—." 그녀가 천천히 말했다.

디스파드 소령이 그녀가 내민 손을 잡자, 그녀는 울음을 터뜨리고 말았다.

"로다—." 그가 말했다.

그들의 손은 굳게 뭉쳐 있었다. 갑자기 그의 눈앞에 어떤 환영이 떠올랐다 —아프리카의 숲과 자기 곁에서 웃고 있는 모험심이 강한 로다의 모습이 겹쳐 보였다.

제30장

살인

"그렇다면ㅡ." 로다가 못 믿겠다는 투로 말했다.

"앤이 저를 물속에 빠뜨리려 했단 말인가요? 그런 것 같은 느낌은 들었어요. 그리고 그 앤 제가 수영을 못하는 걸 알거든요. 그런데ㅡ그런데 그게 일부러 그랬단 말인가요?"

"완전히 의도적이었습니다." 포와로가 말을 받았다.

그들은 런던의 교외를 달리고 있었다.

"그런데ㅡ그 이유가 뭐죠?"

포와로는 잠시 대답을 않고 있었다. 그는 앤이 그런 행동을 하게 된 동기가 다름 아닌 자신의 옆에 앉아 있는 아가씨, 로다 때문이라는 것을 잘 알고 있었다.

배틀 총경이 마른기침을 했다.

"잘 들어요, 도스 양. 아가씨에게는 충격적일 겁니다. 아가씨의 친구와 함께 살았던 벤슨 부인의 죽음은 사실은 사고가 아닙니다ㅡ적어도 우리는 그 점을 알고 있습니다."

"그게 도대체 무슨 뜻이죠?"

"아니, 확신하고 있죠." 포와로가 말을 받았다.

"앤 메러디스 양이 두 개의 병을 바꿨다는 점을."

"오, 아니에요ㅡ끔찍해라! 그럴 리가 없어요. 앤이? 그럴 이유가 없어요."

"그럴 만한 이유가 있었습니다." 배틀 총경이 말했다.

"그렇지만, 중요한 점은 아가씨가 그 사건에 실마리를 줄 수 있는 유일한 사람이라는 것을 앤 메러디스 양은 알고 있었다는 겁니다. 아가씨가 올리버 부인에게 그 사건을 얘기했다는 말을 그녀에게 말하진 않았죠?"

"예, 그 애가 화를 낼 것 같아서요." 로다가 천천히 말했다.

"그랬을 겁니다. 무척 화를 냈을 겁니다."

배틀 총경이 무뚝뚝하게 말했다.

"메러디스 양은 아가씨가 살아 있으면 자기에게 위험이 닥치리라고 생각했던 겁니다. 그래서 메러디스 양은―아가씨를 제거할 결심을 하게 된 거죠."

"제거한다고요? 저를? 오, 그럴 수가! 그렇지 않을 거예요!"

"어쨌든 그녀는 죽었습니다." 배틀 총경이 말했다.

"그래서, 진실은 마음속에서 생각할 수밖에 없습니다. 그렇지만, 도스 양, 그녀는 아가씨가 친구로 사귈 만한 여자가 아니었던 것만은 분명한 사실입니다."

차가 어느 문 앞에 멈췄다.

"우리는 포와로 씨의 집으로 들어갈 겁니다." 배틀 총경이 말했다.

"그래서 그 모든 점에 대해 들어볼 예정입니다."

그들이 포와로의 거실에 들어가자, 로버츠 박사와 얘기하고 있던 올리버 부인이 그들을 맞이했다. 그들은 셰리주(酒)를 마시고 있었다. 올리버 부인은 새로 산 경마용 모자를 쓰고 벨벳 옷을 입고 있었는데, 가슴에 맨 나비넥타이에는 사과 모양의 커다란 장식핀이 꽂혀 있었다.

"어서 와요. 반가워요."

올리버 부인은 그 집이 포와로의 집이 아니고 마치 자기 집인 듯한 태도로 그들을 따스하게 맞이했다.

"당신의 전화를 받자마자 로버츠 박사님에게 전화를 해서 이렇게 같이 왔어요. 환자들이 다 죽어가는데도 무관심한 사람이에요. 이런 사람에게 치료를 받느니, 차라리 안 받으면 더 나아질지도 모르죠. 우리는 사건의 전모를 듣고 싶어요."

"그래요. 정말 궁금해 죽겠습니다." 로버츠 박사가 말했다.

"좋습니다." 포와로가 말했다.

"이 사건은 끝났습니다. 셰이터나 씨를 죽인 범인은 결국 잡혔죠."

"올리버 부인도 그렇게 말했어요. 그 예쁘고 자그마한 앤 메러디스 양이 살인범이라니, 나는 도무지 믿을 수가 없군요. 정말 믿기지 않는 여자 살인범이에요."

"그 아가씨가 바로 살인범이었습니다." 배틀 총경이 말했다.

"자기의 비밀을 지키기 위해 세 명을 죽였습니다—그리고 네 번째 인물을 죽이지 못한 건 그녀의 실수가 아니었습니다."

"놀랍군요!" 로버츠 박사가 낮은 소리로 말했다.

"그렇지도 않아요." 올리버 부인이 말했다.

"가장 그럴 것 같지 않은 사람이 범인이죠. 그런 경우는 소설에서뿐만이 아니라, 실제 생활에서도 나타날 수 있으니까요."

"정말 놀라운 하루였어요." 로버츠 박사가 말했다.

"처음에는 로리머 부인의 편지가 도착하더니—그 편지는 위조였을 겁니다만."

"그렇습니다. 정말 교묘한 솜씨였어요—물론 전문가마저 속일 수는 없었죠. 그러나 범인은 전문가까지 동원되리라고는 생각하지 못했던 거죠. 모든 증거는 로리머 부인이 자살을 한 것으로 만들기 위한 것이었으니까요."

"이런 말을 묻는 걸 용서하시오, 포와로 씨. 왜 그녀가 자살한 게 아니라고 생각하십니까?"

"체인 레인에서 하녀와 잠시 얘기를 나눠 보았더니 알겠더군요."

"그 전날 저녁에 메러디스 양이 찾아왔다는 말을 하던가요?"

"그렇습니다. 그런데 나는 이미 죄인이 어떤 유형의 사람인지에 대해 내 나름대로 결론을 내렸습니다—그러니까, 셰이터나 씨를 죽인 사람 말입니다. 그 사람은 로리머 부인이 아닙니다."

"그런데 왜 메러디스 양을 의심했죠?"

포와로가 손을 쳐들었다.

"잠깐만 기다려요. 내 방식대로 이 문제에 접근하겠습니다. 그건 사람을 제외시켜 나가는 겁니다. 셰이터나 씨를 죽인 범인은 로리머 부인도, 디스파드 소령도 아닙니다. 또 이상하게 들리겠지만, 메러디스 양도 아닙니다—."

그가 몸을 앞으로 숙였다. 그의 목소리는 맑고 낭랑했으며 반짝이는 눈은 마치 고양이의 눈과 흡사했다.

"당신도 알겠죠, 로버츠 박사. 당신이 셰이터나 씨를 죽인 범인입니다. 또 당신은 로리머 부인도 살해했습니다―."

한동안 침묵이 흘렀다.

갑자기 로버츠 박사가 위협적인 웃음으로 침묵을 깨뜨렸다.

"지금 제정신으로 하는 말이오, 포와로 씨? 나는 분명히 셰이터나 씨를 죽이지 않았을 뿐더러 로리머 부인을 죽일 수도 없었습니다. 이봐요, 배틀 총경―."

로버츠 박사는 런던경시청의 수사관을 향해 몸을 돌렸다.

"당신도 저 사람의 말을 믿습니까?"

"포와로 씨의 말을 좀더 들어보는 게 좋을 것 같습니다."

배틀 총경이 차분하게 말했다.

포와로는 말을 이었다.

"나는 한동안 당신이(당신밖에 없습니다) 셰이터나 씨를 죽였을 거라고 믿었지만, 그 사실을 증명하기란 그리 쉽지가 않았습니다. 그러나 로리머 부인 사건은 전혀 달랐습니다."

그가 앞으로 몸을 숙였다.

"그건 내가 알고 모르고의 문제가 아니었으니까요. 훨씬 간단했습니다―왜냐하면 당신이 범행하는 모습을 본 사람이 있었으니까 말입니다."

갑자기 로버츠 박사의 얼굴이 굳어졌고, 그의 눈에선 빛이 나기 시작했다. 그가 날카롭게 소리쳤다.

"무슨 얼토당토않은 소리요!"

"아, 그렇지 않습니다. 이른 아침이었지요. 당신은 허풍을 떨며 로리머 부인의 방으로 들어갔습니다. 부인은 전날 밤 먹은 약 때문에 깊은 잠에 떨어져 있었죠. 당신은 다시 허풍을 떨었어요―단번에 그녀가 죽은 걸 알아본 사람처럼! 당신은 하녀에게 브랜디와 뜨거운 물 등을 가져오게 했죠. 당신은 혼자 방에 남아 있었습니다. 그 하녀는 방 안을 아주 잠깐 들여다보았을 뿐입니다. 그러고 나서 어떤 일이 일어났죠?

당신은 알지 못했을 거요, 로버츠 박사. 어떤 유리창 닦는 회사는 이른 아

침에 일을 한다는 점을. 당신이 도착했을 때 유리창을 닦는 사람도 사다리를
가지고 왔어요. 그는 그 집의 벽에 사다리를 대고 일하기 시작했죠. 그가 제일
먼저 닦은 유리창이 로리머 부인의 방에 있는 것이었습니다. 그렇지만 그는
방에서 일어나는 일을 보게 되자 재빨리 다른 유리창으로 옮겨갔죠. 하지만
그는 먼저 뭔가를 봤습니다. 그의 얘기를 직접 들어봅시다."

포와로는 가벼운 걸음으로 마루를 가로질러가 문고리를 열고 말했다.

"들어오시오, 스티븐스." 그리고 그는 다시 자리로 돌아왔다.

빨간 머리에 몸집이 크고 둔해 보이는 남자가 들어왔다. 그는 손에 '첼시
유리창 청소회사'라는 마크가 붙어 있는 모자를 쥐고 있었다. 그는 어색하게
모자를 빙글빙글 돌렸다.

포와로가 물었다.

"이 방에서 얼굴을 아는 사람이 있소?"

그 남자는 주변을 둘러본 뒤에 로버츠 박사를 얼굴로 가리키며 어색한 듯
고개를 끄덕였다.

"저 사람입니다." 그가 말했다.

"그를 언제 마지막으로 보았는지, 그리고 그때 그가 무엇을 하고 있었는지
말해 주시오."

"오늘 아침이었습니다. 체인 레인에 있는 어떤 부인의 집에서 8시에 일이
있었습니다. 저는 거기에 있는 유리창을 닦기 시작했습니다. 부인이 침대에 누
워 있더군요. 제가 봤을 때 그 부인은 베개 위에서 머리를 한쪽으로 돌리고
있었습니다. 저는 이분이 의사인 줄은 금방 알아보았습니다. 이분은 그 부인의
소매를 걷어올린 뒤 팔의 이 근처에 뭔가를 주사 놓더군요." 그가 몸짓을 했
다.

"그러자 그 부인은 다시 머리를 베개에 떨어뜨렸습니다. 저는 다른 유리창
을 먼저 닦는 것이 좋다고 생각했기 때문에 자리를 옮겼죠. 제가 나쁜 일을
한 건 아니겠죠?"

"칭찬받을 일을 한 겁니다." 포와로가 말했다.

그가 차분한 목소리로 말했다.

"어떻습니까, 로버츠 박사?"

"다―단순한 회복제였소." 로버츠 박사가 말을 더듬었다.

"그녀를 되살릴 최후의 방책이었죠. 이거 정말―."

포와로가 그의 말을 막았다. 그러고는 한 음절씩 또박또박 말을 했다.

"단순한 회복제였다고요? 질소, 메틸, 클리클로, 헥세닐, 메틸, 말로닐 우레아. 간단하게 이비판이라고 알려져 있죠. 간단한 수술을 할 때 마취제로 사용됩니다. 환자의 정맥에 다량으로 주사하면 잠시 의식을 잃게 됩니다. 베로날이나 바르비투르산염을 복용한 환자에게 투여하면 몹시 위험해집니다. 그녀의 팔에 난 멍든 듯한 자국에서 누군가가 정맥에 주사를 놓았다는 걸 알 수 있었습니다. 경찰의사에게서 힌트를 얻었기 때문에 약 이름을 알아내는 건 집에서 찰스 임프레이 경 같은 사람도 분석할 수 있었을 겁니다."

"그 정도면 당신도 더 이상 변명할 것이 없을 텐데." 배틀 총경이 말했다.

"셰이터나 씨 사건에 대한 증거를 제시할 필요는 없겠지. 필요하다면, 찰스 크래독 씨―그의 부인을 포함한 살인죄를 추가시키겠소."

그 이름을 듣자 로버츠 박사는 모든 걸 포기한 듯한 표정을 지었다.

그가 의자에 몸을 기대었다.

"모든 걸 자백하겠소." 그가 말했다.

"당신이 이겼소. 그날 저녁 교활한 악마, 셰이터나가 당신들 앞에서 내 죄를 폭로시킬 줄 알았습니다. 나는 정말 일을 잘 해치웠다고 생각했었는데―."

"당신이 감사해야 할 사람은 셰이터나 씨가 아닙니다." 배틀 총경이 말했다.

"모든 명예는 여기 있는 포와로 씨에게 돌아가야 합니다."

그는 문으로 가서 두 명의 부하를 불렀다. 공식적인 체포를 명령하는 배틀 총경의 목소리는 형식적이었다.

범인이 나가고 문이 닫히자마자 올리버 부인이 그다지 의기양양해지는 않았지만 즐거운 듯 말했다.

"내가 언제나 그가 범인이라고 말했잖아요!"

제31장

테이블 위의 카드

포와로가 말할 차례였다. 모든 사람들이 잔뜩 기대에 찬 얼굴로 그를 바라보고 있었다.

"다들 아주 친절하군요." 그가 입을 열었다.

"당신들도 알겠지만, 나는 이런 얘기를 하는 걸 즐깁니다. 나는 따분한 늙은이거든요.

이 사건은 내가 만난 사건 중 가장 흥미 있는 것 가운데 하나였습니다. 단서가 될 만한 것은 아무것도 없습니다. 단지 네 명의 용의자가 있었죠. 분명히 그중의 한 명이 범인인데, 누구일까? 범인이 누구인지를 말해 줄 만한 게 없을까? 눈에 보이는 대로라면 없었죠. 손에 잡히는 단서도 없었습니다—지문도, 전과기록도, 서류도 없었죠. 오직—그 사람들만 있었습니다.

유일한 단서가 있다면, 그건 브리지 점수였습니다.

내가 처음부터 브리지 점수에 관심을 두었던 걸 기억할 겁니다. 그 점수는 그걸 기록했던 성격이 다른 각각의 사람에 대해서뿐만 아니라, 더 많은 걸 얘기해 주었습니다. 그 점수가 아주 중요한 힌트를 주었던 겁니다. 세 번째 판에서 줄 위에 적힌 1,500이라는 숫자가 금방 눈에 띄더군요. 그 숫자가 나타내는 간—압도적인 승리라는 거죠. 만일 어떤 사람이 어찌될지도 모르는 상황, 그러니까 브리지 같은 게임을 하다가 살인할 결심을 한다면, 그 사람은 두 가지의 커다란 모험을 하게 됩니다. 첫째는 피해자가 소리를 지를 위험성이고, 둘째는 피해자가 소리를 지르지 않는다 해도, 다른 세 명 중 한 명이 결정적인 순간에 그 장면을 목격할지도 모르는 위험성이죠.

첫 번째 위험에 대해서 범인이 할 수 있는 건 없습니다. 행운이 따르느냐 아니냐의 문제일 뿐입니다. 그렇지만 두 번째에 대해서는 대책을 세울 수 있습니다. 흥미 있고 아슬아슬한 패가 나왔을 때는 사람들이 게임에 열중하지만, 그렇지 못할 경우에는 주위를 둘러볼 가능성이 크다는 건 당연한 이치입니다.

압승의 비드는 무척 흥미 있습니다. 그때의 경우처럼 간혹 더블이 되기도 합니다. 세 명 모두 게임에만 정신이 팔려 있게 되죠—같은 편에서는 그걸 도우려 할 테고 다른 편에서는 정확하게 카드를 내놓아서 그걸 못하게 막을 테니까요. 그래서 범행의 순간은 바로 그 패가 나왔을 때라는 분명한 확신이 섰습니다. 그래서 나는 그 비딩이 어떻게 끝났는지를 정확하게 알아야겠다는 결심을 했습니다. 그 패가 있었을 때 공석은 로버츠 박사라는 걸 금방 알게 되었습니다. 그래서 그 사실을 명심한 나는 두 번째 방법으로 문제에 접근했습니다—바로 심리적인 가능성을 파헤치는 것이었죠.

네 명의 용의자 중에서 가장 성공적으로 살인을 계획하고 수행할 수 있는 사람은 로리머 부인이라는 생각이 번쩍 들었지요. 하지만, 사건이 일어난 순간에 그녀가 범죄를 저지른 흔적 같은 건 보이지 않았습니다. 그러나 그녀를 다시 만났던 날 저녁의 그녀의 태도는 나를 당황하게 했습니다. 그 태도에서 나는 그녀가 살인을 했거나, 아니면 그녀가 범인이 누구인지 알고 있는 듯한 인상을 받았거든요. 메러디스 양과 디스파드 소령, 그리고 로버츠 박사는 모두 심리적으로 가능성을 가지고 있었지만, 그들이 그랬다면 모두 다른 각도에서 범행을 저질렀을 겁니다.

나는 두 번째 실험을 했습니다. 차례로 그들 모두에게 그 방에 있는 물건 중 어떤 것이 기억나는지 물었지요. 거기에서 나는 아주 귀중한 정보를 얻었습니다. 우선, 그 단검을 보았을 가능성이 가장 큰 사람은 로버츠 박사라는 것이었습니다. 그는 온갖 잡동사니들을 자연스럽게 기억하고 있었습니다—이른바 관찰력이 강한 사람이죠. 그렇지만, 그는 브리지 점수에 대해서는 아는 바가 거의 없었습니다. 그가 많이는 기억하지 못하리라고 예상했지만, 거의 기억을 못 하는 걸 보고서 나는 그날 밤 그가 딴생각에 몰두하고 있었다는 게 분명하다고 결론을 내렸죠. 다시 로버츠 박사가 지목된 겁니다.

로리머 부인은 놀랄 만큼 카드를 정확하게 기억하고 있었습니다. 그래서 그 정도 집중력을 가진 사람이면 바로 옆에서 살인이 벌어져도 눈치채지 못하리라고 생각했습니다. 바로 그녀가 아주 중요한 정보를 제공했습니다. 로버츠 박사의 압승의 비드는 힘든 상황에서 이루어졌고, 또 그는 혼자서가 아니라 그녀와 짝패로 비딩했기 때문에 그녀 혼자서 게임을 진행할 수밖에 없었다는 사실이었죠.

세 번째 실험은—이건 배틀 총경과 내가 많은 기대를 한 것입니다만, 비슷한 방법의 살인이 전에도 있었는지를 조사하는 것이었습니다. 그리고 그 조사는 배틀 총경과 올리버 부인, 그리고 레이스 대령이 했습니다.

배틀 총경과 사건을 의논했을 때, 총경은 셰이터나 씨 사건과 이전에 일어난 세 살인사건 사이에는 아무런 유사성도 찾아볼 수 없어 대단히 실망이라고 털어놓았습니다. 그러나 사실은 그렇지가 않았습니다. 로버츠 박사가 저지른 두 살인사건은 외양으로서가 아니라, 심리적인 관점에서 자세히 조사해 본다면 그 사건과 거의 유사하다는 걸 알 수가 있습니다.

그가 저지른 세 사건은 이른바 사람이 많은 데서 일어난 겁니다. 그 의사는 왕진을 가서 손을 씻을 때 대담하게도 피해자의 옷을 두는 방에 있던 면도솔을 감염시켜 놓았습니다. 장티푸스 예방주사를 놓는 체하고 크래독 부인을 살해한 것도 같은 수법이었습니다. 살인을 공공연하게 저지른 겁니다—세상 사람들이 눈뜨고 지켜보는 앞에서요. 그리고 그의 반응도 똑같습니다. 구석에 몰렸다가 기회를 잡으면 단번에 실행합니다. 완벽하고 대담하고 서슴없이 저지르고는 허세를 부리죠—그가 브리지 하는 방법과 똑같습니다. 브리지에서처럼, 셰이터나 씨를 죽이는 일도 기회를 노렸다가 카드를 멋지게 놓은 거죠. 거의 완벽한 순간에 정확하게 급소를 찔렀으니까요.

그런데 내가 로버츠 박사가 범인이라고 확신을 굳힌 그 순간에 로리머 부인이 자기를 만나러 와달라는 부탁을 했습니다. 그러더니 자기가 범인이라고 태연하게 말하더군요. 하마터면 그녀의 말을 믿을 뻔했습니다. 잠깐 동안은 그녀의 말을 믿었지만, 나의 회색 뇌세포는 호락호락 넘어가지 않았습니다. 그런 일은 있을 수 없었고, 있지도 않았지요. 그렇지만, 그녀가 내게 한 말은 여전히 이해하기 어려웠습니다.

그녀는 앤 메러디스가 범죄를 저지르는 모습을 봤다고 말했으니까요. 그 다음 날 아침 죽은 부인의 침대 옆에 서 있을 때에야 내 생각이 옳다는 것과 로리머 부인이 사실을 말했다는 걸 깨닫게 되었습니다. 앤 메러디스 양은 난롯가로 가서 셰이터나 씨가 죽은 모습을 봤던 겁니다. 그녀는 그를 향해 몸을 숙여서 그 보석핀처럼 보이는 반짝이는 물체에 손을 댔습니다.

그녀의 입에서 경악의 소리가 터져 나오려 했지만 그럴 수가 없었습니다. 그녀는 저녁식사 때 셰이터나 씨가 한 말이 떠올랐습니다. 그가 어떤 기록을 남겼는지도 모른다고 생각했죠. 앤 메러디스, 그녀에게도 셰이터나 씨의 죽음을 바랄만한 이유가 있었습니다. 그녀는 자기가 그를 죽였다고 사람들이 말할 게 틀림없다고 생각했을 겁니다. 공포와 걱정으로 몸을 떨면서 그녀는 자기 자리로 돌아갔습니다. 그래서 로리머 부인의 말이 맞은 겁니다. 왜냐하면 부인은 그녀가 범행하는 순간을 목격했다고 생각했으니까요. 그렇지만 내 생각도 옳았습니다. 왜냐하면 사실은 그녀가 범인이 아니었으니까요.

만일 이 시점에서 로버츠 박사가 손대려 들지 않았다면 그의 죄를 밝힐 수 있었을지 의문입니다. 아무리 협박이나 여러 교묘한 방법을 동원한다 해도 그렇게 할 수 있었을까요? 어떻든 간에 나는 애쓰고 있었겠지만. 그러나 그는 자제력을 잃고 또다시 과하게 손을 댔습니다. 그리고 이번에는 모든 카드가 그에게 불리하게 되어서 그는 무너져 버렸죠.

분명히 그는 불안했을 겁니다. 배틀 총경이 낌새를 알아차리리라고 생각했으니까요. 그는 은밀히 진행되는 당시의 상황을 세밀하게 파악했습니다. 경찰이 계속 수사하리라는 걸 알고 있었겠죠—그러다가 우연히 과거의 살인 흔적이 밝혀지기라도 한다면 낭패라고 생각했을 겁니다.

그는 로리머 부인을 속죄양으로 세울 묘안을 짜냈습니다. 그의 노련한 눈은 그녀가 병에 걸려 있고 얼마 살지 못하리라는 점을 꿰뚫어 보았습니다. 그런 상황에서 그녀가 잡히기 전에 먼저 범행을 고백한다는 건 얼마나 자연스럽습니까! 그래서 그는 그녀 필체의 견본을 얻어서 세 통의 편지를 위조했습니다. 그러고는 편지를 방금 받았노라고 하면서 아침에 그녀의 집에 도착했습니다. 그리고 하녀는 그의 말에 따라 경찰에 전화를 했습니다. 그에게 필요한 것은 시작이었는데, 결국 그렇게 하고 말았죠.

경찰의사가 도착했을 때는 이미 다 끝난 뒤였습니다. 로버츠 박사는 인공호흡까지 했지만 소용없었다고 꾸며댔습니다. 너무나 그럴듯하게, 순간적으로 완벽하게 꾸며낸 거죠.

그런 상황 때문에 앤 메러디스 양에게 의심이 돌아가리라고는 그도 미처 생각하지 못했습니다. 그 전날 밤에 그녀가 찾아왔었다는 것도 몰랐으니까요. 그가 노린 점은 자살로 위장해서 자신의 안전을 얻자는 거였죠.

내가 그에게 로리머 부인의 필체를 아느냐고 물었던 순간에 그는 어떻게 대답해야 할지 속으로 당황했을 겁니다. 만일 위조 필체가 조사를 받게 된다면 그녀의 필체를 본 적이 없다고 말해야 탈이 없을 거라고 생각했던 거죠. 그의 머리는 빠르게 돌아갔지만 의심을 피할 만하지는 못했습니다.

월링퍼드에서 나는 올리버 부인에게 전화를 했습니다. 그녀의 역할은 그를 안심시켜서 여기로 데리고 오는 것이었죠. 그래서 그가 계획한 그대로는 아니지만 일이 잘 처리되었다고 속으로 좋아하고 있을 때 뒤통수를 치는 겁니다. 에르퀼 포와로가 벌떡 일어섰습니다! 그래서—게임을 하는 사람들은 더 이상 속임수를 쓰지 않게 되었습니다. 그는 테이블 위에 그의 카드를 모두 내려놓았습니다. 이게 끝입니다."

침묵이 흘렀다.

로다의 한숨 소리가 침묵을 깼다.

"유리창 닦는 사람이 거기에 있었던 건 정말 행운이었어요."

"행운? 행운이라고요? 그건 행운이 아니었습니다, 아가씨. 그건 에르퀼 포와로의 회색 뇌세포였습니다. 아, 그러니 생각이 나는군요—."

그가 문으로 갔다.

"들어오게—들어와. 자네는 아주 훌륭하게 연기를 했어."

그는 자기의 빨간 머리를 쓰다듬고 있는 유리창 닦는 사람과 나란히 들어왔다. 그는 전혀 다른 사람처럼 보였다.

"내 친구인 제럴드 헤밍웨이입니다. 아주 유망한 젊은 배우죠."

"그러면 유리창 닦는 사람은 없었단 말인가요?" 로다가 소리쳤다.

"그를 본 사람은 없었나요?"

"내가 봤습니다." 포와로가 말했다.

"육체의 눈이 볼 수 없는 것을 마음의 눈으로는 볼 수 있습니다. 가만히 등을 기대고 눈을 감으면—"

디스파드 소령이 활기차게 말했다.

"저 사람을 찔러 봅시다, 로다. 그래서 그의 유령이 돌아와서 누가 그랬는지 알아낼 수 있는지 시험해 봐요."

<끝>

■ 작품 해설 ■

《테이블 위의 카드(Cards on the Table, 1936)》는 애거서 크리스티의 26번째 작품이자 20번째 장편이다.

크리스티 여사는 1928년 38세 때 첫 남편 아치볼드 크리스티 공군 대령과 이혼하게 된다. 그 뒤 1930년에 맥스 맬로원 경과 재혼하여 평생을 함께 살았다. 그런데도 크리스티 여사가 성(姓)을 바꾸지 않고 크리스티라는 이름으로 계속 작품을 발표한 것은, 이미 그 이름이 독자들에게 널리 알려져 있기도 해서 그랬겠지만, 역시 첫 남편에 대한 애정을 평생 간직하고 있었다고 볼 수 있다.

하지만, 재혼한 뒤에 더욱 활발한 작품활동을 한 것을 보면 맬로원 경이 그녀에게는 보다 적합한 남편감이 아니었나 하는 생각이 든다. 크리스티 여사는 첫 남편 크리스티 대령의 바람기에 충격을 받아 1926년 12월 3일, 기억상실증에 걸려 실종된 적이 있었다.

이때 온 영국의 신문이 그녀에 대해서 대서특필했으며, 경찰은 물론 영국과 세계 각국의 유명 추리작가들이 총동원되어 그녀를 찾아나선 바 있다.

크리스티 여사는 소설에서뿐만 아니라 자신의 인생에서도 이렇듯 추리적인 분위기를 가지고 있는 인물이었다. 그녀에게는 첫 남편과의 사이에서 태어난 로잘린드가 유일한 혈육이었으며, 맬로원 경과의 사이에서는 자식이 없었다.

《테이블 위의 카드》는 에르퀼 포와로가 등장하는 13번째 장편인데, 이 시기 전후에 걸쳐서 포와로의 작품만을 9편 계속해서 쓴 것도 이색적이다.